俯向大地的身影

FUXIANG DADI DE SHENYING

许俊文 ◯ 著

一位备受教育界广泛关注的实力作家

部参加高考者不可不读的经典美文

合肥工业大学出版社

序　言

许俊文

此书系我的第三部散文集。

原本不打算在书前写序的。在我看来，一部书出版以后，其作者的话语权便终止了，评价的尺度该由读者去拿捏，作者不必再饶舌。就像一个裁缝师傅，替别人做了一件衣裳，那衣裳穿在身上好看不好看，合体不合体，裁缝师傅是没有多少发言权的。

然而，本书的责任编辑疏利民先生却执意要我说几句。思来想去，觉得说不是不可以，但要说出新意却并不容易。散文这种文体，是属于大众的，谁都可以说。因为说的人太多，说来说去，反而把简单的问题搞得复杂了。这么一想，如果非说不可，倒不如说一说散文作品以外的话。

推算起来，我染指散文已近二十年了，从当初的偶然尝试到如今的难以割舍，其间的甘苦唯有自知。这里需要说明的是，我的写作就像农民在大田里套种作物，是算不得主营的。这样也有它的好处，不在意收多收少，因而能够随心所欲，顺其自然。

假如能把“无心插柳柳成荫”这句话移植到我的散文创作上，还是可以说明一点问题的。这里的“柳成荫”，并非指我的散文作品如何了得，如何不同凡响，我只是借用这个譬喻，表述我的散文作品在读者心灵里或许还能留下一点散碎的投影。

至今还清楚记得 2007 年 6 月 7 日那个上午，我在家乡的县城里焦急地等待着孩子高考消息的情形。忐忑不安中，孩子满头大汗地跑回来告诉我，高考语文试卷中的现代文阅读选用了我的作品，并说当他看到老爸的名字时，像吃了一颗定心丸，一鼓作气做完试卷，且几近完美。考试结束后，孩子要好的一位同学当场客串了新闻主持人，当众公布了这个消息，结果引来一大帮学生要我分析那篇文章。紧接着，我的手机频频响起，其中淮南市的一位副市长说他的儿子在高考前夕也认真阅读过这篇散文。还有几所重点中学的校长和老师也打来电话，感谢我曾给他们的考生上了写作课。后来，那篇名叫《乡村的风》的作品，被数十家出版社拿了去反复使用，尽管我一分钱的稿费也未得到，但心里还是高兴的。

打那之后，教育界对我的散文作品给予了特别关注，北京、上海、广州、杭州、哈尔滨、兰州、南京、青岛、郑州、深圳、重庆、芜湖、乌鲁木齐、大连、长春、武汉、包头、天津、珠海等近一百多座城市的学校，先后将我的十几篇散文作品选入高考模拟、年度教学质量检测、高中毕业班摸底考试、全国100所名校联考等各种语文试卷，像《俯向大地的身影》、《怀霜》、《节气》、《泥土》等，已被广泛使用。还有部分考生在网上公开征询我的某些篇什的答案。北大还将我的作品编入写作教程。

这是为什么？我弄不明白。

但有一点我似乎还是清楚的，一个散文写作者，面对纷繁、杂陈、庸常的生活，你得像鱼一样去感受水的温度，像牛一样去咀嚼草的滋味，像蜜蜂一样去发现蜜源。就散文而言，无非就是那么一点事，那么一点情，还有那么一点理。你若能用质朴的话语叙事，推心置腹的道情，拨雾见月似的说理，说不定会成就一篇不错的散文。这样的作品，既带着你生命的体温，包蕴着你的人格，又闪烁着你的智慧，我敢肯定读者是不会轻易拒绝的。

这使我想起两年前的一件事。那是春天的一个夜晚，当时我正在秋浦河边散步，突然接到一位远方陌生女子的电话，她说她几经周折才弄到我的手机号码，为的是向我道一声谢谢。经过一番交谈后才知道，这位陌生女子曾为一段不幸的婚姻对生活失去了希望，并萌生轻生的念头。然而，就在她的心灵备受煎熬、孤独无助时，偶然读到我的散文《遥寄苍茫》，深为作者与命运抗争的精神所感动，于是，她依据作品中的蛛丝马迹，从网上下载了日本环境音乐家神山纯一的作品反复聆听，渐渐地回归了理性，并使自己受伤的心灵得以康复……这个带有传奇色彩的真实故事，给我的震撼是巨大的，它使我懂得，用心灵写作是多么重要！

毋庸置疑，优秀的文学作品（尤其是散文）具有温暖人心的力量，它能够唤醒读者沉睡的希望，使他们超度世俗的烦恼，获得精神的慰藉。武汉有一位出身贫困家庭的大学生，在考研期间心理压力比较大，对能否实现自己的理想目标缺乏信心，一度欲放弃考研但又心怀不甘，因此陷入精神苦闷状态。然而，当他阅读了我的《有些路你并不清楚》后，在网上写下这样的心得："天底下有些路，你乍看上去比一根火柴梗长不到哪里去，可当你踏上之后，却越走越长，长得让你会产生地老天荒的错觉；而有些路，你感到穷尽一生也走不到头，可是，你走着走着它突然就断了……今天，我对路有了新的认知。"我不知道这位考研的大学生后来结局如何，但我相信有一篇文章曾经抚慰过他寂寞、苦闷的心灵，想必他沉重的心情会轻松一些。

还有一位读者，我不知道他的身份是教师还是学生，他（她）在网上曾留下这样一段简短的文字："读罢许俊文的《怀霜》，全班安静了，每个求学在外的人，都有着深深的感触，心灵深处被温热的双手捧起。"我知道自己的散文作品不可能赢得所有读者的青睐，但是，只要它能够使一部分读者的心灵怦然一动，感知生活与人生的美好，我就知足了。

曾有一位博士出身的教授，在一座大学里主讲文学，当他与我的一篇散文作品邂逅，遂萌发了写评论的欲望，开篇就是这样感性的文字："说了一年的散文，有时觉得话已说尽了。从技巧到思想到主题，从说什么到怎么说，基本上都过了一遍。在这样一种情形下来到我眼前的《一些东西隐藏着》,大概也就真的隐藏了一些好处,让我难以感觉到了。所以我不妨借着这篇散文说一些题外话。”于是,他凭借作品隐含的某些信息,大胆假设,小心求证,对作者进行了一番揣测:首先,可以揣测这篇文章出自一个中年人之手;其二,可以估计这位中年人的性格,不属于事业有成的一类,他似乎在现代生活中难以找到自己的位置;其三,可以感受到作者的洞察与智慧;其四,可以体会到作者表达含蓄,待人温和的特点;其五,作者有着丰富的生活阅历和人生经历,他做事情一定有耐心,他的节奏是不紧不慢,他可能注重细节的完美。

这位与我素昧平生的学者在他的文章结尾处写道:“我真希望作者能看到我的这番评论。更希望他身边的人能看到这篇短文,因为尽管他或许不大容易接近,但一旦接近了,就必然会是最要好的朋友——他其实正是一个“一些东西隐藏着”的人,不是刻意隐藏,只是现代人已经不大愿意耐心地去了解、体会这样一种人的内心世界了。”

说实话,我并不清楚自己是怎样的一种人,但我却佩服这位学者推理与判断的准确。有道是“文如其人”,对于散文作品来说,尤其如此。一篇好的散文,萌发于性情,涵养的也是性情,它实际上是一个人个性、素养、气质的综合体现;而个性、素养、气质等等是可以通过后天修养而获得的。因此,我们读散文,除了欣赏文章本身,更重要的是可以借此了解作者,进入他的内心深处,把握他的情绪性格。这也正是文学的最重要的功能之一——促进人类的相互理解和交流。

这里,顺便提及一下《水根》。这篇作品是我的西部系列散文《穿越青海长云》之一,短短千余字,却使一位读者产生了奇异的联想,由于文字不长,现照录如下:“我在离积雪不远的地方,用一块石头扒开一层黑色的砾石,一条细细的水腺便裸露出来。我没见过如此洁净的水。它的颜色不是白的,也不是蓝的,而是青的,是瓷器上才有的那种青(作者原文)。——许俊文将它称为‘水根’。今天不走,明天要跑——生活的辩证法。”

拉拉杂杂地写下这些,似乎都是散文以外的东西,但仿佛又与文学有关,至于读者怎么看,我尊重他们。

2010 年 9 月 9 日夜写于江南池州杏花村

目录

第一辑

陌路风景

好风景似乎总是在别处。

因而就有了行走的欲望与冲动。

人在旅途，熟悉的事物渐行渐远，前面的一切都是未知。唯其如此，才使人怀着一颗憧憬与敬畏的心去探寻，去体验。探寻与体验的过程，就是感悟新事物、丰富心灵的过程。

鲜活的感觉，崭新的发现，往往潜伏在陌途。

行者的心永远不老。

穿越青海长云

突然心血来潮，要去大漠、戈壁走走。这一走，竟以将近半年的薪水，只换取唐朝边塞诗人们笔下的几块小小云片。

——题记

水 根

把“水”与“根”这两个隔山不搭界的词拼凑在一起，要让它们同衾共枕地过日子，能行吗？水这个尤物，多么放荡不羁，变化无常！况且，那又是海拔四千多米的高山之水，它需要根干什么？然而，当我在摄氏 38°的阳光下，亦步亦趋地接近于阿尔金山上的雪，潜意识就替我临时组装了这个不伦不类的词，以后再想把它们拆散，发现竟然已经不可能了。

脑海里冒出“水根”这个词，纯属偶然。那天，我由敦煌去往青海西部边缘的一个名叫花土沟的小镇，破吉普一出阳关，戈壁便显出它的大来，大得让我瞠目结舌，不辨东西。一路上，我的眼睛似一只饿鹰，四处搜寻着，哪怕一株红柳，抑或一蓬芨芨草，也好使空洞的“大”有一点实实在在的内容。然而，目力所及，除了漫漫黄沙就是黑色的砾石，连只飞鸟的影子也不见。随着嚓嚓车轮向着戈壁深处、更深处不停地滚动，一种不祥的预感若有若无地浮上心头，我下意识地抓起随身携带的水壶，晃晃，又晃晃，不祥的预感又加重了几分。

雪山就是在这个时候进入我的眼帘的。

远远看去，那雪，东一簇，西一片的，散落在黑色的山体与瓷蓝的苍穹之间，白得超脱，白得静穆，它仿佛在此修炼了千年万载，才有了这超凡脱俗的仙风道骨。面对着这种充满神性的圣物，兴奋是难免的，惊愕也是难免的。

破吉普从戈壁进入崎岖的山道后，越发像一位步履蹒跚的老人了，身子伴随着剧烈的喘息，不停地摇晃着，颠簸着，随时都可能趴窝。司机当然比我更急，嘴里一边不干不净地骂着，一边还要找话来安慰我。然而，预感的事情还是发生了。在艰难地爬上一个陡坡之后，破吉普终于停止了呼吸。此时的我，不仅没有感到沮丧和恐惧，反而暗暗地为此庆幸，因为它为我提供了一次看雪的机会。

趁着司机修车的空当，我兴冲冲爬上一个布满积雪的山峰。这是我有生以来第一次看到海拔最高的雪景。这里，仿佛一切都是原始的，阳光是原始的，空气是原始的，那悄无声息的雪也是原始的。它使我想起初生的婴儿。对，婴儿。它从混沌中来到这个世界，还没有接受过母亲的哺乳，通体透明得犹如水晶，神态仍然带有天堂般的安静，使你不忍心伸出曾经沾染过许多尘俗的手，去轻轻抚摸它一下。哪怕只一下。你甚至觉得连看它一眼也是多余的。它是神的孩子。阳光的孩子。海拔四千多米的高山的孩子。

此时，我能够做的，就是站在雪线以下，让近在咫尺的雪，接受我的朝圣。对，朝圣！舍此我不能做任何事情。然而我还是做了。我在离积雪不远的地方，用一块石头扒开一层黑色的砾石，一条细细的水腺便裸露出来，我没有见过如此洁净的水，它的颜色不是白的，也不是蓝的，而是青的，是瓷器上才有的那种青。

刹那间，我脑海里突然冒出一个词："水根"。似乎只有这个不曾被污染的词，才配得上这高山之水。

菊　魂

一连二十多天，我像一只卑微的甲虫，在青海长云下缓慢地爬行着，柴达木、当金山、子母河、阿尔金山、塔克拉玛干、伊循故城、罗布泊……我不知道自己在寻找什么，需要什么，只是一味地"爬行"。一副行囊，一只水壶，外加一张地图和一册纸张泛黄的唐诗。在那些日子里，行走似乎成了我唯一的目的和理由。是的，我曾经享受过太多的细雨、杏花、小桥、幽巷、绵软的丝竹，现在我暂时逃离了它们，像一个嫌疑犯匆匆逃离他作案的现场。

虽说是莺飞草长的季节，可是戈壁和沙漠给我的，依然是千年不变的苍凉，当然少不了风沙。有时天空偶尔掠过一二薄如蝉翼的云片，既高且远，在我看来，它们更像是一缕缕漂泊不定的游魂，连一滴世俗的眼泪也没有。在如此恶劣的环境里，对于习惯了绿色的眼睛，别说一朵花，即便一棵骆驼刺也是奢侈。

然而，我却有幸撞见了一朵稀世之花：菊。

说是撞见，很大程度靠的是运气。戈壁和沙漠实在太大了，乱石累累的山也实在太大了，哪里生长着一丛红柳，哪里有一小片草地，你是不可预知的。那天我从巴音郭楞乘车去往北疆，高温酷热使所有的乘客都拉上了厚厚的窗帘，享受现代科技制造的清凉，只我竟像一个兴奋不已的傻孩子，一路上大睁着眼睛，望着窗外一闪而过的景物。其实有什么好看的呢？无非是千篇一律的戈壁和沙漠。看得久了，头都有些大了。正当我昏昏欲睡之时，一朵硕大的“菊花”突然出现在前方布满黑色砾石的山坡上，而凑巧的是，车子居然在离那朵“菊花”不远的地方停了下来，于是，我便有幸趁着乘客“方便”的机会，仔细端详起这朵托克逊的稀世之“花”来。

说是一朵花，其实，那只是我诗意的想象而已，在这个被称之为“世界风库”的不毛之地，连最耐旱的植物也不能生长，又何来的菊花呢？但在我的眼里，那分明就是一朵盛开的孤菊。此时，我即使站在几百米开外的地方，也能够嗅到它淡淡的清香，一睹它的芳容：那是一个用黄色的石头一块一块拼成的“菊”字，少说也有半间房子那么大。这么大的一朵菊，不要说该用多少石头了，就是把那些石头一块块地搬到陡峭的山坡上去，想必也是不容易的，何况附近压根儿就见不着那种黄色的石头。这时，我的脑海里难免会跳出一个大大的问号：是谁在这空旷寂寞的野山之上，植下这朵稀世之菊呢？他（我猜想必定是男人所为）不惜耗时耗力地去做这样一件毫无经济价值（当然也无艺术价值）的事，究竟是出于什么初衷呢？

答案就像那既高且远的青海长云一样虚无缥缈。

这挥之不去的疑问，一直伴随着我的旅程。直到有一天，我在天山的褶皱里，发现一群灰头土脸的筑路民工，似乎才略有所悟。我想，托克逊山上的那个黄灿灿的“菊”字，说不定就出自这群民工中的某人之手。他，也许来自四川、湖北或者河南，也许就来自我的家乡皖东，他在想家的时候，便利用少得可怜的休息时间，从远处找来那些和菊花一样颜色的石头，再一块一块地把它们搬运到黑色的山坡上，用心拼成一个“菊”字。那个普普通通的字，也许是他新婚不久的妻子，也许是他正在热恋或已经失去的恋人，总之，她们在他的心里必定珍藏了很久，思念了很久。而当他终于找到一种可以表达自己的感情方式时，必定激动了很久；字成之后，他又必定独自伫立在苍茫的暮色里端详了很久，并且因为激动而难过，默默流下感伤的泪水……

现在，那个曾在托克逊不毛之山上植下“菊花”的人，已不知去了何方，也不知山下公路上的匆匆过客，是否会留意山上的那朵四季常开的稀世之“花”，但是，亘古荒凉、冷漠的托克逊，却因此有了几许世俗的色彩与温暖。

树 殇

未成年而死，谓之殇。《辞海》的这个说法，对我要写的那棵沙漠中的胡杨树是贴切的。

当时我仔细地观察过，那棵死去的胡杨，树干粗不过一握，树梢略微高出我一头。想必是风沙经年的扑打和撕咬吧，树皮已脱落尽净，只剩下一副未定型的骨骼，孤零零地戳在柴达木无垠的沙海中。

说起来，我与那棵胡杨的相遇，纯粹是一种偶然。我想，除了偶然，似乎没有什么能够说得清的。世界之大，物种之繁，谁能够预见我今生今世必须在 2007 年 5 月 12 日与那棵夭折的胡杨邂逅？不可能！

然而，往往不可能的可能，才使得我们麻木的心灵怦然一动。

我见到那棵胡杨时，心肯定是动的，而且是怦然一动。要是地点改在我的家乡皖东，或是其他什么有山有水的地方，一棵树死了就死了，心是用不着怦然的，因为病树前头有的是万木春。在柴达木就不同了，我乘着现代的交通工具，穿越了大半个盆地，才得以见到一棵树，还是死的，你说能不怦然吗？

说来多亏了那位司机和戈壁深处的那个别无他店的小餐馆。那餐馆实在小得可怜，只半车的旅客就使它的两位主人张罗不开。司机当然是它的常客，他把就餐的旅客分成三拨，一拨吃，一拨等，一拨饿着肚子在附近转悠。我就是在这里与那棵胡杨相遇的。它立在一片荒凉的废墟之上，从坍塌的土墙和地上散落的碎瓦片，可以想见，这里曾经是有过烟火的。

我的观察和判断，得到同车一位青海妇女的证实。她说从前这里是一个找油（石油勘探）小分队的驻地，二十几年前就废了。当时我就寻思，废弃的还有眼前的这棵胡杨。

当初这棵胡杨是怎么来到这里的呢？又是谁亲手栽下的呢？现在都成了谜。据说在这片死亡之海，年降雨量不足十五毫米，雨落不到地面就蒸发了。如此恶劣的环境，即使像胡杨这样的耐旱植物，恐怕也难以活下来，这个浅显的常识，栽树的人不会不懂的。但是，他还是栽下了，并且树也成活了，足见那个栽树人是多么的热爱生活！是的，热爱。除了热爱，我找不出更有说服力的理由。不像我或我见过的一些人，活得并不差，可就是老爱抱怨生活，好像生活都是别人的，自己永远都站在生活的门外边，他们既没有兴趣也没有耐心，在自己日渐荒凉的心灵里栽一棵树，甚至一棵小草。

还有，那个栽树的人，不可能不知道找油人流动转徙的职业特点，即便是入行不久的新手，当他要在临时的驻地栽树时，别人也会提醒他的。然而，他还是固执地栽下了那棵胡杨，并且每天给它浇水，看着它在春风不度的沙漠里长出一片片绿叶，又在秋风中一片片飘落，仿佛这样的生活才像是生活……

伫立在别人生活的废墟上，面对着一棵夭折的胡杨，我想，即使是自己无法把握的生活，就像那个找油的人，临时为自己栽一棵树，总该是可以的。

山　墟

西部多山，大，且高，像秦岭、昆仑、天山、阿尔金山……哪一座都够庞大的，人往它们面前一站，你只有仰望的资格。

恕我草根，对那些“高大”的东西，本能地心存敬畏与惶恐。在西部穿行的日子里，我总是躲避着它们，要不然，就是作远远地眺望。也只能眺望。仿佛那些高大巍峨的家伙存在于世，就是专供我这样的人眺望的。

然而，山见得多了，我也能渐渐看出一些门道来。譬如，有许多山，上帝当初若是把他们安排的平原上，当然就很像山的样子了，但是在多山的西部，它们却不入流，只能算作山墟，用当地人的话说，叫大沙梁子。在当金山与昆仑山、当金山与天山之间的戈壁上，就横亘着一道又一道这样的大沙梁子：黄瓜梁、鲤鱼梁、仙女梁、骆驼梁、黑风梁……远远望去，就如同一道道用沙石堆起的巍巍长城，可是抵近一看，原来不过是一座座山的废墟。

山墟这个词，其实是我杜撰的。如果你身临其境，十有八九也会杜撰出这个词。杜撰虽然不是科学，但它是艺术的胚胎。我不知道地质学家对这种自然现象怎么个叫法，反正我觉得它们就是山墟。原本一座高大的山，被看不见的岁月之手，今天抹掉一点，明天抹掉一点，抹着抹着就抹去了山的形状和高度，只留下一堆、一片的山的骨骸，你说，这不是山墟是什么？

我在柴达木冷湖一带盘桓时，曾向陪同的当地向导讨教过山墟的有关知识，他也说不出个所以然来。面对着旷寂、苍凉的山墟，我想，当初它们肯定不是这个样子，虽然我不是地质学家，但是，想象会帮助我从那些已经坍塌的山的骨架和残存的巨大基座，勾勒出它们曾经拥有的高峻与峥嵘。

从地貌特征看，那些曾经高大、巍峨的山峦，在成为废墟之前，无疑都经历了漫长岁月的剥蚀和挣扎的痛苦。我发现，几乎每座微微隆起的废墟高处，都会孤立着一两尊骨立形销的褐色巨石，酷似一副徒具形骸的骷髅，不知被谁安放在一个硕大的祭坛上；一阵阵风沙，带着亘古不变的宿冤扑过来，把巨石撕咬得遍体鳞伤，它们有的已经爆裂，有的也已倾斜，似乎风再稍微大那么一点点，就会把它们轰然吹倒。

不是我杞人忧天，这样的悲剧随时都可能发生。我发现，在这些巨石的周围，陈横着一块块不规则的石骸，大的如屋，如碾，小的似盆，似斗。这些从巨石身体上分裂出的骨骼，裸露在无遮无挡的烈日之下，风化的速度更快，也许要不了多久，它们就会四分五裂，彼此罔顾，各自变成一堆堆如拳如碗的砾石。然而，风化并没有因此停止。在它们的下方，则是一条黑色的石子带，那些比鸟卵、螺蛳大不了多少的石子，再继续风化下去，就彻底地与戈壁和沙漠融为一体了。

一座山，就这样消失了。

这样的山墟，在甘肃、青海和南疆随处可见。在库尔勒通往乌鲁木齐的道路两旁，在瓜洲和敦煌之间，在西出阳关一带，绵亘千百里的大小山峦，无一不在演绎着沧海桑田的经历，看了使人触目惊心。我打那里经过时，虽然当地气温高达三四十度，但我还是心生寒意。是的，我无力拯救它们一步步走向废墟的命运，就如同我不能够拯救自己日渐衰老的生命。

在岁月面前，人类和自然一样，命运总是攥在别人的手里，想翻盘也难。

鸦　歌

它们是我在新疆与甘肃接壤地带所见到的唯一的一种鸟：乌鸦。

在翻越阿尔金山进入南疆之前，我被困在一个名叫茫崖的地方。这里，离甘肃西部孤零零的小镇花土沟六百余里，距新疆南边的小镇米兰少说也有千余里，真正是一个前不沾村后不靠店的所在。

我到达茫崖时，虽是正午，但已经没有开往新疆的汽车了。后来经打听才知道，在这个“一片孤城万仞山”的地方，开往新疆的汽车每天只有一班；而糟糕的是，我来的不是时候，赶上了穿越阿尔金山的那条唯一的公路某段出了毛病，据说起码需要三天才能修复通车。于是，我只好耐着性子，在茫崖住了下来。

在我见过的所有镇子里，没有哪个比茫崖更小、更破、更乱的了（恕我不敬）。这里，你见不着一条街道，几十座被尘土覆盖的平房杂乱无章，其中许多还是地窝子。离镇子不远处，耸立着一座座可与几十层楼房比肩的废料山，大风吹过，石粉被高高地扬起，几百平方公里的戈壁都在它的笼罩之下，使人难以找到光芒四射的太阳。如此恶劣、严酷的环境，别说一棵树，即使一棵草也无法生长。

住宿也是个问题。小镇上没有旅馆，唯一可以投宿的地方是一个小理发店，房间的窄小倒在其次，那被褥脏得似乎能抖下来几斤尘土，朝北的窗户蒙着一块油腻腻的塑料布，上面密密麻麻落满了红头苍蝇，透过塑料布上的破洞，一堆干鲜杂陈的粪便几与窗台齐平……面对眼前的一切，想到自己要在这里滞留三天，不觉愁上心头。

乌鸦就是在这个时候出现的。

说句实话，我平素最不喜欢这种鸟。虽然“不喜欢”缺乏足够的理由，但“不喜欢”本身似乎就是理由。也许是出于“太穷常恐人防贼，久病都疑犬亦仙”的微妙心理吧，在这个“千山鸟飞绝”的地方，我竟然喜欢上了乌鸦。

茫崖镇子小，乌鸦也少，总共三只，其中两只个头大的像是鸦父鸦母，小的该是它们的儿子或女儿了。它们像三个快乐的精灵，自由自在，无忧无虑，从早到晚嘎嘎地叫个不休，一忽儿飞到东，一忽儿飞到西，似乎没有疲倦的时候。它们飞过或落下的地方，仿佛都留下了欢快的生命气息。

起初，我还为乌鸦的食物和饮水担忧，毕竟镇子上无树木，周围亦无农田和水源，他们靠什么维持生命呢？后来我发现，乌鸦像个拾荒者，它们的食物来源无非是小镇人丢弃的烂菜帮子、瓜果皮、倒掉的剩饭剩菜，可谓有啥吃啥，从不挑三拣四，当然也没有条件挑拣。我亲眼看见三只乌鸦合力捕捉了一只老鼠，叼在高高的电线杆上吃得有滋有味，啄几口，叫一声，啄几口，又叫一声，那嘎嘎的鸣叫，岂不就是它们欢快的歌唱么？它们使我想起了孔子的学生颜回，身居陋巷，虽一箪食，一瓢饮，回也不觉其苦。当然乌鸦不是颜回，颜回腹有诗书气自华，懂得忍耐寂寞是为了修身齐家治国平天下；但是，颜回也不是茫崖的乌鸦，乌鸦虽然弱小，又不具备人类的智慧，然而它们似乎也通晓安身立命，苦中寻乐。看来，但凡是生灵，总有值得我们敬畏的理由。

一连几天，无事可做（也不想做）的我，在镇子周围的戈壁滩上胡乱转悠，无意中发现了一只鸦窝。那鸦窝就垒在一根水泥电线杆的顶端，仿佛一阵大风就会把它掀落下来。此时，站在窝上的三只乌鸦见了我，欢天喜地地叫个不停，有一种他乡遇故知般的欣喜若狂的味道。作为回敬，我将一只苹果放在电线杆下面，当我离开的时候，那三只乌鸦正在享用我馈赠的礼物，它们啄几口，朝我叫一声，旷寂的戈壁因为它们的叫声而生动起来。

说起来你也许不信，是这三只乌鸦改变了我对茫崖石棉矿那些女工的看法。刚到茫崖时，当我看到一个个年轻的女子，头戴着防尘面罩，浑身的尘土，整天与沉重的石头和粉碎机打交道的情景，便心生怜悯之情，感慨命运的不公。其实我不了解她们，就像我当初不了解那三只乌鸦一样。在夜幕降临后，小镇渐渐沉静下来，这时，从一个简陋得不能再简陋的卡拉 ok 房子里，飘出了年轻女子们清亮、柔美的歌声。听着听着，我沉重的心便释然了。

忘不了茫崖，更忘不了那里年轻的女子和鸟的歌声。

醉在阳关外

那是人间四月天。

突然心血来潮，我要去西部戈壁、大漠走一走。启程前，友人设宴为我壮行，酒至微醺，一位平素与诗无缘的朋友，将王维的《出塞曲》与二锅头一起斟入我的杯中。当时的神智已被酒精浸泡得有几分麻木，加之不忍拂逆朋友的一片真情，自然也就认可了那杯额外的酒和“西出阳关无故人”了。

诗人的伟大，在我尚未抵达阳关之前就被它折服了。对，折服。苍茫、辽阔的戈壁，高古、湛蓝的天穹，它们仿佛是专为上帝准备的，人类倘若擅自闯入，只能被视为自不量力。在这样的地方，不要说“故人”与酒了，就连“故鸟”也难得一见。平时我们读古诗，特别是那些气势恢宏的边塞诗，总是煞费苦心地咬文嚼字，通过丰富的想象来复原诗中的诸般境况，触摸诗人隐藏在意象背后的复杂感情。其实到了阳关，你会觉得这些繁缛的细节完全可以省略，因为那些诗中所描绘和蕴藏的一切，都一览无余地裸露于眼前，干风，落日，长河，孤月，遍地的沙碛和隐约的雪峰……此时，你似乎用不着多加思考，随便拾取身边的几个景物，即可吟出一首不错的诗来。我就试着作了一首：

阳关一望客心凉，
漠风掠地石飞扬。
残垣无力挽落日，
无奈孤月照大荒。

带着这首蹩脚的诗，我用了整整一天时间，借助现代化的交通工具，穿越一千三百里的瀚海长云，来到了青海西部一个名叫花土沟的地方。

早在从甘肃瓜州出发的前夜，我就曾久久注视过地图上标注的“花土沟”这三个字，心中有一种少有的温润，因为我已经将近半个月没见过真正意义上的泥土了。然而事实并非如我所愿，直到抵达花土沟时，才知其地徒有虚名，这里既没有土，更没有花，至于有沟就会有潺潺流水、杂花生树的揣测，也是不切实际的妄断。况且，此时残阳西坠，戈壁深处孤零零的小镇一片寂然，加之一时投宿无着，不觉愁云浮上心头。

也许是天佑吧，就在我彷徨四顾之时，一个五十开外的男子径自走到我的跟前，我们彼此只简短地说了几句话，几乎是同时从对方的口音中嗅出特殊的味道来，一打听，果然我们都是皖籍滁州人；更出乎意料的是，他家的旧居竟然与我现在的住处仅隔着一道低矮的围墙，就连他早年过从甚密的一位同学，我也与其有过交往，于是，我便顺理成章地被他视为故乡人了。

他乡遇故知（其实是新知），委实是一件令人兴奋的事。可谁知这一兴奋，便冲昏了头脑，当晚我俩便在一家小酒馆昏天黑地喝酒——那是我人生中唯一的一次真正的开怀畅饮，此时，仿佛生理所能够承受的极限被无限地放大，想喝多少就喝多少，想说什么就说什么，那平时精心垒起的所谓城府，三缄其口的诸般禁忌，已被酒兴冲得七零八落。因为，也许就在明天，我们就可能相忘于江湖了。

人生相聚复相别，相别复相忘，这是金庸笔下经常出现的人物和场景，今天它在我的身上重现，并以苍茫的戈壁和偏远的小镇作为背景，自然被我视为人生中一种难得的际遇。也许我独走大漠，向往和寻找的就是当下生活中所缺少的这种江湖情怀吧。

后来，我不知自己是怎么回到住处的，也不知是何时被人送到小镇医院抢救的，醉意蒙眬中，只觉得自己曾经层层包裹起来的灵魂，借助于戈壁小镇之酒，悄悄出了一回壳。至于它走了多远，到过哪些地方，我想，那是灵魂自己的事。

柳 骨

柳是与水贴得最近的一种树，因而也最具水的气质，枝条柔柔的，柳絮儿绵绵的，细长的叶子酷似一双含情脉脉的秀眉；临水而立的柳，婀娜多姿，柔弱无骨，一副不胜轻风娇羞的小女子模样，容易使人联想起《红楼梦》里的某个人物。

打小时候起，我就看不起水柳。豆村的鸟也是，它们不肯把自己的巢筑在柳树上。想必是水柳弱不禁风，依傍不得吧。别看黄莺儿平时总爱躲在柳荫里谈情说爱，叫得比任何鸟儿都欢，可是一旦进入产卵期，它们便不辞而别，另择他枝而栖了。爷爷对柳树也没有好感。有一年春天，幺姑和她的几位女同学不知从哪里弄来一些柳枝，插在我家门前的水塘边，结果全被我爷爷拔掉了。拔就拔吧，还拔一根甩出一句：栽树莫栽柳；拔一根又甩出一句：当柴都不够。当时把我幺姑气得直抹鼻子。我奶奶一向疼爱她的幺女，劈头盖脸地把我爷爷臭骂了一顿，爷爷知道我奶奶的坏脾气，转身走出去老远，小声咕哝道：女人见识。

其实水柳并不缺少美感，尤其是它那极尽妩媚的婉约之美，曾生动了整整一部宋词。也许正因为柳的性格中水性过多了一些，所以才偏爱江南温柔地，常伴缠绵悱恻人。

有时，生活的经验是靠不住的，具体到对水柳的认知也是如此。我的西部之旅，行程一万多公里，所见所闻多矣，却偏偏被一棵水柳所震撼，这是出乎意料的。说实在的，我算是一个历经磨难的人，妻子早逝，中年大病，四十八岁满怀委屈地退休，儿子差点儿走上了绝路……你说我的这颗心即使再敏感，不麻木也得麻木了，因而对于来自外界的一切刺激，甚至是撞击，就如同冬天里的枯草，多几场或少几场寒霜，似乎都无所谓了，哪里还谈得上震撼呢？然而有一天，当我的目光与戈壁中的一棵水柳（而非红柳）偶然相遇时，心灵竟毫无预兆地怦然一动，凭感觉我知道自己的心被激活了。

出于对那棵水柳的感激与敬重，这里，我不妨给出一个大致的地理坐标：塔克拉玛干沙漠以东，吉林巴丹沙漠以西，柴达木戈壁以北；再给出一条准确的路径：玉门关—瓜州—踏实镇—锁阳故城。不然，相对一棵树来说，西部太大，戈壁也太大；有了坐标和路径，即使人去不了那里，说不定你的心暗中会去造访的。

那棵水柳就生长在锁阳故城的城废墟之上，据说是衔命西征的薛仁贵亲手所植。这是传说，当不得真。在我看来，树究竟是将军栽的还是马夫戍卒栽的，似乎并不重要，重要的是那棵水柳被命运置于绝境之后，竟然活了下来，且活了一千多年，这不能不说是个奇迹。对，奇迹。我们习惯于毫不费力地使用这个夸张的词，一声惊叹，全打发了；至于“奇迹”是怎样炼成的，谁也不会去深究它。在锁阳故城，我就碰见两个戴着耳麦的广州小伙子，他们以那棵水柳和水柳傍的石碑为背景，各自摆开架式照了一张相，便匆匆逃离了。我不知道当时那棵水柳是怎么想的，可惜我不是水柳，自然无法真实体验它的感受。

锁阳故城的环境比我的想象要残酷得多，十几平方公里的城池虽然还保持着大致的轮廓，但在岁月的不断侵袭下，目前已成为一片七零八落的残骸了，而旷古的风沙并没有止戈息战的意思，它们就如同当年凶悍的胡兵，呐喊着，奔驰着，从四面八方包围过来，轻而易举地越过一道道坍塌的城墙，蜂拥而入，把历史上留下的一切彻底掩埋。唯有那棵柔弱的水柳还坚强地活着，它仿佛是这里最后的一个坚守者，尽管它的主干（据当地的向导说有四米多高）已被风沙全部吞噬，但它露在地面的树冠，犹如一面绿色的旗帜在风中猎猎招展，始终不倒。至于我的到来，充其量只能算是一个旁观者，我可以和它靠在一起，可以握住它的手，但却不能助其一臂之力。此时我能够做的，就是在它的面前多伫立一会儿。仅此而已。

其实，水柳是用不着我拯救的，是它自己拯救了自己，也只能自己拯救自己。它拯救的唯一办法，就是在与死亡的长期抗争中，一次次地脱胎换骨，用无以计数的苦难，炼就一副铮铮铁骨。

从这棵水柳身上，我发现了生命、处境和美的奥秘。

面对着锁阳故城沙漠中的水柳，我想起了一位诗人的半首诗：

> 时间能不能像
> 一条深深的隧道那样
> 让我穿过去
> 目睹它迢遥的往昔
> 至少在今天
> 我努力过
> 我甚至连一分钟前都回不去
> ……

不觉潸然泪下。

放纵白杨谷

一个生命，如果不曾放纵过自己，我想，这个生命肯定是被阉割或驯化了的。就像我家早年喂养的那头去性的驴子，即使春天把它放到田野上去，它也只知低着头啃草，仿佛那满世界游荡、蛊惑的风，竟与它毫无干系。我也是。不知从什么时候起，自己竟然变成了一棵城市里的树，去年被修剪一番，今年又被修剪一番，我的高度永远被限定在二层楼以下。

西部可不是这样的。它给我的第一感觉就是放纵。对，放纵。以前我对这个词是没有一丝好感的，仿佛许多恶果都源于“放纵”这朵恶之花。可是到了西部，才觉出放纵原来竟如此美妙：那大戈壁、大沙漠，那高天、高山，它们就如同一伙可爱的教唆犯，把你压抑太久的生理和心理的能量全部诱发出来，这时你突然就有了呼喊的欲望，驰骋的欲望，眺望的欲望……

放纵是一件多么令人爽心的事啊！你可以把前生后世、芝麻绿豆，统统抛到爪哇国去，那些长期黏附在心灵上的尘埃，只需轻轻一抖，连一片碎屑也不会留下。此时你恍惚觉得与神离得很近，或者说你自己就是神了。而你平时所仰息的那些伪神圣的东西，充其量只是脚下的一粒沙子而已。

这种独特的感受，是天山之南的一条河谷赋予我的。

如果按照预先设计的路线，我的西部之旅，只能与那条渺无人烟的河谷擦肩而过——因为那天我买的车票是库尔勒直达乌鲁木齐的。这其间的一千多里路程，几乎全是冷峻的高山与浊黄的戈壁。然而，当汽车行驶到吐鲁番西北部的一条河谷时，我却临时放弃了去乌鲁木齐的念头，突然中途下了车。这时好心的司机一再提醒我，别离公路走得太远，以免误了最后一班汽车。车上的其他乘客也对我的反常行为感到大惑不解，尽管他们什么也没说，但脸上的表情是掩饰不住的。其实，我的想法再简单不过，就是想放纵一下自己。

接下来的事情，由着我率性而为了。

那条以白杨命名的河谷，其实空有一个好名字，这就好比一座金矿，金子早已被人掏光了，而名字却一直延续着。在这里，宽阔的河床还好端端的，可是河水已经凝固成遍地的石头了；至于白杨树嘛，也只能靠想象去复原它们诗意的往昔。其时就我一个人，顺着空旷、干涸的河谷一路东行，见了只野兔就瞎撵上一气，捡到颗中意的鹅卵石就把它装进背包，那半截埋在黄沙里的枯树干，难免会引发我的一声喟叹……就这样走走，停停，或躺下，或坐起，没有任何目的。

刀郎的歌声这时也悄悄来到了嘴边。不瞒你说，我是一个五音不全的人，平时被人一拽进练歌房就犯怯，现在倒好，无端地就成了刀郎的“粉丝”。我觉得，刀郎的歌最适合在这种远离浮华的地方唱，最好是声嘶力竭地唱，至于音调准不准，韵味足不足，那是另外一回事了，只要是唱给自己心灵的，那就放纵地唱好了。一个人的苍凉，就着长河落日的浊酒，独自品尝，有一种说不出的况味。走累了，就在一块石头上坐下来，坐成另一块石头又何妨？然而眼睛却是个活物，它不肯安生下来，眺望着说远不远、说近不近的天山雪峰。那雪峰呢，仿佛也在眺望着我，于是，我们彼此就用干净的心灵拥抱，以清澈的目光接吻，完全用不着像在红尘腾涌的都市，情人节里偷偷摸摸地送走一朵花。

米兰的荷尔蒙

在我的印象里，西部是坦荡而粗犷的，你不妨抬眼一望：大漠就那么赤裸裸地躺着，高山就那么硬邦邦地戳着，戈壁的风，打老远就亮出它的坏脾气。河流也是。疏勒河、石羊河、党河、孔雀河、塔里木河……它们都用不着羞羞答答，用不着云遮雾罩，要奔流，就放纵地一路裸奔；待到生命枯竭时，就化作一川石头，守着亘古的苍凉。西部的树也活得刚直磊落，一棵，就是一棵，彼此远远地立着，一副单打独斗的架势，站立或倒下，都不失江湖的血性与孤傲。

然而，西部也有着不为人知的另一面：暧昧。这个略带几分含混的词，有种雾里观花的情调，或者更像是情人含蓄、缥缈的眼风，非局内人是难以读懂的。

我这里所说的，不是西域的全部，而仅仅是塔克拉玛干大沙漠深处的小镇米兰。

不瞒你说，那天我艰难地翻越阿尔金山，原本是冲着古楼兰和罗布泊去的。可是打米兰经过时，我竟像一头从小南风里嗅出异味的驴子，步子就挪不动了。于是，我便心照不宣地在米兰住了下来。

米兰的确是一个若仙若幻的所在，说得玄一些，有点类似于蒲松龄那只可爱的小狐妖，身上潜伏着一种致幻的魔力。譬如说风吧，它们在戈壁、沙漠上撒野，是硬的，蛮横的，可是一到了米兰，就变得轻柔、乖顺了，挠你的小手比水绸子还要软滑。还有那些看不见的空气，我在别处行走时，常常会有一种为呼吸而呼吸的局促感，胸闷，气喘，流鼻血。我曾担心是不是自己身上某个部位出了问题。然而当我走进米兰，空气和呼吸就被彻底遗忘了，一股子近似于女子的体香在周围弥漫着。细腻。温润。经久不散。它很容易使人沉迷而想入非非。那天晚上我躺在小镇的旅馆里，辗转反侧难以入眠，心里总是若有期待。这在西部其他地方是不曾有过的。

我弄不清这是为什么。

在没有找到答案之前，我宁肯相信自己的感觉。就像我的父亲，稻子还未动镰收割，他只要往地头一站，就知道哪块地能打多少斤。米兰之于我也有类似的情形，这想必是诡秘的感觉在我尚未抵达时，就已经把小镇仔细侦察了一遍；尽管它什么也没告诉我，但它身上黏附的那种似曾相识又暧昧不清的气味，分明就是一种叫做荷尔蒙的东西。

我的这个判断不是没有依据的，你看一看米兰的生态就清楚了。这里不仅树多，胡杨、沙枣、红柳、白杨、紫槐……庄稼也特别的旺，甚至连野草都有着江南女子鲜润的气色——不像西部的其他许多地方，即使驱车跑上一天，也难得见到几棵气血饱满的树。令人迷惑的是，米兰的周围全是大沙漠、大戈壁，附近又是沙尘暴的发源地，死亡之神时刻都在觑觎着一切生命，它本来是不应该有这番奢侈景象的，然而它毕竟还是有了。因而我有理由推断，这是一块生殖力异常旺盛的土地。

果然不出所料。就在离我下榻不远的地方，有一条奔涌不息的河流，由于泥沙的含量实在太高，以致河水的颜色几与浊黄的戈壁不分，要不是哗哗的水声提醒，我是不会把它当作一条河流的。这条得益于阿尔金山积雪的河，尽管流程才一百多公里，但水量却是如此丰盈，它以其特有的阴柔之美，哺育着流域内唯一的戈壁小镇米兰。而就在这条河流拐弯的地方，我又有了一个惊喜地发现：一个象征着生殖崇拜的阳具雕塑，坚挺在茫茫戈壁之上，它的位置恰到好处地正冲着子母河那一河的活水，即使经历了千年的风霜雪雨，也未能使它颓圮，它仿佛在昭示着一种上帝赋予的权力：生命原始的冲动和力量。

我想，即使一个对生活厌倦或力不从心的人，当你呼吸着米兰的气息，说不定也会重新振作而快乐起来。

苍凉塔里木

认识塔里木河，我收获的却是苍凉。

《现代汉语规范词典》只给了“苍凉”两个字的释义：凄凉。其实压根儿就不是那么回事。不错，苍凉里是包含着凄凉的成分，但不能因此就把苍凉与凄凉一锅煮了。以我的真实感受，凄凉不过是心灵里一块缓慢融化的残冰，而苍凉就如同置身于一片迷茫、空旷的雪原，你很难确切知道它的边际在哪里。

塔里木河给我的感觉正是如此。

本来，在我的西部之旅中，是没有塔里木河的。不是我不想见识这条西部最长的河流，而恰恰是因为它实在太长，使我望尘莫及。

那是五月初，一场沙尘暴刚刚谢幕，烈日便在大漠堂而皇之地登场。那天，我兴冲冲地向罗布泊中的楼兰遗址贸然前行，不料，车出米兰镇不远即被路卡强行拦阻，多年积存的那么一点心愿陡然落空，不觉惆怅弥怀。于是，我只好抱着舍而求其次的想法，转道去了塔里木河。

眼下正是高山冰雪消融的季节，按说，靠雪水滋养的塔里木河该是血脉贲张的。（西部的河流大多是这样，它们一年当中，大部分时间处于“休克”状态，只有当夏季来临时，才痛痛快快地活一把。）然而，当我翻越一座沙梁，又一座沙梁，直到抵达一处凹槽形的地带时，陪同的向导这才把真相端给我：这就是塔里木河。当时我简直不敢相信自己耳朵和眼睛，心里直犯嘀咕，塔里木河怎么可能是这个样子呢？是不是向导蒙骗了自己？向导见我神情不爽，反问道，你说塔里木河该是什么样子？我哑然。就在那一刻，我心中萦绕已久的梦突然间破灭了。我怔怔地站在河岸的沙丘上，半天都没有醒过神来。

于是，我不得不接受眼前与想象反差极大的现实，开始打量这条早已枯竭的河流（确切地说，断流长度达 600 多公里）。尽管当时沙漠中的气温高达摄氏 40 多度，但是，我却感到一种彻骨的寒冷和旷世的苍凉扑面而来。在下心里想，与其说我来领略塔里木河的雄姿，倒不如说是来凭吊它的亡灵。

这里，我不妨用战栗的目光勾勒一幅苍白的素描：宽不过百米的塔里木河，如同一条干瘪而扭曲的血管，自西向东，从沙漠里来，再到沙漠中去，没有水，也没有飞鸟。河底偶尔可以见到一小片潮湿的沙土，上面长满了瘦弱的芦苇和罗布麻。河岸即是一座座不规则的沙丘，它们从南北两个方向楔入河床，窄一点的地方即将完成合拢。靠近河道的两边，是大片的胡杨林带，其中的大部分已经死亡和正在死亡，然而一棵也没有倒下，全都以站立的姿态晓谕生命的坚强。胡杨林外，点缀着一些红柳、芨芨草与骆驼刺的影子，即便是万物争荣的五月，它们仍然摆脱不掉死神的纠缠。更远处，便是连绵不尽的沙山了。

……我不能再作更详细的描绘，就像我们面对着自己即将辞世的亲人，对他们弥留之际痛苦表情的任何描述，都是一种对心灵的亵渎。塔里木河也一样。在我看来，这是一条下肢高位瘫痪的河流，它躺在苍茫的大漠与戈壁之中，一天天地向死亡靠拢，似乎没有谁能够救赎。忧伤。绝望。悲凉。也许上帝能够拯救它，但那毕竟是上帝的事，我们却做不了主，只能眼睁睁地看着它挣扎，呻吟，然后慢慢地死去。当时，我真想面对着这条奄奄待毙的河流长跪不起，为它作最后的祈祷，或送行。

令人费解的是，作为本地人的向导，心情反而比我显得轻松多了，他先是坐在胡杨的凉阴下过足了烟瘾，然后便像一只跳鼠在林子里窜来窜去的。我问他找什么，他说找“钱路”啊。我不解，又不必细问，只能姑妄听之。此人后来告诉我，他早年就在这一带放牧，日子过得还算滋润，塔里木河彻底断流以后，牧放不下去了，于是他就打起了那些死去胡杨的主意，用枯木做成一个个大大小小的佛雕，销售到东南亚或更远的地方，赚回大把大把的票子。尽管他说话时的语气很平静，但我还是感到震惊，为其对一条河流的死亡熟视无睹而震惊，更为人类的贪婪而悲哀。600 多公里长的塔里木河如今已变成一具骷髅，人们还不肯放过它，仍然还在不断地从死者身上搜刮剩下的那么一点点财富，人性之恶简直到了无以复加的地步！

对于塔里木河，我虽然没有直接承受过它的恩泽，但我相信，任何一条河流的死亡，都意味着我们人类生命的部分死亡。为一条河流的灵魂祈祷，又何尝不是在为我们自身的宿命超度和祈祷呢？所以整整一个中午，我的心境都是苍凉的，像一个失魂者，在塔里木河边徘徊。此时，我也在寻找，一把牧人丢弃的羊铲，一只用来盛水或酒的瓦罐，一堆植物的灰烬，都能引起我的无尽遐想。后来我在一个河流拐弯的地方，偶尔发现了一只独木舟，舟体几乎被风沙掩埋，只露出一个大致的轮廓。我不知道它搁浅于何时，更不知道谁曾划着它在流水间穿行，但是我敢肯定，这个独木舟和它的主人曾经与塔里木河相濡以沫，想必也像我一样，曾有过美好的憧憬，痛苦过，也快乐过。然而划着划着，河流消失了，主人不得不弃舟而去，连一个告别的手势也没有留下。其实，即使留下又能怎样呢？就像这只独木舟，还有傍舟生长的那几根芦苇，空对着无边的荒漠和苍凉，最终它们还是摆脱不了被风沙彻底吞噬的命运。

这仿佛像一个预言，或者谶语。面对着它们，我已经无话可说。一切的一切，似都包含在这无边的苍凉之中……

一篙秋水到河源

长不过百余公里的一条河流，平平仄仄地流淌着，透着幽幽古韵，流着流着，就流淌成一条诗河了。那茵绿的河水是诗，水里扎进钻出的黑色鱼鹰是诗，卧在水底的麻石是诗，麻石间慢条斯理地游来穿去的桂斑鱼是诗，那被竹篙点乱，又缓缓聚拢的山影、树影，当然也是诗了。

出产诗的河流是一种诱惑，她就像一位懂得风情的女子，站在灯火阑珊处，只需一瞥含情的眼风，就把大诗人李白给吸引来了。

秋浦河就是这样一位狐媚的江南女子。

在一个爽净的季节，我们几个文字客，凭借着一只梭子船，沿着这条四季澄碧如秋的诗河溯流而上。一路上，时而唏嘘，时而缄默，又时而纵情地狂歌、浪笑，不知当年李白三番五次地游历这条河流时，是不是这个样子。时空本无界，古今系一念，河也还是《秋浦歌》中的那条河，就连岸边的蒹葭、菖蒲，想必与一千多年前也不会有多少改变。

绿叶上的河流

河流总是神秘的。

一条河流起源于何处，能够走多远，滋润多少土地，不是自己说了算的，它的命运掌握在别人手里。这个人就是河源。

一河之源，一山之脉，那是根。

世界上那些巨川大河，它们深邃的源头，总是由上帝守护着，轻易不会让人类涉足；即使是一条逶迤的山溪，它的源头想必也有着许多不为人知的隐秘。那是生命的肇始之地，神圣犹如母性的命门，冥冥中主宰着河流的走向与兴衰。

秋浦河也是。当梭子船搁浅在第三个黄昏里，我们误以为那该是它的源头了，然而不是那么回事。于是，我们只好弃舟上岸，循着幽灵般的汩汩水脉，在幽壑和深涧中穿行，企图寻找到它真正的源头。而事实证明我们是轻率而愚蠢的。因为水脉不止来自一处，又极细，只能浮起小小的酒杯，用“滥觞”来形容可能更准确一些。还是打个比喻吧，假如把秋浦河的主河道比作一棵大树的主干，那么，主干上还有许多支干，而每一个支干上又长出许多分支来，分支上则密布着更多的枝枝叶叶。如果硬是要寻找秋浦河的源头，在我看来，寻寻觅觅，到头来只能得到一片树叶，或一株小草。

其实，秋浦河正是从一片树叶上诞生的。或者说，秋浦河是从树叶上走下来的河流——绿色的河流。一片树叶的高度，就是秋浦河之源的高度，也是它生命尊严和美学的高度。在我看来，一滴雨水落在树叶上，无数滴雨水落在密密匝匝的树叶上，都是为了成全一条河流的，它们只能朝着一个方向走——秋浦河。这只能理解是上苍的安排。舍此，你找不到更充足的理由。

秋浦河的发源地上百平方公里，而榉根岭与虎形山又绿得一塌糊涂。这里是树的王国，藤蔓的王国，野草的王国，那无以计数的绿叶汇聚起来，岂不就是秋浦河真正的源头么？

河源村的气味

村庄是有气味的。

一个村庄与另一个村庄，乍看，房舍、道路呀，牲畜、炊烟呀，好像并没有多少差别。然而，当你把心静默下来，静默成一株草，或一颗露珠，你就会慢慢分辨出它们的气味来。这气味，无论咸淡，也无论雅俗，都是村庄生命的气息。

譬如一只羊，走得再远，它也能够找到自己的村庄。像牛和驴这样的大牲畜，就更不用说了，它们偶尔走失了，你用不着四处乱找，傍晚时分它们会沿着原路边走边嗅地回到村庄，靠的就是村庄的气味。

那些外表看似相同的村庄，其实是有分野的，而气味就是一个看不见的分水岭，它们在暗中把村庄划分成你的，和我的。

这就是说，每一个村庄都是属于它自己的。

坐落在秋浦河源头的河源村，它的气味与其他村庄不同。离老远的，我就嗅到了桂花的气味，就是站在上风头，也能隐约的嗅到，一缕一缕的，比游丝还要细。这使我纳闷，一个靠土地和庄稼吃饭的村庄，村民何以还有那份儒雅、闲适的性情，去栽种与他们并不富裕的物质生活无关的桂花呢？这是个谜。

在谜底尚未揭开之前，我想，若是换成另一个村庄的人，他们宁肯在房前屋后多种一架扁豆，或几棵枣儿梨的，也不会去做这种毫无经济价值的风雅事。风雅好是好，可是离平民似乎有点儿远，它既不能当饭吃，也不能当柴烧。这只是我的想法，一个局外人的想法，虽然有些俗气，但我还是觉得，俗气才更像是平民的生活。

然而，河源村却偏偏就从世俗中开出一簇簇文人雅士偏爱的桂花来。那袅袅香气，雾也似地弥漫了整个村庄，或者说，整个村庄都浮在桂花的暗香里。这儿，水里浸着香，风中飘着香，巷弄里藏着香，就连我这个贸然闯入者，身上也黏附着一抹清香。即使是夜晚，你把门窗关得严严实实的，桂花的气味也会悄悄地钻进来，染香你的梦。我这么说，是不是有点儿“小资”的味道？不，你听河源村的人是怎么说的，我就看见一个孩子，他把从树上摘下的桂花夹在馒头里，边吃边说：“桂花把我的肠子都熏香了。”

河源村的气味的确是出自骨子里的，这可能与神秘的河源有关吧，那一股又一股的活水，从浓绿的草木中，从长着苔藓的石缝里，汩汩地渗出来，汇作一脉清流，给了河源村人以少有的灵秀之气。山涵水润，天长日久，他们的生命里便积聚起与众不同的特质——诗书情结。

我的这个揣测居然得到了史料的印证。在明清时期，或许更早，藏在大山深处的河源村，便有了名声显赫的进士街和秀才弄。透过岁月的尘埃，我们依稀可见，那些自这里走出去的读书人的背影，就像从秋浦河游进长江的白甲鱼，一拨一拨的，这种现象在昔日地域广阔的中国农村是极为罕见的。用当地一位老人的话说，河源村是一个“出秀”的地方，文脉如河源之水，相传不绝。这里的土地就是种萝卜，也要比其他村里长的大。我想，“出秀”之地当然也是个散发着幽幽书香的地方。遥想当年，那些与源头活水相伴的人家聚族于斯，边耕边读，“出秀”门庭遍植桂花的情景，自然也就是情理之中的事了。

如今，也许有人会对着这里荒芜的青石板路和随处散落的残砖碎瓦，发出一声声感叹。这是可以理解的，历史总会在风吹雨打中湮灭。然而，比历史和那些建筑更坚固，也更久远的，则是从岁月深处一路流泻下来的那种特殊的气味。

譬如桂花。

雾里说茶

时下写茶的文章太多，我又是一个不谙茶道的人，自然不敢轻易说茶谈茗。不说，并不是没有想法。在我看来，茶是灵异之物，灵就灵在它与人的那份相知相悦，一见如故，恰似风烛残年之人仅存的一二知己，即使长宵久坐，不说一字，彼此也心知肚明。

然而，到了秋浦河的源头，我这才觉得，如果不说一说茶，就真的对不住这片灵山秀水了。

我平素喜爱草木，和类似草木的文字，对茶字的结构自然由衷的欣赏。你瞧，那草，是灵草，那木，是秀木，人则闲居其间，友草木而得天地灵秀之气，怎么想，都是一个美。茶的这种意蕴，也正好与我散淡、闲适、唯美，甚至骨子里还有那么一点清高的性情暗合。

秋浦河之源，是个适合品茶谈诗的地方，诗是李白的诗，茶是云雾茶。有山有水，有诗有茶，再辅以忽聚忽散的薄雾流岚，这样一个远离世嚣的所在，即使你带着一颗蒙着尘埃的心来，但我相信，只需一杯雾里青茶，就会澄澈如洗。

不是我故弄玄虚，秋浦河源头的这片山水，与茶有着天然的缘分。对，缘分。究竟是茶选择了这片山水，还是这片山水选择了茶，实在不好说。就像一棵树，生长在戈壁是一种样子，平原是一种样子，生长在云雾缭绕的深山则又是一种样子。树还是那棵树，树已不是那棵树，这里面是不是有禅意呢？说不清。举凡灵异之物，都是难以说清的。鸟来鸟去山色里，说不清；花开花落月色中，也说不清。说不清的东西，也许就藏着天意的成分吧。天意从来高难问，你问也是白问，倒不如坐在云雾进进出出的山间小屋里，斟一杯茶，慢饮。

秋浦河源头的茶也是说不清的。譬如雾里青，一个多么富于诗意的茶名！它给人的感觉有些蒙胧，有些暧昧，那若仙若幻的样子，宛如一位恍若隔世的情人，立在忽隐忽现的雾岚之中，手扶着栏杆朝你莞尔，这怎能不让人怦然心动呢？有人把好茶比作静美的女子，这里，我还得补充一句，是那种躲在一帘幽静里闲读诗词歌赋，一笔笔抹着丹青的女子，你可以窥见她的一抹浅笑，几点轻愁，甚至能够嗅到她那呵气如兰的幽香。仅此而已。

雾里青就是这样的一种茶。它的性情是柔和的，安静的，柔和与安静中又透着几分恰到好处的腼腆。或者叫羞涩。这样的茶，经得起慢慢品味，就像时下越来越少的那种女子，你须得耐着性子，把脚步放得轻一些，再轻一些，才能一点一点地走进她的心灵世界。我想，这与秋浦河源头经年不散的云雾可能有着某种隐秘的关系。这里的云雾仿佛是有根的，它的根就扎在这一方的水土里，四季枝繁叶茂，蓬蓬勃勃的，它把水土里的精气提炼出来，再浸润到草木的生命中去。这个过程是缓慢的。唯其缓慢，才滋养出雾里青茶的一副好性情。

这是爱茶者的福气。

漈下村慢板

这是闽东山区的一个古村落。当我披着一袭春雨织就的薄衫，悄然进入，又悄然退出时，旅游开发的钟声响了。

我愣怔了一下。

又愣怔了一下。

——作者手记

一

似有一种暗疾如影随形。

常常，对，是常常，我会隐约感到自己已有些踉跄的脚步还是走得太慢，有许多本该被自己抓住的东西，就只差那么一拃远，它们竟像鱼儿一样从我的身边溜掉；而当周围一个又一个熟悉与陌生的身影，从背后匆匆地超越过去，那暗疾就会无端地加重几分。

二

与时下急切、匆忙的“快板”都市生活相比，漈下村无疑就是一记慢板了。

藏匿在鹫峰山脉褶皱里的漈下村，就像一块被时光遗忘的古玉，身上寄生着斑驳的苔痕。我在那里流连时，尽管步了放得够慢的了，走走，停停，间或对着一堵老墙、一座廊桥、一盘水碾，张望和发呆，但还是要不时地转过身去，似电影里的慢镜头动作，再走一段回头路。好像不这么做，就会有许多东西看不清楚；即使看清楚了，也还想再多看几眼，看出其中隐藏的细节与味道。漈下村就是这么耐得细看，慢品。

不是我转（读 zhuǎi）文，在古朴的漈下村，你最好是温一壶酒，或沏一壶茶，独自坐在细雨霏霏的老宅前，或是倚着苍老的廊桥栏杆，让平日胸腔里那颗左冲右突的心静默下来，看河里的一尾尾红鲤鱼，不紧不慢地游远，再不紧不慢地游回来；看微雨中一丛一簇的杜鹃花、金银花，彼此商量着，舒展它们的花瓣……此时，时间对你仿佛不重要了，速度对你也不在重要了。在这种舒缓而轻慢的节奏中，你那长期倾斜的心灵渐渐恢复了平衡，那平时折磨你的暗疾，也似乎被一剂良药悄悄地化解了。

三

细雨中的漈下村，你不能像在闹市，走得太快，这里甚至都不能用“走”这个词，而应该是徜徉。对，徜徉。像撑着一把油纸伞的诗人，无声地徜徉在月下的小巷里，雨后的清溪边……

不是我夸张，这里的人们走路、做事、说话，都是一副神定气闲的模样，上山采蕨菜、拾菌子的妇人，三三两两，边走边说着、笑着，倒像是结伴走娘家，脚步轻得都有些发飘。下地的汉子一手牵着牛，肩上扛着木犁，四平八稳地出了村口，还不忘有板有眼地哼着南音。那牛见了路边的青草，步子就迈不动了，不时地要停顿下来，啃几口嫩草再走，牵牛的汉子见状也不呵叱，更不鞭打。其实鞭子就攥在他的手里。我还发现一个年轻的女子，蹲在河边的石阶上洗菜，河水也洗着洗菜人的影子。她洗得极有耐心，一片菜叶子，洗了这面，洗那面。洗毕，再一根一叶地把它们摆放在竹篮中，朴素中带着几分优雅，几与戏剧里的某个镜头混淆；以致细雨濡湿了她的薄衣和发丝，她好像一点儿也不在意。

吃饭也是。村中的人家大多临河而居，家家户户的门廊下置着石桌、石凳，一家人慢条斯理地吃着，低声细语地说着话儿。他们都说了些什么呢？我听不明白，但他们说话的语气是舒缓的，轻松的，一个音节就是一个音节。男人的碗吃空了，并不急着去屋里盛饭，而是从口袋里摸出一根纸烟，在石桌上顿几顿，点燃后慢悠悠地吸着，偶尔仰起脸看着雨滴从廊檐上落到河里去。当一根烟差不多快吸完时，女人已将他面前的空碗重新盛满了饭。此时要是有邻居来串门子，他们的这顿饭会吃得时间更长。假如我没有记错，时下的一些西方人，就羡慕这个吃法，他们出于对麦当劳等快餐文化的不满，成立了“国际慢餐俱乐部”，他们把 SLOW FOOD（慢餐）中的“O”设计成一只蜗牛形状，希望以此来象征自己对“慢”的追求。潦下村的人们也许对此一无所知，但是不妨碍他们能够安静下来，从简朴的饭菜中吃出别人吃不出的味道。

四

潦下村的建筑也显得旧。是古旧。或曰旧朴。我在村中转悠了半天，只见到几栋新砌的房子，夹杂在清一色的黑瓦白墙的旧筑之间，反而觉得那“新”有些轻佻和浅薄，倒不如旧的好。也许因为平时新东西看得太多，也许有恋旧情结，总之在我看来，潦下村的“旧”，旧得有韵致，也有味道，它旧出了美。那美，有几分沧桑，但绝不苍凉；有几分美人迟暮，而绝非苍老。其实我也知道，美与新旧是没有多少关系的，然而，当逐新成为一种趋之若鹜的时尚，旧，也就愈发显出它的珍贵来。

不知道漈下村的人是怎么想的。我是一个擅自闯入的局外者，我的生活在别处，漈下村的日子还得漈下村的人来过。不过我发现，这里的许多人家至今依然住在几十年、甚至百余年前的老宅里，他们日出而作，日入而息，照常生儿育女，婚丧嫁娶，照常饮酒品茶，抹纸牌看电视，好像不曾觉得自己过的是“旧”日子。看来，日子并没有所谓的新旧之别，我们也无需给一些日子贴上“新”的标签，而给另一些日子贴上“旧”的标签，只要是自己需要的，就是最好的。譬如漈下村，举首屋上旧瓦，低头脚下旧石板，但这里的一代又一代人不弃不离，想必他们从这“旧”中品出了新味道。

我询问过几位村民，为什么不盖新房子？他们反过来问我：你说，新的（房子）有什么好哇？这一问，问得我张口结舌。据说漈下村有几户人家，曾跑到城里买了新楼房，可是搬过去没住多久，又陆续回到了老地方。我不知道是否确有其事，但我宁肯相信是真的。为什么？我说不清楚，当事者也未必就能说清楚。但有一点似乎是不容置疑的，池鱼思故渊，飞鸟恋旧林。旧有旧的好。温暖。稳定。

不错，相对于日新月异的现代化和城市化，漈下村委实是一座旧村落，它的建筑是旧的，建筑上的雕刻是旧的，土地是旧的，河流与河流上的廊桥也是旧的，甚至连风都是旧的。但是，建筑里的人和他们的生活却是新的，土地上一茬又一茬的庄稼是新的，廊桥下的流水也是新的。漈下村的风，有它的来路与去路，有它的脾性和气味，这恐怕只有滁下村的人才能分辨得出。

五

慢板中的滁下村，旧，是一种美，幽，是另一种美。

苔痕上阶绿，草色入帘青。

滁下村配得上这十个字。

我在那里只逗留了大半天，所到之处，苔痕历历，石阶茵茵，乱花浅草，辅以廊桥流水，旧筑新联，一种难觅的幽况，使人恍若置身世外桃源，一步一蹉跎，十步一徘徊，似觉得自己也成了神仙。

与细雨一起徜徉于滁下村，无论如何你是绕不开苔藓的，它们像一张绿色的巨网，把整个滁下村严严实实地罩在其中；又仿佛是一层天然的皮肤，与滁下村浑然一体，你无法把它们与村子剥离开来。与我同行的一位文友说的既形象又风趣，他说，眼前的滁下村，除了大姑娘的脸蛋，小媳妇的乳房，苔藓可以抵达任何地方。这一点都不夸张。你看，屋舍的墙体，庭院的廊柱，巷陌的石径，溪流的护坡，先人的墓道，乃至树木的根须，水碓的页轮，亭台的美人靠，溪上的独木桥……总之，凡砖木土石，不避阴阳，不择厚薄，苔藓默默地经营着，叠积着，扩展着，自生、自足、自美着，虽然它们活得低调，或许还有几分微薄，但是却安逸，达观。不像我和有些人，老是渴望高处的生活，每天数着阶梯过日子，上了即喜，下了即忧，你说，这样心能不累么。

漈下村的人可不是这样的，起码我所看到一幕幕不是这样的。中午，村妇们从田间劳作回来，灶火生着了，突然发觉无菜可炒，于是，她们便提着竹篮慢悠悠地出了门，不大一会儿工夫，蕨菜有了，春笋也有了，鸡蛋就卧在老屋里的一堆干草上，是母鸡刚下的，握在手里尚有丝丝余温。炒作时，也不大怎么讲究，只放了几根青葱，一家人竟吃得有滋有味，吃出一脸的满足。还有每天都在廊桥上消磨时光的那些老人，布衣、布鞋，抽着廉价的香烟，但他们个个却神态安详，聊天，喝茶，抹纸牌，看电视节目，活得简朴又充实，没有谁会觉得命运亏待了自己。我在一户人家见到一位年近九旬的老人，此时她正忙着翻箱倒柜，找自己的老衣，说是每到这个季节，都要拿出来晒一晒。这件事老人已经重复做了几十年，现在还在继续做着。说话间，她指指自家屋后的几座土堆，说，等到有一天她也去了那里，就不用操心劳神了。

那几个土堆原来是老人家的祖坟，上面覆盖着绿毯似的苔藓，真安静。

一坛藏在民间的酒

春是立了，而残雪未消，时令给人以一种不真实的错位感。年初四“立春”时分，我沿袭多年的一贯做法，踏雪到淮河边观察物候的微妙变化，这时手机突然响了，是一个陌生的女子，声音里透着江南米酒的柔和味道。她说她是池州人，按古今一脉相承的民间习俗，正月初七看人傩，因此想找几位写散文的去她们那里的乡村，喝傩酒，看傩戏。听得此言，美酒尚未沾唇，便已然有几分醉意了。

如今被称作中国戏剧“活化石”的池州傩，是一种草根味十足的乡傩，至于它的源头在哪里，经历了多少岁月，我想那是人类文化史学者的事，用不着我在这里饶舌。但有一点似乎是可以肯定的，傩这个怪模怪样的汉字，最早竟是皇家奢侈的御用品，出没于幽禁、森严的宫廷之中，曾为天子祭祀充当过安魂的角色，想必是受过宠，也风光过的。然而，江山易改，国祚难续，或许还有其他不为人知的原因，那曾经一度与天子相伴的傩，黯然走下巍峨的庙堂，遁入民间，把乡野作为自己最后的归宿；虽然这是没有办法的事情，但傩毕竟从此有了安身立命的地方。何况，乡野是个多么富有包容性的所在啊，那里有土地，山川，草木，炊烟，有土地和草木一样卑微而朴素的心灵。是的，心灵。它像大地一样仁慈、宽厚，你即使给它一把秕谷，它也会将其紧紧地揣在怀里，和岁月一起慢慢地酿成一壶醇香的美酒。如今，在池州民间，特别是在古风犹存的偏僻山村，每至农历的年头岁尾，庄重而热闹的傩事活动，通宵达旦，那委实就是一次神喜人欢的开怀畅饮了。

我的这种感觉（也只能说是感觉），当我们沿着一条蜿蜒的山道，斗折蛇行，缓慢地进入九华山腹地一个叫梅街的小村庄时，果然得到了验证。这里，山高林密，天窄地窄，几十户人家疏疏落落星散于大山的怀抱里，它那混沌未凿的古朴，很容易使人联想起柳宗元笔下那个梦幻般的“桃花源”。面对着这样一个还少有被外界侵扰的处所，我隐约嗅到了岁月发酵的气息，那气息有几分玄秘，几分幽芬，就好比你在耕耘稔熟的土地时，一不留神掘开一座古老的酒窖，当你还没来得及弄清真相时，灵魂就已经飘摇欲坠了。

我也是。一踏进山环水抱的梅街村，就像多喝了三杯两盏米酒似的，从肉体到灵魂都仿佛不再是自己的了，时而亢奋，又时而缄默，跌跌撞撞地跟随着一帮满脸虔诚的村民走进一座古祠。那古祠的陈旧，从地面的石板曾被无数只脚蹭得流光水滑便可略知一二。还有那一根根合抱粗的立柱与房顶的木制构件，上面都布满了苍老的裂痕和水渍。不过，陈旧也有陈旧的味道，幽冥，苍凉，人置身其间，只有屏声敛息的份儿，仿佛所有的语言都是多余的。在昏暗的光线里，我看着一位耄耋老人，恭恭敬敬地将盛放在“日月箱”中的各方神祇（其实只是各式各样的神的面具），一个一个地“请”了出来。也许是出于敬畏吧，老人的双手微微有些颤抖，就在木箱被轻轻打开的刹那，我感到他打开的已不仅仅是一只木箱，而分明是开启了一扇神秘的天堂之门。此时，我发现那些一直以安详的姿态睡在木箱中的面具，面容和表情竟如此鲜活，或喜或怒，让人一眼便能看出它们的性格和“职业”特点；虽然它们与世隔绝整整一年了，谁又能说它们不是在暗中庇护着这块土地上那些卑微的生灵呢。

这时，一诵众和的《吉段歌》也响起来了：

新年上七接神灵——嗬！
顶礼躬身品物亨——嗬！
庆贺良辰佳节景——嗬！
名成立就万年春——嗬！

聆听着如诗如歌的迎神诵辞，尽管那浓郁的乡音也许会使你懵懂不知所云，但是，玩傩人的表情你是可以心领神会的，庄重，肃穆，似乎还有几份期待与兴奋。在这种幽冥的氛围里，你隐约觉得神灵离自己已经不远了，或许，神灵就站在某个暗处悄悄地看着你，还有村庄里的那些牲畜，山坡上的茶园、果树、飞禽……它们都是上帝的孩子，神灵怎么可能不眷顾呢?

当然，神灵也是喜欢热闹和恭维的，它们踏上土地之后，即被人们高高地抬在“龙亭”上，前呼后拥，着实过了一把被抬举的瘾。这时，五色伞舞起来了，喧闹的锣鼓敲起来了，古老的火铳宛如一声声隆重的礼炮，把沉寂了一冬的小山村闹腾得沸沸扬扬。此时的玩傩人也借助神的名义，很是爽了一回。是的，一年中能够腾出几个清闲的日子，用溪水洗去身上的尘土，让平日里负重的灵魂就此放松一下，狂欢一回，这有什么不好的呢。

于是，人们在神灵的参与下，头戴着各种傩具，从宗祠里走了出来，在毛茸茸阳光的簇拥下，游走在撒满鞭炮碎屑和点点残雪的村道上，把一份又一份美好的祈愿分送给每家每户。我发现，在傩神抵达的人家，案头上都供奉着各色祭品，当然人神皆喜的美酒是少不了的，那可是地道的米酒，它们就来自跳傩人脚下世代耕耘播插的土地，来自山涧淙淙流淌的清溪，尽管是给神灵准备的，但是我却分明感到整个村庄都醉了，甚至连料峭的寒风也醉了，吹在脸上已与昨天迥然不同，温温的，软软的，像是有一双醉饮后回归人性的灵性之手，轻轻拂去世间的一切困惑和烦恼，仿佛使每个生灵都获得了少有的安宁与踏实。

在傩人行进的队伍里，我意外地发现了那只黄狗，我们昨天进村时，它吠得多凶啊，可是此时它彻底安静下来了，亦步亦趋地跟在人们的身后，当我走近它时，尾巴摇呀摇的，友善得可爱。一位妇女告诉我，他们全村就这一只狗，还是流浪被收留的。她说他们这里不需要狗，民风好着呢，从没见过谁家丢过东西。后来我有意识地问过一位老人，想验证一下那位妇女说的话，你猜老人怎么说？他长长的眉毛一挑：你说，神什么东西看不见？

这个小插曲的背后隐藏着什么呢？我想，大概是敬畏吧。对，敬畏。人是要有一点敬畏的，不要以为你手里攥着科技就可以藐视一切，也不要以为你腰缠万贯就可以恣意妄为。其实神灵就站在离我们不远的地方，它是什么都看得见的。

傩乡的人们似乎是很在意这一点的，他们在一年一度神圣的“人日”（按我国古老的传统习俗，旧历正月初一是鸡日，初二为犬日，初三为猪日，初四为羊日，初五为牛日，初六为马日，初七为人日）这天，并没有目空一切，而是对神灵保持着一份恰到好处的敬畏。当夜幕缓缓降临，傩戏尚未登场之前，他们总是心怀惕厉和感激地来到村庄的“水口”处，毕恭毕敬地献上“三牲”与纸烛，迎接神灵的驾临。所谓的“水口”，依我看，不外乎就是村庄的一个隐蔽处，那里蕴涵着全村最好的风水，溪流潺潺，松风阵阵，此时天空有半轮弦月淡淡地照着，眼前的一切都显得那么幽深与暧昧。一位神色诡谲的老人小声告诉我，自古以来他们都是从这里把神灵“请”到村里来的，纳福逐疫，因此村庄里的人家，种什么长什么，养什么兴什么，信不信？我在灯笼与火把摇曳的光影中笑笑，也不知我的表情老人是否看得见。其实，即使看不见也无妨，只要他相信自己所做的一切是真诚的，能够带来风调雨顺、国泰民安的好年景就足够了。对于那些把生命和希望全部寄托在土地上的人们，他们有理由祈求一份属于自己的幸福。

说来你也许可能不信，在从“水口”回来的山道上，我蓦然发现头顶的天空是那么洁净，脚下的土地是那么松软，而此时此刻的小山村，傩戏才刚刚上演。它犹如一坛被历史遗忘在民间的酒，在今夜被一群沾满泥土的手轻轻打开，那尘封了几千年的诱惑，谁又能够拒绝得了呢？

一场人与神痛饮的盛宴，便在小山村开始了……

禅湖笔意

我来赏秋似觉迟，一湖云烟一湖谜。山川有意藏大美，红尘不到僧来去。

——花亭湖题记

披一袭秋雾的袈裟，读湖

这是一个遵循减法的季节，几阵秋风，又几阵秋风，那些该黄的草木就黄了，而该落的叶子正在飘落。假如时间再向前挪移那么一点，哪怕是一点点，就能够触摸到冬天的雪了。在这删繁就简的季节里，谁想掩藏一些什么，恐怕也是藏不住的。

可是花亭湖偏偏就藏住了。它不仅藏，而且还藏得像丛林一样深，以至一连数日，我就在它的身边转来转去的，却无缘一睹其真实的姿容。

因为雾。

又好像不止于雾。

这使我想起那些隐秘而美妙的事物。譬如新娘。譬如旧梦。还有那些有年头的酒。她们都是该藏一藏的，或藏于红红的盖头，或藏于幽幽的秘境，或藏于深深的岁月。藏过之后，当她们带着几分羞涩，几分纯净，再从暗处款款走出来时，你就会惊讶于那种尘世少见的美。

花亭湖也是如此。

这是一个远离喧嚣的湖，花蕊似的，就那么被一层层青山的绿叶与花瓣包裹着，一如少女羞怯的心事，轻易是不愿袒露的。它又是一个空灵圣洁的湖，湖的四周，这里古刹微露一角，那里钟声散落几缕，古道上忽闪着山僧袈裟的淡影……这一切，恍若不可诠释的禅机，似在有意考验着每一个造访者的智慧和耐心。

花亭湖的雾，委实就是一顶上苍赐予的盖头，它将一二百平方公里的灵山秀水“盖”在其中。那些庙宇，那些岛屿、湖汊，还有那些花草树木和古朴的村落、果园，都在雾幔中屏声静气，好让你思，让你盼，让你摇着橹，或踏着布满苔痕的幽径去寻访。我见过的西湖不是这个样子，太湖也不是这个样子，它们美倒是美，但与花亭湖比，脂粉味就浓了许多，而且美得也过于直露。其实美是讲究分寸的，该隐则隐，该显则显，隐多少，显多少，那是艺术。

依我看，花亭湖的这方山水，美在三分人文，七分天然。雾即是天然的一部分。有了雾这层天然纱幔，花亭湖就成了一位“犹抱琵琶半遮面”的曼妙女子了，你虽无法看清她的全貌，但却能够领略到她藏不住的韵致。对，韵致。与这样的“女子”相遇，一切语言都是多余的，那种只能“悠然心会，妙处难与君说”的幽秘况味，想必只有自己知道了。

我曾邂逅当地的一位老人，他家就住在花亭湖岸边，可谓是看了大半辈子湖了，看得久了，便从中看出一些堂奥来。他对我说，雾是这里的常客，四季不绝，但一季有一季的讲究。比如春天，它像一条浸了水的毛巾，湿达达的，随手抓过来，就可以洗脸，还有淡淡的香气。立了夏，雾就不同了，绡一样薄，小南风的手指轻轻一揭，就破了。这位老人显然不是艺术家，他也不会真的去“揭”雾，但我还是从那雾“破”处，窥见了花亭湖藏匿的美。至于秋雾，老人没有再往下说，此时我就站在白蒙蒙的秋雾之中，不说我也晓得。

花亭湖秋天的雾，是不能以厚薄来状摹的，似乎只能用“空灵”、“静谧”这类词。春雾腻，粘在东西上扑都扑不掉；夏雾裹挟着太多的热量，心气有些浮躁；而秋雾则别是一种境界，它酷似闲云野鹤，说来就来了，说去就去了，没有一丝半缕世俗的牵绊。再就是净，是那种出尘如莲的清净。

我想，倘若你的心灵蒙了一层尘埃，或者有着某种剪不断、理还乱的烦恼和愁绪，那就不妨“暂抛红尘去”，置身于花亭湖这片超凡脱俗的山水间，秋雾会为你披一袭袈裟，让你安安静静地在湖畔坐一坐，山道上走一走，聆听雾里忽远忽近的梵音，眺望雾中若隐若现的青屿，于无声无尘处，悄悄梳理自己紊乱的心情和思想。不知不觉中，仿佛有一只无形的手，从你的身上卸掉一些什么，再卸掉一些什么。卸完之后，你的心灵就敞亮了，慧根就接通了，那种圆融通透、身轻欲举的感觉，似仙非仙，爽极了！

这时你再看山看水，看人生，看来路和去路，肯定是另一种样子了。

湖汊里的风景

花亭湖之所以耐看，耐品，似与它的处境有关。这里多山，棋子儿似的，散落一大片。山多，又没有宋江那种压寨的主子，就显得有些乱。我送给它两句打油诗：

群山无一主，
乱云愁归处。

连云都找不到自己的宿主，可见那些山实在是乱得糊涂，也乱得可爱。其实，这只是我的错觉。一座山长在哪里，长多高，有多少草木，那是造物主精心安排的，想必不会有错。即使错了，乱一点又何妨呢？就像我的书房，“书似青山常乱叠”，乱自有乱的理由和情趣。

山乱，水也就跟着乱了，这里一泓，那里一溪的，比老树的根须还要多，你搞不清它们都来自哪里。这些水，有的如蛇行草线，寂然无声；有的似半天泼玉，珠帘倒垂；还有的宛若清纯的少女，纤手捏着裙裾一角，从石阶上缓步而下……我曾询问过当地的一些人，花亭湖究竟有多少水脉，他们也都是一脸的茫然。倒是一位渔民回答得极机巧，他说，你数一数有多少座山头不就晓得了？

青山是数不清的，多；湖汊也是数不清的，乱。而花亭湖就在这多与乱中，不动声色地积蓄着它的深与广，修炼出一种少有的大气与安静，以至数十个美轮美奂的岛屿卧于清波之中，它仍是一副坐怀不乱的样子。一位水利专家算了一笔账：若是修一条一米宽、一米深的水渠，花亭湖里的水，能够从中原铺排到广州。

山水涵养了花亭湖的性情，人文则赋予了花亭湖的灵魂。不是夸张，也非忽悠，你若是有兴致，乘一叶小舟，穿行于纵横交错的湖汊之中，即使迷失了路径，也不要紧，晃晃悠悠之中，你会不期然地撞见一座千年禅寺，或碰到几块摩崖石刻，再不，就是一座古牌坊什么的。也许在某一个湖汊，你会发现印度高僧佛图于西晋时点燃的那第一炉香，至今依然薪火不绝；而在另一个湖汊，北周时期的禅宗大师二祖慧可拨亮的那盏禅灯，会让你惊诧于信念之灯，虽穿越漫长的风雨而光焰却浑然如昨；或许你还能在某个崖畔水埠，一不留神走进唐朝高僧本净弘法的道场，依稀听见他轻言细语讲经的声音……

花亭湖就是这样的深秀，它的每一个看似平常的湖汊、山沟里，都藏着一部线装史。历史上那些从这里走出去的翰林们，像一颗颗种子，撒向四面八方，入士，出使，镇边，弘学。然而，无论他们走多远，也无论外面的世界多么风光，他们的根却留在花亭湖畔，而当“西风吹老一天秋”时，他们的叶子也落了在花亭湖畔。我这么说是有依据的。据《太湖县志》记载，在历代科举考试中，花亭湖一带出的状元、进士、举人就多达 427 人，真可谓人文鹊起，科甲蝉联了。我国当代宗教领袖赵朴初先生，就诞生于这里的一个四代翰林之家，如今他和他的先辈们一样，又回归了这片山水。

转场的生灵

一

风是细的，从嘴里呵出的团团热气，总是在眼前悬浮那么一会儿，才不情愿地被带走；冻是薄的，它只能把山路表层被夜露濡湿的沙土聚拢起来，脚一踩上去，便碎了。

碎得有些轻微的痛。

选择这样的日子登九华山莲花峰，不是为了焚香礼佛，也不是为了超度什么，我只是想寻找一个业已风逝的生命，曾在那里留下的某些痕迹。

或许，只是想感受一下他生前的那个场所。

二

算起来，是三十年前事了。

也是这样的季节。

也是这样的早晨。

路呢，也还是我脚下这条弯弯曲曲的小路。

其时，一个被现代医学判了死刑的晚期矽肺病人，于生命的弥留之际，拄着拐棍，踩着山路上的薄冻，一步三喘，五步一歇，摇摇晃晃地朝莲花峰走去。说走，就有些勉强和奢侈了，多半的时候，他更像是一只虫子——爬。为了能在靠近佛的地方，给自己的灵魂找个永久的栖息地，他悄然辞家，进行一次肉体与心灵的转场……

一路上，我的心情都是沉重的。虽然未曾见过那个深陷病坑的中年人，但我却能够想象得出，每当他艰难地向山顶挪动一步，哪怕只是半步，就与死亡靠近了一点。说不准死亡就潜伏在路上的某个地方——一块骑路的石头，一棵横道的朽树，抑或一条枯瘦的寒溪，都可能成为他无法翻越的墓碑。

或许是佛佑，或许是侥幸，这个求生不得而去求死的人，居然抵达了只有梦中他才到过的地方。

剩下的时间，就是静候那个日子了。

甚至，他渴望它能够早一点到来。

他需要解脱。就像莲花峰那一阵又一阵的风，来了就来了，草木摇摆几下；去了就去了，草木还是原来的草木。

生命若如风，该多好。

可是，左等那个日子没有出现，右等那个日子还是没有出现。他想不通，难道死神也有走错路的时候？

原来他一直以为，死就像脱去一件衣衫那么简单。不然，就像秋天树梢上零星的枯叶，只要风轻轻打个喷嚏就落了。生与死，许多时候的确是那么回事，有些时候又的确不是那么回事，谁又能看透其中的隐情呢？

看不透也无妨，他索性盖天席地，从此过起了幽居的日子，渴饮山泉，饥食野果，冷了避岩洞，热了就树阴。活一天，赚一天。活一年，赚一年。

谁知，这一活，他竟然多活了整整 26 年！

临终前，他把儿子叫到身边，说：我死得明白，活得不明白。

儿子安慰他：以后我就守在这儿，看坟，种茶，学佛，会替你慢慢弄明白的。

三

从山下到 1200 米的莲花峰，我走了两个多小时，尽管手里有拐棍，但我还是歇了又歇。每遇陡坡，就不得不委屈地做一回虫子。当气喘吁吁的我，来到石峰下那个“人”字形的山凹时，却只见到青冢一座，石碑一块。碑上刻着逝者的生卒年月。显然，他走的时候，已然是个寿终正寝的老人了。

这是一个奇迹！

究竟是谁改写了他生命的时间表呢？问苍石，访草木，皆寂然无语。就是那多嘴多舌的风行到此处，也是三缄其口，吹不皱悬崖下的那一汪泉水。倒是老人的儿子热情好客，听说我要来，已在门前的石头上备下了一壶野茶。那茶是他父亲生前种下的，我只啜了一小口，味道就把所有的味蕾蛊惑起来了。咂咂，香。再咂咂，又不是一般的香。怎么的一种滋味呢？仿佛只可悠然心会，妙处实在不好说。老人的儿子说得更玄：这茶，坐在这里喝是一种味道，带到城里去喝，又是一种味道。他说自己试过多次，别人信也罢，不信也罢，反正他信。还有那些土生土长的兰草，哪怕只开一朵花，气味能把半面山坡都染得香扑扑的。但是，你若是把它们移到山下去，要么枯死，要么不开花，即使开了花，那花色和香气也比这里差远了。

这一切，仿佛都与那个“场”有关。场是什么呢？一两句话说不清。仅我知道的，就有磁场、官场、道场、牧场、情场、气场……一种场有一种场的脾性，一种场涵养一些生命。所谓“树挪死，人挪活”，大概隐喻的就是场吧。

莲花峰下的那块地方，阳光，土壤，草木，雨雾，这些都是能够看得见的；还有那些看不见的东西，如空气、风、气味、钟声，它们融会在一起，共同构成了一个场，生生息息，循环往复。在这个场里，一朵花什么时候开，什么时候谢；一棵树长在哪里，能长多高，仿佛冥冥中都得听命于场的安排。

置身于莲花峰下这个连名字都没有的场（此处只有一块石头，上面雕刻着“如风来去”四字，这里，姑且就叫它“如风凹”吧），我就发现，如风凹的茶是如风凹的，它们东一株西一株地杂生在葱郁的草木间。沏茶的水也是如风凹的，是一眼清澈的泉水。甚至连苔藓和杜鹃花也是如风凹的，尽管已是寒冬时节，它们在不该绿的时候依然绿着，不该开的花照样开着。这样一个无人问津的幽僻处，在我看来，草木即佛，泉水是禅，清风就是梵音。

老人的儿子送给我一首禅诗：

云门胡饼赵州茶，信手拈来奉作家。

细嚼清风原又味，饱餐明月更无渣。

此诗清奇别致、空灵飘逸。我虽一时想不起它的作者是谁，但是喜欢。这也许与我此时的心境契合有关吧。在远离尘嚣的莲花峰下，我们看似喝茶，但喝的又不仅仅是茶。在身之外，茶之外，念之外，还有大自然这个神秘的道场。我想，有这个场和没有这个场，恐怕茶的味道是不一样的，兰花的香气也是不一样的。就像冬夜围着红泥小火炉，与一二知己饮酒，有雪和没有雪，饮酒的气氛与兴致，怎么能一样呢？譬如，我们坐着喝茶的那块石头，就与莽莽苍苍的九华山共为一体，因而它是有根的。而凡是有根的东西都是活物，即便是石头它也是有生命的石头。石缝里苍绿的苔藓，纤弱的小草和藏匿其间的虫子，它们的一呼一吸，想必也与整座山的呼吸合着节奏，只是我们的感觉迟钝，缺少一颗禅心罢了。

据说，老人生前总爱坐在草庵外的石头上吃饭、饮茶，许多时候就卧石而眠，且是裸眠。这个习惯，现在正被他的儿子沿用着。想象总是诗意的。春有百花秋有月，夏有凉风冬有雪，又无闲事在心头，因而那花，那月，那风，那雪，是不是也被其一一摄入体内，成为生命和心灵的营养呢？这不是没有可能的。也许当事者未必清楚，但是大自然肯定清楚。大自然怎么可能不清楚自己喂养的孩子呢？

四

匆匆地去，又匆匆地回。尽管我在如风凹只呆了一日，但是，谁又能说这不是一次生命和灵魂的转场呢？

在回归红尘的路上，我的脚步似乎轻了许多……

在江南

寻醉杏花村

已经很久没有醉酒了。不是不想醉，也不是没有机会醉，只是找不到醉的理由。对，理由。就像一个爱酒之人，尽管并不缺少美酒，然而却无法心甘情愿地沉醉一回。

记忆中，曾有过三次醉酒的经历，一次是在“一片孤城万仞山”的青海高原小镇茫崖，为西出阳关遇故人而酩酊大醉，差点儿丢了性命；另一次是在沂水边的军营，与即将奔赴云南老山前线的战友举杯豪饮，醉眼挑灯看剑的情形至今难忘。此外，便是在江南那个雨纷纷、欲断魂的杏花村了。

其实，未到杏花村之前，我就有些微醺了。是为诗醉。诗虽然不是酒，但好诗却比美酒更勾引人，也更醉人。譬如那首空前绝后的《清明》，已被岁月窖藏了一千又三百多年，味道比有年头的酒还要足，无论谁读，也无论什么时候读，一读便醉。

究竟是什么东西使我们醉在其中呢？

一个旱魃肆虐的早春，我打马来到江南小城池州。斯时，不知是天公自作多情，还是诗魂暗中显灵，就在我踏进牧童遥指处，千古杏花村的前夜，居然下起了纷纷细雨。那雨，是不能以人们惯常使用的“下”来形容的，因为你感觉不到它的分量，又无法看清它的形状，飘忽，虚浮，那气韵，那意境，与杜牧写于杏花村的那首诗同属一个调子：大写意。然而我发现，一沟一沟的黑瓦毕竟还是湿了，旧筑上的苔痕也湿了。

一年一度的江南杏花，仿佛就等着这场纷纷细雨的温存，只一夜，满树满枝的花蕾，就像宫中的八千粉黛，一朝见到了她们期盼已久的龙颜，愁容陡然全变成了笑容。我虽然听不到它们温软的笑声，但是，却能够感觉到它们的妩媚与多情。端详着一个个含羞的花朵，每一朵都似微醉的美人，酡红的容颜，仍留着昨夜那场缠绵与沉醉后的幸福。

徜徉于细雨中的杏花村，眼前的一切都是迷离的，朦胧的，你搞不清是不是梦里回到了唐朝，还是在当下。要我说，真的搞清了又能怎样呢，无非是时空的转换而已，一千年与一瞬间，实际并没有多少本质的区别。就是那牧童，那青牛，那酒旗，那一树一树带雨的杏花，它们在诗里不是活得既古朴，又年轻么？这多亏了杜诗人，不然，谁还记得唐朝的那些花儿？还得感谢那个清纯的牧童，他虽然没有留下姓名，但我还是认可他是中国历史上的第一个业余导游，是他为我们指引了一条通往美的路径。

在杏花村，有幸与古人古诗邂逅，酒断然是少不了的。依我看，杜牧写《清明》之前，想必有过一番畅饮，起码也是小酌，且有美妾侍酒，自然喝得酣畅。此时，已经薄醉的诗人，一经微寒的细雨拂面，诗兴便起，遂信手拈来几个意象置于平平仄仄之中，于是便有了那首千古绝唱。我这么揣测不是没有理由的。当我漫步于杏花村时，湿润的空气中就弥漫着陈酿的气味。导游小姐嫣然一笑，说：酒是有的，还是当年杜刺史爱喝的黄公酒呢。

转过一个巷弄，“黄公酒垆”赫然入目。那自然是本色本香的土酒，还没有沾唇，就已有几分醉意了。黄公酒的好，就像细雨中的杏花，我是说不出的，即使一尝再尝，也还是说不出。我想，大凡美妙的东西，我们都难以参透它们。《清明》诗参不透，细雨中的杏花参不透，酿酒的古井也参不透。但是，参不透也有参不透的好处，可以让我们沉溺其间，远离那些纷纷扰扰的东西，于灵魂的沉醉中，觅得一份安澜与悠闲。

美哉，杏花村！

桃色石桥步

一直偏爱秋天。秋天的好，是看不见的。此际，天地间一切多余的东西，都被一笔笔地删掉了，腾出的大块空间，上苍用来安顿一种虚无的存在，那就是：寂静。

而春天则反其道而行之——喧闹。如果说秋天遵循的是减法或除法，那么，春天就是加法或乘法了。其实，春天更像是一个法术无边的女巫，只需轻轻吹一口气，那些曾经消失的东西就还了魂；再吹一口气，那些羞怯的花儿朵儿就放纵了，不计成本地挥洒着激情与风情，连山间水畔的石头都活泛了，扯几块绿毯似的苔藓作被，做一个温柔的梦。

面对妩媚的春天，谁又能无动于衷呢？

于是，通往烟雨江南石桥步的山路上，络绎不绝的赏花人，一拨子刚走，一拨子又来了。那被灼灼桃花牵绊与勾留的目光，半醒半醉的，一副慵散的样子，以至人在桃林中流连，脚步就多少显得有些踉跄，一不留神打个趔趄，摔个跟头，或者拿眼瞅一瞅那人面桃花般的女子，自是情理之中的事了。

我也是凡夫俗子。那天，车子刚抵达青山环抱的石桥步，我的心就野了，眼就色了，就像春风里那千树万树纵情的桃花，想怎么开，就怎么开，你根本是管束不住的。

这不，对着鸿凌河边的柳绿，我吼了一嗓子；朝着山坳里的桃红，我又吼了一嗓子。一种久违的兴奋，也可以说是放肆吧，就这么淋漓尽致地宣泄一回。痛快呀！

漫步于石桥步，似有一种误入“桃花源”的恍惚。对，恍惚。怎能不恍惚呢？一路上都是青的山，绿的水，白墙黑瓦的人家。可是走着看着，冷不丁地就陷落于一片粉红的沼泽，其时别说下意识了，就连眼睛一时都适应不过来，发瓷。这里，是一片充满诱惑的桃色世界，山中，溪畔，村院，甚至悬崖边，到处都是妖娆的桃花，一片片，一簇簇，如火，如霞，如红粉美人。此时小小的石桥步村，仿佛就成了桃色的渊薮。我想，即便它是陷阱，也会有人心甘情愿地跳进去……

这也许就是美的魅力吧。

桃花的确是一种大俗大雅的花，它懂得风情，也擅播弄风情，你只消给它几缕春风，几片阳光，几滴雨水，只需一个夜晚，也许一个早晨，它就会把自己生命中蕴藏的全部美丽，一股脑儿地释放出来。正因为如此，桃花的率性、单纯之美，反倒成为一种罪过，一种洗刷不掉的耻辱。就说“桃色”吧，多么美妙的一个词啊，可是生生地就被泼上了许多脏水。古人泼，现代人也跟着泼，好像谁泼谁就是清正的君子。长期被世俗文化扭曲的心态，就在这竞相“泼脏水”中，成就了一个个虚伪的“道德卫士”。谁之过？的确不好说呢。

桃花可没有那么多的禁忌，你泼你的脏水，它照开它的。在石桥步的桃林里，的确没有一朵桃花是吝啬激情的，也没有一朵是扭捏作态的。含蓄与羞怯不是桃花的性格。要开，就开他个欢天喜地，开他个尽善尽美，开他个一醉方休。一位村民说得好，春风吹到哪，阳光照到哪，桃花就朵是朵地开到哪。那意思是，每一朵桃花都开得率真、尽兴，既不敷衍，也不犹豫。我就曾仔细观察过几朵桃花，每朵花的直径少说也有三公分，花瓣一律朝后曲仰着，把娇嫩的蕊一览无余地袒露给阳光。

在石桥步观赏桃花，你起码也得懂一点风情，最好把步子放慢一些，最好是像在戴望舒的《雨巷》中，有一搭无一搭地徜徉与徘徊，或在林中小依、小坐，静静聆听花开的声音，那是对美的尊重；即便是落红如雨，拂你一身还满，那也不失为一种大美。我想，在这个尘起尘落的俗世上，没有谁能够像凋谢的桃花那样，把“堕落”演绎得如此优雅，又如此诗意。

蛙鸣城更幽

沐浴过杜牧笔底的杏花雨，也饮过李白诗中的秋浦水，至于莲花峰上采兰，仙寓山中品茗，黄公酒垆里饮酒，只要兴致所至，便是举手投足的事了。——池州这座袖珍的江南小城，就这么不动声色地羁留了我。

于是，或早或晚的，我便以散步来触摸与体味这座城市的细节。我是一个在意细节的人，起码写作是如此。一个人若是爱上一个地方，最好的方式就是散步；脚步所到之处，那些地方才是你的，你也才有资格属于那个地方。不然，你顶多也只能算个客人而已。

池州是个适宜于散步的城市，到处小桥流水，游目芳草时花，即便是冬天，这座城市的底色也不会有多少改变——依然绿着，人徜徉其间，并不觉得肃杀。譬如我，就是从这里的冬天开始散步的，散着散着，不知不觉就进入了春天。

这里的春天是一幅气韵横生的水墨画，那夹道红杏，那满城烟雨，那杏花烟雨中穿梭啁啾的紫燕，都是其他城市难得一见的好景致。不过，我还是更喜欢这里的蛙声。是的，蛙声。你千万不要以为这是诗人移花接木的艺术想象。青蛙这个大自然中的小灵物，说它们是这座小城的纯情歌手，是不会有谁质疑的，每当夜幕缓缓降临，它们就亮开了歌喉：

咕、咕咕……

咯、咯咯……

咯咕、咯咕……

咕咯、咕咯……

这声声蛙鸣，犹如行歌的散板，空灵，清越，既包含着泥土的朴素，又有着神曲的缥缈，任你百遍千遍地聆听，也不会生厌。常常，我就一个人坐在水边，关了手机，断了尘念，专注地听蛙，想听多久就听多久。有时候干脆躺在草地上，似听非听，恍恍惚惚的，于蛙声中载沉载浮……

记得初次听到蛙鸣，是在“惊蛰”后的某个夜晚。当时大地与草木刚刚还阳，乍暖还寒的气温游魂似的难以捉摸。然而，就在我经过城中的一个半地下停车场时，几声脆生生的蛙鸣，竟从车库的屋顶上和着雨水一起洒落下来，每一个音符都是湿漉漉的，当时就把我给怔住了。要知道，这里可不是青草池塘，也非稻花香里，那一人多高的屋顶上，怎么就有了蛙呢？这是一个谜。谜底似乎只有青蛙知道。

几场烟雾般的细雨过后，气温便在江南小城慢慢地扎下了根。那根，是一寸一寸往泥土里扎的，人眼自然无法看见，然而，想必草木和鸟雀们能看得见，青蛙当然也能看得见。青蛙怎么能看不见气温的根呢？那些丝丝缕缕的“根”，恰似一只只温柔的小手，在泥土里挠呀挠的，一不小心就把它们冬眠的梦给挠醒了，于是“咕”的一声，就成了春天的宣言。古人说什么“春江水暖鸭先知”，许多人还跟着叫好，那是扯淡，准确地说是“蛙先知”。春天在哪里呀，春天在哪里呀，春天就在一声声纵情歌唱的蛙鸣里。

得了春风春雨的蛙，就无所顾忌了，只消几天，它们的歌声就把我居住的这座江南小城之夜给渗透了，无论我走到哪儿，蛙们欢快的叫声总是如影随形；就是呆在家中，蛙声也会穿越夜幕抵达我的耳鼓。我住的地方窗户正对着一条清澈的河流，夜晚读书灯下，寂寞枯燥时，静听如雨的蛙声款款地敲打着窗棂，由不得眼前就会出现白石老人“蛙声十里出山泉”的画面来。听几阕宋词般的蛙声，澄胸如洗，再接着读下去，则是另一番境界了。是的，在红尘沸腾的城市，能有蛙声添趣夜读书，无疑是现代人一种古典的奢侈了。

城市听蛙，乍听让人匪夷所思。这也难怪，时下许多城市简直太像城市了，过分膨胀的体量却容不下寸土，和寸土上细弱的野草，更不用说胆怯、脆弱的蛙类了。然而池州却不。这座江南的小城多水，秋浦河、清溪河、白洋河、平天湖、白沙湖、西盆湖……犹如纵横交织的血脉，把小城滋润得美如芙蓉。那些水呢，又都是清凌凌的活水，它们来自周围的一座座青山，一片片森林，一眼眼山泉，你说青蛙能不喜欢么？一喜欢，它们就跳呀，唱呀，结果把小城之夜鼓噪得越发的幽静了。

在幽静的小城之夜踏着蛙声散步，你不喜欢它是不可能的。

这么好的一座山

这么好的一座山！

这句话，是说给我自己听的。声音虽小，但它盘踞在胸腔里的根是大的。不像有时候我对某些人说谢谢，那声音夸张得连自己都觉得有些底气不足。

对一座山说话，没必要虚情假意。

睡　眠

喜欢一个地方，或不喜欢甚至讨厌一个地方，我有个私立的标准：睡眠。在我看来，睡眠远比美食、高级宾馆、朋友的款待重要得多。睡眠是自己的事儿，那是一块净地，也可以说是禁地，任何人都不能染指。一个人的肉体与心灵可以漂泊，但睡眠不能，它为我们的肉体与心灵提供皈依。

然而有时候，睡眠又好像不全是自己的事儿。譬如，我每次从城市回到皖东老家豆村，躺在老屋的那张木床上，尽管四周尽是些杂乱无章的农具，墙角结着蛛网，但我总是睡得酣畅淋漓，连狗吠、鸡叫、老鼠的打闹仿佛都是安魂曲。我母亲说，你看你，抱着一块石头都能把它睡软和了。

豆村是我的息壤，它知我，疼我。包括我的那些坏毛病。

而在另一些地方，我就没有这样幸运了，原本有着足够的理由痛痛快快睡个好觉，譬如旅途的劳顿，舒适的床铺和安静的环境等，可我却也睡不踏实；即便睡，也多半是浅睡。记得几年前我在西部旅行时，曾在天山脚下的一个村庄里歇夜，那月色清幽得似一种迷幻剂，从高山上流下的雪水叮咚作响，宛如天籁，我的旅伴刚躺下鼾声即起，可我呢，辗转反侧怎么也睡不着，尽想些不着边际的事情。因而我想，一个陌生的地方，如果它能够安置你的睡眠，说明这个地方冥冥中与你的生命和灵魂是契合的，起码是有缘分的。

石台县的大山村就是这么一个地方。

这是个藏在山谷里的村庄。说藏，是因为它被山屏蔽得太深，绕过一座，又是一座，好像是在考验人的耐心。就这么绕来绕去，直到都快把人给绕晕了，村庄猛然跳了出来，直叫你有种“天上掉下个林妹妹”似的惊喜。那天，我抵达大山村时，只见到山顶上的半个落日，比胭脂还要红。除此便是云了。山尖上披挂的，山腰上缠绕的，沟壑里涌动的，森林中出没的，全是云——云片、云团、云带。那些云，因有青山与幽谷作底子，白得比雪还要纯净与安谧。

我顺便坐在一块石头上看起云来。这时候似乎听见云在说话。云说来说去，好像只重复着两个字：寂静。

还有那些看得见和看不见的鸟，也在说，并且是一派乱说。说着说着，远山就被它们说得没影儿了；又说一会儿，近山也没影儿了。最后只剩下一种鸟，还在继续说：醉哥哥，醉哥哥……它这一说还真灵，黑魆魆的大山村就渐次亮起了点点灯火。那灯火也是晕晕乎乎的，恰似一只只醉意蒙眬的睡眼，虽睁着，却似乎什么也看不见。也懒得看见。

我躺在床铺上，想多看几眼窗外的星星。那些星仿佛都是纯银打制的，贼亮。也许那就是天堂里的灯盏吧。

天灯是什么时候熄灭的呢？恍惚记得，又恍惚不记得。待我再次睁开眼睛时，昨天残缺的那半个胭脂红的日头，东山顶却把它还给了我。

味蕾

对一个地方的印象，有时候是味觉说了算的。

这不，我在仙寓山只呆了一天一夜，味蕾就替我做主，擅自给那座山打上了美好的印记。

要我看，仙寓山的美更适合于眼睛。你看，那些山花艳的，那些草木绿的，还有那些浸在碧溪中的五彩石，随便哪一块，都能紧紧拽住你的目光。其次便是耳朵了。到了仙寓山，无论你的耳膜上黏附着多少俗尘与喧嚣，不清净也得清净了。那是白云的纤手擦的，清溪的琴声洗的，满山满谷的鸟雀噪的。

可当我离开了那里，深藏不露的味蕾却悄悄地把仙寓山给带走了。

仙寓山用什么贿赂了我的味觉的呢？细回味，不就那么几种普通的野蔬么？春笋，山马兰，溪芹，蕨菜，石耳，草菇。还有一种叫做“雾里青”的茶。就这些。

比起城市里那些出身高贵的菜肴，仙寓山的野蔬们，身价是低微的。对，低微。它们与野草、苔藓、苍石、杂树等相伴相生；或者原本就是一种微不足道的野草，生，山不嫌其多，死，山也不减其少。然而，它们活得是干净的，山里的阳光、土壤、空气、雨水，哪一样不干净呢？更重要的是不曾被豢养，或者说包养，它们祖祖辈辈、一生一世都恪守着自然的法则，活出自己的本性，自己的味道。这样的野蔬，经土灶素炒、清蒸、白炖，或者凉拌，入口后自有丝丝甜，丝丝苦，丝丝酸，这对于长期被“城市”包围和蹂躏、已然麻木与退化的味蕾，自是别有一番滋味在心头了。

一座山，就这样通过一个个小小的味蕾，咂摸，品味，然后悄悄进入我们的生命和记忆。

还有茶。

置身仙寓山，你是拒绝不了茶的诱惑的。这里是茶的王国。这么讲，不是茶有多么霸道，其实，好茶始终都是朴素、淡然和谦卑的，不争肥土，也不争光照，一副洞晓天命似的安贫乐道，抱守清怀。在仙寓山，你很难找到一块像模像样的茶田，但又处处有茶。那些茶就散落在云遮雾绕的山中，这里几株，那里几株，有的干脆就隐身在草木、石缝之中，你发现了它们就是茶，任你采摘，任你焙炒；发现不了它们就是草木。这样的茶，是茶中的真隐士，是红尘中难得一遇的清纯的女子，它们与世俗隔着山，隔着水；这一隔，就“隔”出了至味，也“隔”出了至性。看来，一味地“参与”和“融入”并非就好。

仙寓山茶好，采茶的江南女子更好。她们采茶，不光用手指，还用柔情。在仙寓山，我虽然没有见过采茶女的模样，但能听得见她们深情的歌声。歌是山歌，也不知传唱了多少代，当它从云雾中一缕一缕地飘出来，你的心就醉了：

手扶那个栏杆
可咔，一声哎
人啊正是我心上的人
一路鲜花你不要采吔
行船跑马你要小心
家里哥哥
哪个是你称心如意的人

仙寓山的雾里青茶，正像这山歌的味道，有情有义，知心知肺，你只需给它一杯洁净的水，它就会把心扉打开，即使不喝，看在眼里也舒服。

那天中午，我坐在一个叫茶园里村的农户家中喝茶，喝着喝着，仿佛平日里枯萎、干涩的味蕾，竟开出鲜艳的花朵来……

干 净

曾经记得这么一段话：跳舞吧，像没有人观看一样；唱歌吧，像没有人聆听一样；去爱吧，像不曾爱过一样；生活吧，像每天都是末日一样；赚钱吧，像不是为了钱一样。

这，也许正是我所理解的“干净的生活”。

我承认自己是个俗人，心中有浮尘，灵魂也不无瑕疵，但我还是渴望自己尽量干净一些。为此，我亲近禅，亲近诗，亲近草木山水，亲近茶与庄稼，亲近那些能够使我的身心澄净的地方和事物。

朋友说，那就来仙寓山吧。

我果真就去了。带着几分怀疑，还有几分试探。

对我的到来，仙寓山就像对待一颗随风而至的草籽，借一场小雨为我洗尘。其实不下雨，仙寓山也是干净的，车轮碾过的山路不起一缕尘埃，我不知道通向天堂的路是不是也这么干净。一路上，我没有见到花花绿绿的告示牌，还有那些名山随处可见的题刻。干净的仙寓山，它把每一寸泥土都给了蓊郁的草木，每一块石头都给了苍碧的苔藓，却不愿给人类留下任何可以造次的余地。这不能保证人类对这座山就永不染指，人类什么龌龊的勾当干不出来呀？只是在仙寓山，你会觉得不该造次，也不配造次。这么好的一座山，假如谁要是染指，即使山不说，那你也会自惭形秽的。原因很简单，那是一座至今仍然清净的山，原始如初生的婴儿，纯净得也像婴儿。

在山中行走，无论什么季节，触目皆是绿：葱绿的树，豆绿的水，苍绿的石，油绿的茶，翠绿的竹，每一种绿都有着不同的韵味与情调。你看那些树，绿得多么霸道和张扬呀，它们当仁不让地从山脚下一直簇拥到山尖，恨不得绿到云头上去；涧底的水绿得玄秘，有些像老庄的哲学，你坐对一条清溪看上半天，仿佛读懂了，又仿佛没有懂；而茶的绿则是低调的，幽静的，它们生长在半阴半阳山坡上，借着层层雾纱的遮掩，静静地修炼着去往红尘的品格；令人费思的是那些石头，原本生就一副坚硬的风骨，不知为什么，非得披上一袭苔藓柔软的外衣。

仙寓山的风和空气也是绿的，它们想隐是隐不住的，我站在高处，看见风的裙裾从草尖和树叶上轻轻掠过，留下一道道浅浅的皱纹。一阵清风还没有走远，一阵清风又匆匆赶了过来，吹来吹去的风，把野花野草的气味带到很远的地方去。然而我还是觉得，每一座山的气味仍然是有所区别，有的香樟气味重一些，有的映山红或杜仲的气味重一些。不论哪种气味，我的鼻窦、肺叶、皮肤和毛孔都感兴趣，它们一高兴，我的心灵无形中就轻松、惬意了，就有了呼喊的欲望，歌唱的欲望。呼喊与歌唱之后，五脏六腑比沐浴还要爽净。于是，我就生出一个念头，在山中安个家，多好！或者就干脆成为仙寓山的一棵树，一株茶。

原来我一直以为，在越来越扰攘、肮脏的世界上，只有《圣经》是干净的，死亡是干净的，思想的胚芽是干净的。这想法当然没有什么错。记得我曾抄录过一首名叫《干净》的诗：

我一直对火葬场保持足够的敬重
对寄存在那里的亡灵也如此
但我不喜欢骨灰本身
也不喜欢焚化骨头的钢炉和烟囱
至于那些腐烂的供品
简直是把死搞糟了
想干净地走真的很难
我只能把死保留在那支吹打乐里
常常一个人戴着耳机听
那时，我的身边并没有人离去
……

这首诗当然也是干净的。在写这篇文字时，我觉得，除了《圣经》、死亡和思想的胚芽，仙寓山为我们干净地活着，起码活得干净一些，提供了另一种可能。

一盘闹市棋

与那盘棋邂逅，是很偶然的。

那是阴雨连绵后的一个华丽转身，我走出蜇缩数日的小旅馆，在春光乍泄的江城随意溜达，当毫无方向的脚步打一条商业街经过时，那盘摆在闹市的棋便与我不期而遇了。

说实话，我是一个对琴棋书画懵懂的人，尤其是棋，只能做个局外者，徒然看着别人忽喜忽忧。然而，即便如此，当我与那盘闹市中的棋相遇时，还是不由自主地停下了脚步。

这是怎样的一盘棋呢？

说是一盘棋，其实是一组街头小型铜雕：一张与我们日常生活中尺度相仿的竹床，这种竹床在我国南方随处可见，是夏天人们用来纳凉的，我小时候就经常躺在这种凉丝丝的竹床上数着天上的星斗，时常数着、数着就数岔了，要不然就数进了梦里；竹床上摆着一副铜铸的棋盘，想必是刚刚经过一番激烈的厮杀吧，透过尚未散尽的缕缕硝烟，可见局势的混乱，仿佛正等着主人去重新收拾残破的江山。那两位对弈的棋手，一看便知是凭力气吃饭的草民，体格健壮，神态憨拙，其中的一位侧身坐于竹床一端，一只旧式木板拖鞋不知何时已从他骨节粗大的脚上悄然滑落。此时，只见他左手拈着棋子，右手握着一把漏风的芭蕉扇，一副颇费思量的神情，早把身边乱飞的蚊虫和难耐的酷热忘得一干二净，以至手中的那把扇子，也就自然成为一种多余的摆设了。而与其形成鲜明对照的则是他的敌手，结实的体魄酷似一座铁塔，静静地立在一旁，一样的打着赤膊，一样的粗布短裤，那条随手搭在肩头的湿毛巾，暗中散发着码头搬运工人浓重的汗腥味儿。我敢肯定，这对棋手平时就在离他们下棋不远的长江码头上劳作，风里雨里，吼着号子，为属于自己的那点希望挥霍精力，每当黄昏落幕，他们复又相聚于某一条旧街陋巷，破扇一把，粗茶半壶，以床当桌，从容对阵，那该是怎样的一种悠然！类似的生活图景，好像就发生在并不遥远的昨天，我们似乎只需轻轻地一个转身，就可以看得见，但是，压根儿就没有人愿意这么做。

连雕塑者的愿望也落空了。

也许是闹市中的这盘棋下得太久，也许是雕塑本身缺少吸引人们眼球的时尚元素，我发现，满街杂沓的脚步打对弈者身旁经过时，竟然没有一个肯驻足看上一眼。当然，这也不能责怪谁，时下生活节奏实在太快，芸芸众生也实在太忙，仿佛每个人都被一根根看不见的绳子紧紧地牵着拽着，一面磕磕绊绊，一面争先恐后地向前奔跑，奔跑，谁还有那一份耐心把一盘棋下完呢？

一条河流的忧郁

一

秋已经深了。

此时，刚刚完成长篇报告文学《淮河魂》写作的我，坐在我国四大古渎之一——淮河的堤岸上，面朝着似乎凝滞不动的河水沉思。那从遥远的北方匆匆赶来的风，像一个咒语，在它的蛊惑下，河滩上的芦苇喧哗着，摇荡着，把数不清的芦花撒向灰蒙蒙的天际。然而，我的心情和思绪却轻松不起来，它就像这匍匐于秋天深处的河水，蕴含着难以言状的痛楚和忧郁。

对于眼前的这条河流，我似乎并不陌生，她曾在我的梦中无数次地出现过。五十年前，是她的一条纤细的支脉哺育了我，并给了少年的我许多的快乐和憧憬，同时也使我萌发了一个愿景，有一天，我要顺着这一泓细细的流水，去寻找和见证传说中的那条巨川的神秘与沧桑。出乎预料的是，我的这个附着浪漫色彩的想法，许多年后竟由一场旷世的大洪水帮我实现。其时，当我用了一个多月的时间，在暴雨和泥泞中，以自己的双腿硬是把它从头到尾仔细地丈量了一遍之后，却发现这条河，并非我梦中的那条河，更非我希望的那条河。

原来，她是一条受伤的河，一条忧郁的河。

二

河流和人一样，是有生命和性格的。

我不知道淮河最初现身于地球的确切时间，只认定，任何一条河流的诞生，总会有它的理由。一滴水源出的高度，几乎能够包容一条河流的一切。淮河也一样，它从哪里来？要到哪里去？它的走向和流程，它的性格和脾气，这一切都是造物主赋予的。如果“天赋人权”这句话能够成立，那么，“天赋河权”也同样合乎天道。

童年时期的淮河，想必是一位很阳光的少年，无忧无虑，无羁无绊，一副天真活泼的模样。它从高峻的大别山和桐柏山上走下来时，压根儿就不曾想过要创造什么奇迹，更不曾想到要制造什么灾难，它只是遵循着冥冥之中的哪个“法则”，应和着远方大海深情的呼唤，穿过崇山峡谷，越过丘陵平原，一路奔跑着，雀跃着，欢唱着，所到之处，没有人为的阻碍，它凭着自己的兴趣和冲动，还有那么一点任性，以自己的生命所特有的行为方式，坦坦然然、曲曲折折地向着日出的地方行走，向着浩瀚的大海行走。走累了，就舒舒服服地在大地母亲最柔软的地方躺下来，舒展着四肢，安安静静地睡它一觉，做一个杂花乱草般的青春之梦。而当它从梦中醒来继续前行时，那些曾经留下美梦的地方，就变成了一个个美丽的湖泊。于是，在这条大河的所经之处，大大小小、深深浅浅的湖泊，像一串晶莹的项链，挂在淮河的脖子上。

河流不仅有生命，有性格，甚至还有着不为人知的道德伦理。一位从事河流史研究的专家告诉我，早期的淮河，委实是一条温驯可爱的河流，它不仅有着深阔的河床和两岸茂密的森林，还有着顺畅的宣泄渠道——入海口，尽管它一路上纳涓滴，汇百川，在走出高山深谷之后逐渐形成一泻千里的汤汤大势，但是，它始终在上苍给它划定的疆域内流淌、奔腾，顺顺当当地汇入大海，轻易不会逾越自己的道德底线。它不像蛮横、霸道的黄河，忽而侵泗（水），忽而夺淮，又忽而掠济（水，此河已从地球上消失），在别人的一亩三分地上胡作非为，翻滚腾挪，频频制造灾难与不幸。淮河在它所接纳的众多姊妹河流之间，也恪守着血缘伦理，该给予的给予，该承担的承担，彼此和睦相处，因而才能在广袤的流域内营造出一种“致中和，天地位焉，万物生焉”的大和谐的局面。

说来人们也许不信，日本有一位环境科学家曾对水的道德伦理观念进行过检测，他从海拔几千米的高山上取回一壶未受任何污染的泉水，分别将它们装在相同的两只玻璃瓶里，他对其中的一瓶水说了几句坏话，对另一瓶水却说了几句好话，数天之后，这位科学家惊奇地发现，自己对那瓶说了坏话的水先于说好话的那瓶水变质。

淮河不啻是一条恪守自然伦理的河，一条崇德重义的河。也许是为了感念淮河的无量恩德，我们的祖先在给这条河流命名的时候，想必是怀着一颗虔诚的心，他们心机独运，穷天地万物之形，取其美意，创造性地将“水”与“佳”作了巧妙的组合，在神州大地上挥毫泼墨，自豪地书写出一个大大的“淮”字。这里，请允许我望文生义一次，所谓“佳”“水”，实乃绝妙之好水也。在古人的心目中，淮河是一条美丽的河，一条造福于人类的河，一条值得感恩与膜拜的河。

“江淮熟，天下足。”

“走千走万，不如淮河两岸。”

这，并非是无厘头的廉价歌颂，更非是自欺欺人的臆造。在淮河中游一个叫双墩的地方，近年相继出土了大量的史前文物（据碳 14 测定已有 7300 年悠久的历史），古人食用后遗下的蚌壳多得可以装满几大卡车，其中许多陶片和骨片上镌刻着朴拙、精巧的象形文字，因而被考古专家认定是我国古文字的滥觞之一。遥想当年，我们的祖先依傍着这条大河，结草为庐，或稼穑，或渔猎，过着平静、和谐的生活。今天，我们虽然无法复原远古人类的真实生活图景，但是，那从历史深处袅袅升起的炊烟和劳动的歌声，仿佛依然在我们的眼前飘动和耳际萦绕。

这一切，都是淮河的恩赐。

三

当然，远古的淮河并非是温情脉脉的少女，即便是，它也该有自己的个性，有自己的喜怒哀乐，或不如意时使点儿小性子，或得意忘形时有点儿失态，那是一条大河形成初期从紊乱走向有序的必然，是一切伟大生命诞生前夕，由混沌渐入清晰的前奏和序曲。对此，我们是不能苛求的，就如同不能苛求我们的孩子一样。况且这种“过失”和“失态”，在唐朝以前是很少发生的，因而也就不足挂齿了。

淮河作为我国“祖母”级的河流之一，按说应该得到受益者——人类的尊重与厚待，起码上苍赋予它的生存权应该得到保障。然而，在自然呵护下日益成长壮大的人类，并没有真正珍惜这条河流，他们似乎容易遗忘，也更容易做出恩将仇报的轻妄之举，尤其是当他们感到自身强大至对一切可以说“不”时，为了满足自己永无止境的欲望，为了追求自身所谓“文明”的高度，对自然仅存的那一点敬畏之心最终也丧失了。从此，人类与淮河亲密无间的“蜜月”期，便被单方面强制宣告结束。淮河由此进入了被奴役、被欺凌的历史。公元 1128 年，能征善战的金兵像一股雄起于大漠的风暴，以气吞万里如虎之势，横扫整个北方，兵锋所指，摧枯拉朽，一路势如破竹，须臾间，宋都东京便成为四面楚歌的一座孤城。此时，城中皇亲国戚和达官贵胄，深感无力抵挡金兵攻城略地的冲天锐气，仓皇自顾之中匆行下策，决黄河以阻金兵。此招虽然为羸弱的宋朝赢得一丝苟延残喘的机会，然而，滔滔黄水如天河溃决，挟千钧雷霆，裹万顷泥沙，席卷广袤中原。洪波狂澜所到之处，拔树漂屋，人或为鱼鳖。相对弱小的淮河自然难逃鹊巢鸠占的噩运，只得默默承受着欺凌之痛。这是人类首次给淮河的胸膛捅了一刀。此风一开，暴戾的黄河似乎尝到了放纵的甜头，日后屡屡寻衅滋事，夺泗侵淮似乎成了它的家常便饭。1938 年，黔驴技穷的蒋介石故伎重演，这无疑使伤痕累累的淮河又雪上加霜。接踵而至的人为灾难，将昔日美丽、清秀的淮姑蹂躏得蓬头垢面，忧悒怔忡，就连它唯一的入海口也被壅积的万顷泥沙彻底堵死。

从此，痛苦不堪的淮河忧郁成疾，呜咽悲泣，漶漫四溢，于迷茫和苦闷中寻找着自己的出路和归宿。

四

河流的生命在于不停地奔流。千古流，万古流，会通沧海，激荡天涯，是一切河流的心愿，也是一切河流的生存之道。

“君不见黄河之水天上来，东流到海不复回。”

“大江东去，浪淘尽，千古风流人物。”

“子在川上曰，逝者如斯夫，不舍昼夜。”

作为一条大河，淮河从它诞生的那一天起，就秉持着一种大哲学：有容乃大。它广纳桃源河、燕子河、洪河、沣河、白露河、史河等一百六十多条河流的来水，在兼收并蓄中不断壮大自我；淮河怀抱着一种大志向，面向大海，春暖花开。它以自己的信念和力量，冲击岩石，激荡幽壑，在重重阻碍中开辟出一条通向大海的曲折道路。

奔流！奔流！奔流！

奔流是它的信念，奔流是它的宿命，奔流是它生命存在的唯一。

然而（又是然而），利欲熏心的人类似乎并不满足于淮河给予的诸般恩惠，不知从什么时候起，一双双贪婪的目光又悄悄盯上它那肥美的滩涂和湿地，于是，一群又一群明火执仗的入侵者，冒险闯进淮河的心腹地带，他们昨天在湖里放倒成片成片的芦苇，圈出一块块直冒油的耕地；

今天又在河滩上垒土筑台，盖起了鳞次栉比的房屋；明天、后天他们还将有更新的蓝图，更大胆的设想。

渐渐地，淮河囤积洪水的临时“仓库”——那些珍珠般的湖泊洼地，转瞬间变成了一片片麦浪翻滚、稻花飘香的良田；淮河专为洪水置备的天然“走廊”——那丰腴的河道与滩涂，如今变成了一座座炊烟袅袅、鸡鸣犬吠的村庄。趾高气扬的人类，在淮河的子宫里生儿育女，在它的血管中攫取财富，营造幸福。

这是人类强行“按揭”了淮河的地盘，迫使淮河屈辱地接受他们的占领。丧权失地的淮河，只能在狭窄的河道里委屈地流淌。

淮河在受难，淮河在呻吟，淮河在挣扎。

然而，哪里有压迫，哪里就有反抗。这条经典的政治格言，也同样适用于自然，适用于淮河。

因为压抑得太久，隐忍得太久，忧郁成疾的淮河不得不借助上苍的名义（天意从来高难问），释放和宣泄自己的愤怒和不满，它以排山倒海的洪水向趾高气扬的人类叫板，它要收复被人类剥夺太多的权利，恢复自己作为一条河流的本性与尊严，痛痛快快地流淌，自由自在地奔流。

与所有的河流一样，淮河从不依赖人，或者说无求于人，人与河流的密切关系，是因为人类单方面生存与发展的需要。因此，有多少人为的阻碍和壁垒，便有多少反抗和灾难。是的，灾难往往是欲望的同义语。因此，自宋元以降，尤其是近几十年，一场又一场的洪水、大洪水、特大洪水，就是淮河极力摆脱人类的控制，维护自己尊严的正义之举。

佛家有醍醐灌顶之说，经历了一次次洪水之灾，人类是否该清醒一些了呢？曾有一位与淮河打了 50 多年交道的水利专家分析认为，人类追求既得利益是导致人与洪水冲突的根源，而河流是无辜的。如果人类能够顾及自然，视河流的生命为生命，尽量克制自身对欲望无止境的追求，人水两安完全是可以实现的。因此，他不无感慨地说，人类对待淮河，不仅应该深刻地忏悔，更应该彻底清还所有的欠债。

五

在地球的三环（气体、土体、水体）结构中，水是最活跃的分子，它固而成冰，化而为气，上天入地，充斥寰宇，匀温调湿，循环不绝，改土造河，给养众生，主宰世界自然生态的平衡。人类的繁衍生息，社会的繁荣发展，皆与河流水土息息相关。世界古代四大文明发源地，均具有良好的河流条件，完全可以这样说，人类的文明是水滋润出来的。

对于任何一条河流而言，无论它源出哪里，它最初给出的流水，都是鲜活、圣洁、纯净的。淮河也不例外。在它的源头，我曾恭恭敬敬地掬饮过它的流水，清澈、甘甜，就如同母亲的乳汁。因而我常常想，一个人（也许不仅限于人）如果啜饮过一条河流源头的水，他（它）定会像儿子之于母亲那样懂得河流，敬重河流，从而对所有的河流都会怀着一颗感恩的心。

我们常常习惯于把某一条够“级别”的河流称之为母亲河，这是一种认识的误区，其实所有的河流都默默承担着“哺乳”的职责。一条河流能够被称之为“母亲”，不是这条河流的骄傲和荣幸，而恰恰是我们人类的骄傲和荣幸。是的，人类是河流的子孙，河流养育了我们，即使我们今天强大的可以随心所欲地控制任何一条大江大河，但是我们却不能拒绝哪怕是一杯普通的水。人类像草木一样生生不息，我们活着，而精力充沛，心情愉快的每一天，都是从水开始的，或者说是由清清流水赐予的。老子说过：“水利万物而不言。”在更近的距离上，水就是我们每一条脉管里汩汩流淌的血液，当然，它更是我们的上帝。

然而，“母亲”也好，“上帝”也罢，这些既神圣又高贵的词，似乎并不能掩饰和抑制人类的种种龌龊与不肖。他们习惯于出尔反尔、忘恩负义，习惯于“端起碗吃肉，放下筷子骂娘”。君不见，黄河、长江、珠江、松花江……这些“国母”级的河流，目前没有一条是未被人类污染的。

淮河虽然未被册封为“国母”级的河流，但在漫长的时空里，她甘美的乳汁究竟哺育过多少儿女？想必只有上帝清楚。就以当下淮河流域的人口来说，约占全国总人口的八分之一：1.7亿。如果每人每天喝一碗水，加起来就是一个惊人的数字！遗憾的是，人类一边拼命吮吸着淮河有限的乳汁，一边却昧着良心往河水里拉屎、撒尿、下毒……昔日好端端的一条河，竟被人类亵渎的肮脏不堪，如今成了一条鱼虾绝迹的死河，藏污纳垢的臭河，荼毒生灵的害河。1992年春，一场人为的严重污染事件，使蚌埠市百万人断水长达半月之久，那满城恐慌、焦虑的气氛，似乎只有战争时期才能见得到。近年来，沿淮两岸又出现了不少的“癌症村”，那一声接一声呼天抢地的哭喊，那一幅幅寒风中瑟瑟飘动的白幡，已经成为中视节目中经典的悲剧。至于农田绝收、湖塘死鱼，牲畜病亡，那简直就是小菜一碟，不足挂齿。

呜呼！“知我者，谓我心忧；不知我者，谓我何求。”面对日益恶化的水环境，忧愤的淮河欲哭无泪；悲怆的淮河欲喊无声。

六

其实，河流的忧郁就是我们人类的忧郁，河流的痛苦就是我们人类的痛苦。面对任何一条河流的任何一次警告，我们都该问一问自己，贵为万物之灵长的人类，是否该为它们的忧郁和痛苦买单？

第二辑

故土散曲

故土是生命的起点，是人生长河的源头，无论我们走多远，也无论显达与贫穷，它总是栖息在我们的血液中。

故土之下，埋葬着我们的亲人和记忆、痛苦与欢乐。那逝去的一茬又一茬庄稼，一茬又一茬生命，只有故土知道。

鸟翱翔天空，树扎根大地，游子在月光下怀念远方的故土……

乡村散板

一把好星斗撒在无人的野湖里，一支小曲散落于旷寂的原野上，一壶温酒在月光下慢慢变凉，一声鸡鸣在黑夜里渐渐消失，又自远处响起……

——题记

乡村的风

风是乡村的魂，它不喜欢老是呆在一个地方，到处游荡着，时南时北，忽东忽西的，它走到哪里，哪里就能感觉到乡村的呼吸。

每次从城里回到老家豆村，第一个迎接我的便是风。我们虽然好多年没见面了，但它一点儿也不生分，先是用顽皮的小手，把我服服帖帖的头发拨弄乱，再在我干净的皮鞋和西服上，随意撒些尘土与细碎的草屑。要是春天，风就像一只摇头摆尾的小花狗，当我刚从汽车上走下来，视觉还没来得及舒展开，它就从我的身上嗅出了豆村的气味，亲亲热热地扑过来，伸出温软的小舌头，一下一下舔着我的手与脚踝，你赶也赶不走。如果是秋天，风里便有了果实发酵的味道，那幽微的醇意，好像一个去镇上打酒的孩子，不小心把酒洒了一路，惹人隐隐地有些陶醉。

因为风的缘故，乡村里许多平常得不能再平常的事物，便有了某种诗意。你瞧那晚风中的炊烟，怎么看都像是一幅悬腕挥就的狂草，云烟尽态的样子，该虚的地方虚，该实的地方实，那是我们在绢纸上无法做到的，可谓真正的“天书”了。莲荡也是。一阵风吹过去，一阵风又吹过来，满荡田田的莲叶便乱了。然而，乱是乱了，但却乱出了味道。究竟是什么味道呢？我也说不清。看来这世界上的许多事情，就像这风中的“乱荷”，有一种不触动情欲的美，大美。你可以观，可以赏，但你却没有风的能耐，把好端端的东西破坏了，还居然翻出新意。还有秋风中的那些树木，原本蓊蓊郁郁的，可是经不住风的手轻轻地摇晃，三摇两摇的，就只剩下一副骨骼了。还是古人高明，他们面对这样的急令凋景，只用“删繁就简三秋树”七个字，就把很复杂的意思表达出来。随着黄叶随风飘逝，树上那些平时看不见的鸟巢，一个一个都露了出来，远远看去，恰似一个个黑色的音符挂在枝柯上。我家的那头公驴也是见不得风的，别看它平时温吞吞的样子，然而，只要春风接连吹上三天三夜，它的魂就被勾走了，常常趁人不备咬断缰绳，撒开四蹄满山满冈地瞎跑，迎着风这里嗅嗅，那里嗅嗅，高一嗓子低一嗓子的嘶叫……

说到风，我想起一件事。有一年，我从豆村带回一棵小枣树，栽在城市自家的庭院里，栽树之前我是下足了底肥的，可是几年过去了，并没有见它有多少长进。我感到很纳闷，就问父亲是什么原因，父亲看了看周围的环境，给出两个字：缺风。对，缺风。生长在乡村的树可不是这样的。你千万不要以为风是可有可无的东西，其实它是树和庄稼的神灵。一棵得风的树，就如同一个人得了机遇，东风来了摇一摇，西风来了晃一晃，每摇晃一次，它的根就往泥土深处扎一扎，晃着晃着，一棵树就在风中长高长粗了。父亲把这种现象叫做“得风水”。记得豆村牛鼻凹里有一棵歪脖子黄栌，据说已经很有些岁数了，可就是长不大，村里有人想把它砍下做犁弓，父亲制止道，这棵树虽然长得不是地方，但只要树头能从这凹里蹿出来，一旦招了风，不愁它不成材。后来那棵黄栌居然有了出头之日，风吹着呼呼地往上蹿，一年一个样，一年又一个样，如今它已经有合抱粗了，成了我们豆村的一个标志。这大概就是神奇的风使然吧。当然神奇的还有我的父亲，尽管岁月的风已经把他的头发吹白了，腰吹弯了，甚至连牙齿也吹脱落了，在风中踽踽而行时，须拄着一只拐杖，然而他能够从飘忽不定的风里悟出一点“道”，想必也该知足了。

乡村里的许多事物，小至一片浮萍，一株草，大到一棵树，一座山，都与风息息有关。春风归来遍地绿，它们不得不绿；秋风君临千叶黄，它们不得不黄。在这回黄转绿的变幻之中，永远不老的似乎只有土地，只有风。一拨又一拨的风，吹了几千年，几万年，它吹走了许多东西，又吹来了许多东西。庄稼在风中拔节，驴马在风中发情，鸟雀在风中飞翔，蟋蟀在风中浅唱低吟……倘若没有风，这个世界多么沉寂！

我喜欢在庄稼拔节或扬花的夜晚深入田野，此时天上有月或没有月都无妨。我坐在湿润的田埂上，燃一根烟，屏住呼吸，谛听风与庄稼幽秘而细碎的微语，的确是一种享受。它们究竟说了些什么呢？这好像并不重要，重要的是它们说话的那种神秘的氛围，有点儿类似于乡村闺房里的隐私。它使我想起郁达夫，和他的春风沉醉的晚上。在我的想象里，我看见风像一个忙碌的乡村媒婆，对，媒婆，它提着萤火虫的灯笼，颠着一双小脚，脸上带着世俗的笑容，急急穿行于正在扬花的庄稼之间，于是，一川一川的稻花，在风媒的蛊惑下，都把藏在自己身体里极单纯的情欲释放出来，尽管我看不清它们的表情，但是却能领略到它们的风情。是那种不会勾引起我们肉欲的风情。此刻，我若是个诗人多好，可惜我不懂诗，只能将嘴边的两句古人的诗句略加篡改：稻花香里说丰年，听取风语一片。我想，这时的蛙声只能是一种喜庆的陪衬与烘托，是这场天地间庞大婚礼的出色乐音。

当然，风也不总是充当媒婆的角色，吹来吹去的风，吹黄了一茬茬的庄稼，吹枯了一年年的野草，也吹老了人间岁月。我看见，母亲辛辛苦苦在菜园周围扎起的篱笆，在风中散落，父亲垒砌的土墙在风中坍塌，竖在祖父祖母坟前墓碑上的字迹，在风中渐渐变得模糊不清。豆青山上的许多坟茔也是如此，它们每隔几年就要添一些新土，可是添着添着，那些给坟添土的人也被风吹走了，于是豆青山上又多了一些坟头。这种给坟茔添土的现象一般持续不了三代，原先的那些坟就再没有人为它们添土了，今天被风带走一些土，明天又被风带走一些土，要不了多久，一座一座的坟茔就被风抹平了。

然而，一拨又一拨的风，依然吹个不止……

泥　土

乡村是泥土做的。对，泥土。我想古今中外的乡村都该如此。将来的乡村会变成什么样子，现在我自然无法想象出它的模样，就像自己小的时候，无法想象“楼上楼下，电灯电话”一样。但可以肯定，那时的乡村依然还是属于泥土的，这一点恐怕谁也改变不了。我们不妨想一想，人们总不能在水泥地上种庄稼，在街道上种蔬菜吧。乡村的路倒是可以修几条水泥的抑或柏油的，但是土路仍然是乡村的主角。还有那些土坝、土渠、土堰、土埂的，你能改造得过来吗？当然也没有那个必要。

因此我有理由说，泥土是乡村的灵魂和上帝。黄土也好、黑土也好，鸡血土也好，那只是泥土浅在的表情，就好比人们用各种颜色印出的《圣经》，它的灵魂是不会改变的，也不可能改变。

我有时胡思乱想，庄稼该是泥土这部《圣经》上最神圣的经文吧？它们是上帝送给乡村最好的礼物。泥土与庄稼，庄稼与人，都是上帝一一安排好了的，谁也离不开谁。一团泥土，就是一句百读不厌的经文，曾祖父读过，祖父读过，父亲读过，我和弟妹们也读过，我们的儿孙还要再继续接着读下去。一个生命，又一个生命，在泥土里摸来摸去的，摸着摸着就摸老了，直到连泥土也摸不动的时候，这个生命就该被泥土抚摸了。

我曾仔细观察过父亲的那双手，粗糙得跟老树的皮没有什么两样，骨节粗大，十指变形，没有一个完整的指甲。这双手曾在土地上扒挠了八十多年，豆村的每一块土地都曾留下他的手印，甚至每一个土团都曾感受过他的手温。当一次重病使他的右手致残，无法再扶犁耕地，挥镐掘土时，我劝父亲把家里的那几块地让给别人做，他犹豫了很长时间，才咬咬牙艰难地做出了决定。但他执意要留下一小块自己做，他说闲着也是闲着，种不动地，哪怕到地里站一站，蹲一蹲，在田埂上坐一坐，弯腰扯几把草，心里也好受些。父亲留下的这块地顶多只有三分，春天种了玉米，接着又种了一茬芝麻。夏天我回豆村时，发现父亲和母亲蹲在白花花的日头底下，一个吃力地翻着土，一个用槌棒敲打着土坷垃。目睹着这样的情景，我的心里一涌一涌的。于是我就跟他们说，这地不能再种了，要是热出个好歹，不值得。父亲一边敲打着土块，一边说，再种最后一茬。母亲也附和着说，再种最后一茬。这样的话，他们已经跟我说过不下四五次了，每次都没有兑现。季节一次次地向前延伸，父亲的庄稼也跟着一次次地向前延伸。其实我心里是清楚的，只要父亲和母亲不倒下，这“最后一茬”就得一次次地向前延伸。

与土地厮守的人，一生究竟能用坏多少张犁耙？使折多少根扁担？能够播种和收割多少茬庄稼？那些庄稼也不知道它们多少辈子才能陪伴我们走过一生。这些问题好像只能由上帝来回答。有的人在这块土地上，只种了三五茬、十几茬庄稼就撒手走了，而有的人却种了五六十茬、七八十茬，还在继续播种和收割。也有的人虽然坚持种下了最后一茬庄稼，但还没有来得及收割，就带着深深的遗憾离开了他的土地和庄稼。我常常这样想，一个人与土地和庄稼能够相遇多少次，仿佛冥冥中是订了契约的，就像我一生能在白纸上写出多少字一样，由不得自己。命中注定你只能播种二十九茬半的庄稼，上帝是不会让你收割那最后半茬的。这是没有办法的事情。

因此，我们与土地和庄稼每相遇一次，都是一种缘分，是一个灵魂与另一个灵魂的默契和交流。庄稼来了一茬又一茬，又被我们送走了一茬又一茬。每迎来一茬庄稼，我们就多一分希望；每送走一茬庄稼，我们就多一份充实。在这一次次的迎送之中，一代又一代的庄稼人微笑着走进了泥土。试想，如果没有一茬又一茬的庄稼陪伴着我们，我们的一生该是多么苍白啊！

播种的时候，我常常攥着种子遐想，这些种子去了泥土里之后，它们再也不可能回到村庄里来了，就像一个个日子。尽管它们会给我带回更多的收获，但我还是有些依依不舍。一茬一茬的庄稼绿了，一茬一茬的庄稼黄了，似乎都是转瞬之间的事。收割也是如此。当我用镰刀把一棵棵成熟的庄稼揽在怀里，它们好安静啊！我知道又该送走一茬了。

我喜欢在秋后的田野上长时间地静坐，这时的庄稼们都走了，那些与庄稼相伴一春一夏的蚱蜢、蜻蜓和各种虫子们也走了，它们都去了它们该去的地方。土地总是这样慷慨，把一茬庄稼慢慢伺候熟了，该给播种和收割者留下多少，鸟雀留下多少，田鼠留下多少，深入田野的鸡鸭们留下多少，似乎只有沉默的土地知道。

躁动了一个春天，喧闹了一个夏天，土地直到把所有的庄稼都送走了之后，这才坦然无忧地躺下来，在月光下作一次深深的睡眠，那飘荡在田野上大团大团的浓雾，就是它绵长而舒缓的呼吸吧。但仍有一些庄稼似乎舍不得一下子走得太远，它们留在泥土里的残根，抽出零零星星的青苗（庄稼人叫做“次青”）来，挂着晶莹剔透的露珠。于是牛羊们走来，吃几口，叫一声，吃几口，又叫一声。时令在它们的叫声中渐渐地深了。

风 水

我虽然是一个无神论者，但我还是喜欢“风水”，不仅喜欢自然界的风水，就连“风水”这两个字也喜欢。风与水是乡村再寻常不过的事物，可是当它们一旦结合，词意就变了，好像风已不再是那个单调的风，水也不再是那个一眼就能看透的水了。丰盈。蕴藉。玄秘。当我面对它们时，觉得自己是多么的无知和浅薄。

小时候父亲常说，我们豆村的风水好。邻近的松岗、柏凹村的人也这么说。可是究竟怎么个好法，父亲说不清，松岗、柏凹的人也说不清。他们给我的印象是，但凡说不清的就是好东西。换言之，但凡是好东西，都是说不清的。

其实豆村有什么好的呢？三五户人家的一个小村庄，憋屈在山怀里，孤零零的，平时想多几个玩伴都找不着。你看人家松岗、柏凹的孩子，出来就是一大帮子，多牛气！就连松岗、柏凹村的炊烟也跟着牛气，一冒起来就是一大片，像一片小森林。那里的狗也牛气，一来就是八九十来只，气势汹汹的，我们豆村的狗见了，只能望风而逃。

当然，豆村也不是全无是处，它有许多东西是松岗、柏凹所没有的。比如吃的井水，松岗和柏凹就望尘莫及，它们两个村子的水井加起来，恐怕不会少于七八口，这些井，要么泉眼细得像麻线，打不了几担就见了底；要么水又苦又涩，使人不敢敞开喉咙喝，用这水煮豆子熬粥，柴草烧掉倒不少，可豆子就是老是不开花，就连每年的腊月二十四过小年做豆腐，也不出货，哪像我们豆村，只要掂把镢头随便在哪里掘几下，就能见到一股股又清又甜的泉水。有一年，父亲和村里的几个人，想把村里的那口老井清一清底，他们四五个壮汉子，轮番用两只大木桶从井里往上打水，直干了整整一个上午，水井也没有见底，无奈只得半途而废。如果遇到干旱年份，松岗、柏凹的人就要跑很远的路，到我们豆村挑水吃，每当他们从井里提上一桶清清亮亮能够照得见人影的水，就会由衷地发出一声感叹。

还有树。别看我们豆村的红土抓一把握不成个团团，许多地方一镢头刨下去，兴许能碰到坚硬的石头，但树却长得特茂盛。同样一棵树，种在松岗、柏凹的土地上，总是蔫不拉几的，像缺奶的孩子提不起精神，一旦把它们挪到豆村，眼看着嗖嗖地往上蹿，去年才只有半人高，今年就越过屋檐了。无论是椿、楝、桑、朴，还是乌桕、黄栌、杜梨，栽什么长什么，你说怪不怪？果树也是如此。我们豆村的红枣、黄杏、麻梨子，简直结疯了，让松岗、柏凹村的人看得眼梢子直直的，不住地啧嘴。有的人想不通，说，真的出怪了，果树到了咱们村怎么就变成公的了呢？父亲得意地笑着说，也许是这里的地脉好吧。

树多鸟自然也就多。白头翁，喜鹊，伯劳、鹁鸪、杜鹃，灰脊鸫，还有许多叫出名字和叫不出名字的鸟，它们都是冲着豆村的风水来的，来了就不想再走了。我就留意观察过一对伯劳，它们年年都把窝垒在我家门前的那棵老楸树伸向西南方的一个枝柯上，我一连观察了好几年，每年它们总是在割头刀韭菜的时候垒窝，一般早也早不到哪去，迟也迟不到哪去。你千万别以为这些鸟儿不懂得风水，其实它们比我们人还要懂，它们一代又一代就生活在自然中，对风水早就了然于心，或许它们的遗传基因里就有关于风水的密码呢。我还无意中发现它们的一个小秘密。我们村的那些鸟儿，都爱到豆青山的一块峭壁下喝水，那里有一个大不过木盆的小水坑，一年四季总是满满的，有一年干得土地直冒烟，它也照样是满满的。我尝过那个小水坑里的水，喝过后，口中有一种微微的清香，比现在我们爱喝的矿泉水不知要强多少倍。鸟多了有时也烦人，它们常常为了争夺领地，或似泼妇骂街，或如莽汉斗狠，战火不断是常有的事。有一种叫“臭嘴婆娘”的鸟，其貌不扬，个头小得可怜，但却生就一张厉嘴，别的鸟要是想在它选定的树上垒窝，没门，它会站在最高的那个枝柯上，“妈逼妈逼妈逼”一口气骂上半个小时，直到把其他鸟骂得狗血淋头仓皇而逃为止。因此我们又管这种鸟叫“妈逼喳喳”。特烦人的是那些馋嘴鸟。我家院子里的樱桃还是青的，就被它们啄得一空。冬天吊在屋檐下的腊肉，你得看着晾，不然就成了“傻和尚”的美食。

鱼也跟鸟一样是懂得风水的，不然怎么会有“鱼出一湾，鳖出一滩”呢？一条豆青河长不过百余里，就数我们豆村那一段出鱼。我仔细琢磨过，上游的河水过于浅了些，水又流得急，鱼自然不喜欢；下游的河水又过于深了些，沿途的许多脏水都汇到那里，浑，鱼自然也不喜欢。我们豆村那一段的河水不深也不浅，水好得捧起来就能喝，还有丝丝的甜。湾也多。一里半里就是一个湾，上禾湾，白鹭湾，下禾湾，葫芦嘴湾，哪个湾里不出鱼？有一句顺口溜为证：上禾湾的鳖，白鹭湾的鲶，葫芦嘴湾的黑鱼阵连阵。每到下秋时节，一些外乡人便挑着小船，带着鱼鹰来了，那鱼鹰一个猛子扎下去，出水就是一条活蹦乱跳的鱼，只消十天半月的工夫，捕鱼人就会挑一担鱼干回去。

豆村的风水也特别养庄稼，种什么养什么。这方面我祖父最清楚。他是生产队的“瞧水”工，所谓的“瞧水”，就是负责看管田地里的水情，哪块地该灌，灌多深，哪块地该晾，晾多久，全凭他的感觉。与水打了一辈子交道的祖父最了解地情水性。他说豆村的花水好，地又养得住水，即使遇到干旱也能有个好年景。祖父所说的“花水”，指的是单位面积上的来水，往往一场不怎么起眼的雨，落在扇形的豆青山上，和落在一马平川的松岗、柏凹就不一样，山中无数道沟沟壑壑会把散落的雨水收拢起来，送到下面的几口水塘里去。可以想象得出，那一道道沟壑，就像一个个花瓣分布于山间，雨水顺着花瓣流向花蕊（池塘），岂不就成了名副其实的“花水”？这的确是个美的发现，形象，生动，传神，是我坐在书斋里怎么也空想不出来的。我们不妨想一想，用这样散发着花香的水浇地，庄稼能不长吗？饮牲畜，牲畜能不旺吗？包括我写豆村的几十篇散文，也跟着沾了不少光。

跟着沾光的还有远远近近村庄里的那些死人，他们一个接一个地往豆青山上上，就连早年从柏凹走出去做了贪官的曹金宝，被枪毙后也朝豆青山上，无非是要沾一点好风水。父亲说，上就上吧，还噼里啪啦地放炮仗，像什么话！这话是父亲背下里说的，不知道豆青山听到了没有。

节 气

这几年，我发觉自己是越来越离不开乡村了，过三五个月，总要去老家豆村小住住，有时去南京、上海一带办个事，中途也要从滁州下车回豆村看看。其实很多时候也仅仅是看看。不看，心里总觉得欠缺一点什么似的。

也许是随着年龄的增长吧，我对二十四节气也越来越在意了。对，在意。春夏的几个节气感觉还好些，秋天就不同了，立秋、处暑、白露、秋分、霜降，像坐滑梯似的，止都止不住；况且它们的手一个比一个凉，表情也一个比一个冷漠、生硬，但又不得不跟着它们一步步地往岁月深处走，哪怕后退半步也是不可能的。走着走着，一场铺天盖地的白霜便突然降临了。

其实，这世界上没有什么事情是突然的。但我们还是喜欢用“突然”来表述那些出乎意料的现象。比如风，它来的时候也是有路数的。如果站在田野的高处，哪怕一个小小的坟包也行，就不难发现远处的那些亭亭玉立的玉米、高粱，开始悠悠地摇曳起来，一起一伏的，形似一个水波的巨弧，慢慢地推过来，推过来，经过身边时，嗖的一声，就窜过去了。节气也是如此。就说惊蛰吧，也不是陡然的一声响雷这么简单。据我多年的观察，惊蛰也有着怀柔的一面，在它到来之前，常常会有几个暄透的好日头，笑容可掬的样子，把藏匿于瓦砾、枯草里星星点点的残雪悄悄消融掉，再将丝丝的热量注入坚硬的泥土里，然后才是一记响雷。

乡村就有这么个好处，它使你觉得这世界上的一切东西，都是有根有脉、有因有果的，不是一味地胡来。不像我们人，只要心血一来潮，就会轻举妄动，结果做出许多蠢事，然后再慢慢地反思、修正。比如霜降，它的威严是由立秋、处暑、白露、秋分一点一点铺垫起来的，只有当这些“法律程序”走完了之后，它才冷下面孔说“不”。而当它一旦说“不”时，就是铁板钉钉的事了。节气就是这样有规矩，也守规矩，该冷的时候冷，该热的时候热，该立的立，该废的废。然而冷与热，立与废，都使你心服口服。

对于草木、庄稼和一些小生灵，惊蛰是一道关，霜降也是一道关。这两道关，一个主兴，一个主衰，可谓一阴一阳，一魔一道，它们配合得是多么默契！在我看来，惊蛰的那一记霹雳（即使雷神消极怠工，懒洋洋地打个喷嚏），无疑都是春天提炼出的一颗灵丹，那些沉睡的草木、庄稼和小生灵们，就着甜丝丝的雨水服下去，嘴巴咂呀咂的，一个个如灵魂附体，仿佛刹那间，一切该醒的都醒了，就连落在房顶瓦沟里的小小草籽也不肯错过机会。此时沉寂已久的村庄和田野，到处眨动着惺忪的小眼睛，到处弥漫着慵懒的呵欠声。至于霜降，我想它更像是秋天念出的一句黑色的咒语。对，咒语。无论你的家族多么兴旺，也无论你还有多少未尽的心愿，统统收收叠叠搁置起来吧，一语既出，该谢的，得谢，该落的，得落，没有什么好通融和商量的，即使心怀不满与怨恨，你也不得不委曲求全，姑且抱着“留得青山在”的态度，暂时蛰伏下来，或者远走他乡。霜降就是这样的专横与霸道！

我曾经留意观察过豆村的物候。你可千万别小看了那些低级的动植物，它们其实不仅会思考，而且最能迎合上帝的意图，知道自己在每一个节气里该做什么，不该做什么，从不逾距。譬如豆青山上的那棵老楸树，风风雨雨百余载，修炼出一副洞晓天命的神态，昨天我见它的叶子还是密密匝匝的，可是早晨起来一瞧，竟成了一个光杆司令，连一片叶子也没有留下。还有那些虫子们，也有着不错的智商，几天前它们还叫得欢天喜地的，是不是最后的盛宴我不得而知，可是叫着叫着，一个个就逃匿得无影无踪了。此时的大雁却背负着霜天匆匆地远行，它们类似于历史上那些牢骚满腹、悲愤无助的诗人，在漂泊中还要发出徒劳的呼唤。因而我想，那第一片辞枝的落叶，想必就是芸芸众生里的智者吧，说不定它是最早洞悉天道玄机的家伙。当然，如果它把自己的聪明用过了头，那就成了狡黠，很可能会成为一个机会主义者。我不知道自然界中有没有这种现象，反正我们的生活中不乏其人。

不知你留意过没有，霜降之夜总是出奇的静，有月没有月都是一样的静，是那种旷世的大静。一切生灵都缄默不语，就连絮絮叨叨的风婆子也闭上了嘴巴。是的，大地是该静一静了，天空是该静一静了，草木、庄稼和一切生灵也该静一静了。当然，不该静的时候却噤若寒蝉，那很可能是什么地方出了问题；但是，该静的时候却静不下来，或者静不彻底，也很可能是什么地方出了问题。伫立在霜降之夜无涯的寂静里，呼吸着清冽的空气，我们不难从这大静大美之中，隐隐感悟到天道的伟大。

这使我想起一桩往事。那是政治闹猛的年代，我和祖父在豆青河畔看管生产队里窖藏的红薯，霜降那天晚上，我半夜起来解手时吓了一跳，乖乖，满地的银霜！当我咝咝呵呵重新回到窝棚里，祖父自言自语地说，落霜了。说着抓起那把小酒壶晃了晃，脖子一仰喝个透干，然后醉眼蒙眬地看着我，诡秘地笑笑，说豆子，爷爷考考你，你说这世上谁最伟大？我未加思考地指指自己的胸前，因为平时那里总是缀着一枚领袖的像章。爷爷竟摇摇头，小声说出“时令”二字。我一时没听明白，但还是感到祖父的话有些不可思议。祖父显然也没有让我彻底明白的意思，他说睡吧，到了我这把岁数你就会明白的。

祖父对时令是敬若神明的，他常常因为播种的时间问题与生产队长发生争执，每次他总会说，二十四节气虽然不会张口说话，但它心里比什么都清楚，人是糊弄不了它的，就是再大的人物也糊弄不了它。不信你瞧瞧？

祖父后来是不是霜降走的，我已经记不清了，但他跟所有的人一样，的确是在该走的时候走的，连一声叹息也没有留下。如今他的坟茔就匍匐在豆青山的荒草丛中，好安静啊。

一些东西隐藏着

常常会有一些不曾谋面的朋友，隔山隔水问我，豆村在什么地方，它真的像散文里那么美么？我笑笑，既不否定，也不肯定。至于豆村美不美，只有我自己清楚。是的，一个现在只有一户半人家（那半户是外村临时来豆村种地的），比一粒豆子大不了多少的小村庄，我已经为它写了几十篇散文，还在继续写着，可见，这个村庄对我来说是重要的，当然也是美的。

豆村的美，除了那些有形的东西，还体现在许多看不见的暗物质上。这后者，是我以前没有想到的——错了，是没有触悟到的。但凡是心灵没有直接触摸过的东西，我是不愿硬写的，就像俩人谈恋爱，连个面都未见过，就在信里或网络上“预支”了吻，我想那“吻”也是没有体温的。

总有一些东西隐藏着。产生这种想法，触媒原是豆村的一张木犁。我家的院子里，胡乱地弃置着许多农具，大点的如犁、耙、牛轭、磙框，小的像锹、锨、镢头、山锄，它们曾经都是我父母生命的一部分，现在他们老了，连村子也不知道还能守几年，拿筷子手都发抖，哪里还能使得动这些家伙？于是，只好眼睁睁地看着它们日晒雨淋，慢慢地脱榫、散架，最后腐朽为泥。这是没有办法的事。

记得那是一个暧昧不清的春夜，我独自坐在豆村一张旧木犁上抽烟，至于那木犁曾经使用过多少年，耕过多少地，我不得而知，模糊的印象是，刚坐上去时，它的质感是干燥的，附着在上面的陈年泥土也是干燥的，手一碰就散落了。然而当我起身离开时，犁木却把我的衣服扯了一下，尽管极轻微，但我还是意识到了，伸手摸摸，木犁的表面不知何时已经有了一层不易察觉的黏糊糊的湿气。再摸摸锄把、锹把，手感也是同样的。第二天清晨，我来到昨天曾经光顾的那块麦地，嗬，麦子的叶片已经不再匍匐在地面上了，它们像是接到了神的某种旨意，一夜之间都把叶片举向了空中，每个叶端都挑着一颗饱满的青露。对这种异象，父亲是习以为常的，他漫不经心地给出一句：怕是春分了吧。我回家赶紧翻翻日历，不是什么呢，春分。此时池塘里的水，也不如昨天清澈了，像是谁刚刚撒了一把明矾，已经有了层次，它的上半部分虽然还是清的，可它的下半部分已经有些微微地泛浑了。我纳闷，春分这两个字，怎么会有这么大的神通，居然能够号令天下呢？是谁给了它如此大的权力？对这个问题，豆村人搞不清，也不想搞清，他们似乎只关心天旱了能来一场透雨，撒到地里的种子能长出一茬好庄稼。就这么简单。

在我的印象里，豆村是由两个部分组成的。它的有形的部分，房屋、院落呀，山水、树木呀，庄稼、畜禽呀，都是我们能够看得见的。然而，这些只是豆村的一部分，甚至可能是很少的一部分，至于它的另一部分，譬如气质、情态、韵味、情调、呼吸等等，往往是由那些我们不易察觉的物质塑造（或烘托）而成的。这些暗物质，它们躲在我们看不见的地方，像一团团、一股股神秘的巫气，或匍匐于一些不被人们留意的角落，或游走于村庄、田野，连个影子也没有留下。这么说，似乎有点儿玄秘。对，玄秘。想想也是，一个比豆子大不了多少的小村庄，几百年来（也许更久），它竟然能够存在下来，成为现在这个样子，而不是其他样子，它究竟接纳了多少生命？又送走了多少生命？我想，这其中肯定有着许多不为人知的秘密。

我家院中有一棵杏树，据说是我爷爷年轻时栽下的，虽然它的半个身子已经瘫痪了，但它的另一半却出奇的强壮。这棵老杏树，每年总是赶在“惊蛰”前三天开花，是雷也打不动的。它的花期，比离豆村只有三五里的松岗、柏凹的杏花，要早一到两天。即使春天姗姗来迟，它也不愿妥协，照开不误。你说怪不怪？按说，两地的阳光是一样的，雨水是一样的，吹来吹去的风是一样的，土，也都是抓在手里攥不成团的鸡血土，为什么豆村的杏花偏偏先开呢？柏凹村的七星麻子韩一卦是个能人，他想不通，又想弄个明白，于是就在我家杏子成熟的时候，跟我祖母要了几枚成色正的，也没舍得吃，就连肉带核地埋进他自家的院子里。小杏树长大后，该开花的时候也照样开了花，花朵并没有什么异常，可是花期还是与我家的那棵杏树不一样，迟；果实的味道也不一样，涩。这使得韩一卦很困惑，也很扫兴，他挠挠头，又挠挠头，甩出一句没头没尾的话：我操，豆村就是豆村。

大概是前年吧，一个长冬都是温吞吞的，背风向阳的地方冒出了许多嫩草芽，就跟谁撒了一大把绣花针似的，惹眼。可是到了“雨水”这天，却毫无兆头地窜过来一场大雪。说实在的，那雪的确不是“飞”或“飘”，如果是那样，早早地就能够发现。因此我有理由认为，那雪肯定是在某个暗处窥伺已久，像只饿兽，趁人不备，冷不丁地突然就窜过来了。这时离我家的那棵杏树开花顶多只有一扁担长。我母亲琢磨着，今年的花期可能要推迟了，不推迟也得推迟了。然而，那雪仿佛并不是我们想象的那么回事，它边下，边融化，边下，边融化，一瓣也没有存下来。雪霁后，一连几个暄透的好日头，晒得老麻石都软塌塌的，土里冬眠的蚯蚓直吐泥浆，这时撒欢的小南风跑过来，三忽悠，两忽悠，满树的杏花像是商量好了似的，一夜之间陡然全开了，算算，一个时辰也没有耽搁，喜得我母亲站在树下直把脖子都看酸了。究竟是什么暗中主宰着我家那棵杏树的花期呢？至今还是个谜。

今年杏花开的时候，我在豆村碰到了业余风水先生韩一卦，我们就站在院中的那棵繁花满枝的杏树下扯着闲话。

他眨着一双机敏过人的小眼睛，拍拍树干，又拍拍树干，郑重其事地说，这棵树，可算是栽到风水眼上了，你信不信？我不置可否地笑笑，父亲也跟着笑笑，说，讨你个好口彩。其实据我观察，豆村的杏树之所以抢先开花，恐怕与它所处的特殊地理环境有关。这里三面环山，朝南的一面是豆青河，小村形同一只簸箕，冬春二季光照充足，土地又蓄得住雨水，杏树提前几天开花是很自然的。韩一卦对我的说法却不屑一顾，他把那个小脑袋摇得像拨浪鼓：不，不，不，你可别小看了一棵树，学问大着呢，我们的眼睛有时连自己脚下的路都看不清，树根的路我们怎能看得透呢？想想也是。俗话说，隔行如隔山，何况是一棵不会说话的树呢？

豆村的确有许多我们看不见的东西，它们隐藏得像灵魂一样深，像风一样出没于黑夜，我们虽然能够隐隐地感觉到，但却无法一睹它们真实的形态。有时候，风偶尔打个喷嚏，花就落了，这是为什么？又有时候，月光随便变换了一下表情，豆村井栏边皱巴巴的苔藓就活泛了，这又是为什么？前年冬天村里修路取土，在豆青山的西坡上留下一个丈把深的大坑，当时谁也没有在意，可是来年春天，豆青山东坡上的十几棵高大的松树却无缘无故地死掉了。我曾到实地察看过，那个大土坑离死去的松树少说也有几百米远，怎么就能说松树的死与它有关呢？韩一卦自然不会放过这样的机会，他说，这些松树长在这里几十年了，一直都是好生生的，它早不死，晚也不死，偏偏修路挖了那个坑就死了，你说能没有瓜葛么？父亲也是这个看法。

他的解释是，如果人的脚上扎了一根刺，手也会跟着疼的，何况那么大的一个坑呢。

这使我想起另外一件事。原来，我家有一个后院，院墙是就地取土垒成的，早年沿着墙根栽了许多杂树和竹子，后来土墙坍塌了，那些树子竹孙们便成了院墙，它们挤挤挨挨的，把几间老屋和后院箍得严严实实的，连只野兔也别想钻进来。这样安全倒安全了，可是不知为什么，每年一到夏天，我家关在后院里的鸡鸭总是好生病，今天死一只，明天死一只，心疼得我母亲直叹气。大概是四五年前吧，姐姐家盖厨房，为了省几个买料钱，就从我家的后院里砍伐了一些树和竹子，结果就出现了一个丈把宽的豁口。本来父亲是想在这里再补栽一些小树的，因考虑到他自己和我母亲年事已高，只要他们一走，豆村的历史也就该彻底结束了，于是就任由那个豁口敞开着，像一扇常年不关的门扉。

风是豁口的第一位客人，它连声招呼也不打就擅自闯进了后院，接着尘土和雪花也扑进来了。这样，憋闷了几十年的后院，仿佛一位垂危的病人接通了一根氧气管，突然之间呼吸就顺畅了。打这以后，一连几个夏天，我家的鸡鸭再没有死过一只。其实，在那个豁口，我们除了感觉到一阵又一阵的风，匆匆而来，又匆匆而去，其他什么也不曾看到过。那些无形的不速之客，他们究竟带来了什么？又带走了什么？似乎永远是个谜。不过，这个豁口倒是给了我一个启示，每当自己感到郁闷、烦躁的时候，就想到要找个生命的气道，哪怕一个透气的小孔也行。

豆村的暗物质，许多都与水土有关。小时候我到外地走亲戚，身上总会长出许多小水泡，然而只要一回到豆村，咕嘟咕嘟喝下几瓢生水，那些讨厌的东西很快就消失得无影无踪了。我的孩子也是，他每次去豆村总要带一身小疱疹回来，一抓直淌水。不明就里的妻子以为是豆村的床铺不干净，后来再去时，就特地从城里带上干净的铺单，可是依然于事无补，还是照样长疱疹。其实哪是那么回事呢。有一年，孩子在豆村整整耍了一个暑假，像我小时候一样喝生水，吃从树上摘下根本就不洗的各种果子，在池塘里洗澡扎猛子，然而身上却连半个疱疹也没长。还是母亲的话在理，她说，这叫“身土不二”。母亲是位目不识丁的村妇，她的话当时我也没往心里去，只是觉得这个说法怪怪的，像个谶语。后来我读韩国一位环境科学家写的书，发现了“身土不二”这个提法，因为有母亲的那句话垫底，无形中就记住了。现在回想起来，“身土不二”，的确是那么回事儿。如果你是一棵枣树，你就长在你该长的地方；如果你是蓬沙莎草，也长在你该长的地方。这，你不服不行。“身土不二”的法则，是上帝为一切生命设置的潜规则，人人都得遵守，不然，这世上的许多东西岂不乱了章法？不错，人们可以借助科学的手段，检测出一杯水或一撮土里有哪些物质成分，那些东西都是我们肉眼所看不见的。虽然我们看不见，然而说不定它们能看得见我们。这就是说，但凡生命都是特定环境的孩子，它们与周围的水土、空气、温度、湿度相濡以沫，形成了你中有我，我中有你的和谐关系，这是不能轻易打破的。谁要是不懂得敬畏，破了规矩，上帝是会惩罚的。你信不信？

柏凹村的郎守山曾经就不信这个邪。那还是大集体年代，他带领着柏凹、松岗和豆村的人，把“农业学大寨”搞得烈火烹油。有一天，他突发奇想，发誓要把豆青山北麓的那片名叫“寡妇坡”的旱地，改造成高产稳产的水稻田，要在全公社露一手。我祖父站出来阻止，结果被扣上“思想守旧”的帽子。可是后来怎么样呢？全体社员奋战了两个春秋，然而结出的稻穗还没有小孩的鸡巴长。于是，趾高气扬的郎守山不蔫也得蔫了。其实“寡妇坡”的那片旱地，除了水稻，玉米、花生、棉花、豆子，红薯、高粱，种什么长什么，根本就不用操多少心。还是祖父说得对，哪块地能种什么，不能种什么，都是上帝暗中安排好了的，不是我们说了算的。郎守山听了直点头。

大集体解散后，郎守山承包了“寡妇坡”的那片旱地，他前年种玉米，去年种芝麻，今年又改种花生和油菜，种一茬，收一茬，喜一茬，土地从没有亏待过他。有一次，已经驼背的郎守山扛着锄头到我家找水喝，我问他怎么不种水稻了？你猜他怎么说？他抹着沥沥拉拉的嘴说，人有人路，地有地路，庄稼也有庄稼的路，不顺乎着它们，咋行？

郎守山在那块土地上辛勤耕种了十几年，死后就埋在那里。站在豆青山上望过去，能看得见那片土地上茂盛的庄稼，和庄稼地里那座低矮的坟茔，其他什么也看不见。

土地词典

我的胞衣之地豆村，掖藏在皖东山区的褶皱里，地少，还零碎，东一块，西一块的，收庄稼的时候，冇掉一块两块，是常有的事。但鸟雀记得，哪儿还有撂下的庄稼，它们就会往哪儿飞。这样要不了几天，人们就会从鸟雀无意泄露的秘密中，再把遗忘的庄稼找回来。

别看庄稼地小，但它们也是有性格的，还有伦理。这只有热爱土地的人才懂得。

寡妇脸

寡妇脸是一块土地的名字。

这块地，在豆青山的西半坡，上宽下窄，呈俊俏的瓜子型。之所以叫这么个灰色的名字，可能与它的水土有关。沙土，薄，寡瘦寡瘦的；也蓄不住雨水，种什么都不发旺，就跟整天没精打采的小寡妇差不多，一副自怨自艾的样子，让人既心疼，又爱莫能助。

春天玉米下种之前，得给土地打底肥，队长郑秃子故意敞开驴嗓子叫：给寡妇脸多下几担！社员们听了，都抿着嘴笑。是那种暧昧的笑。有的还故意拿眼风四下乱瞟，看婉玉在不在。若是她人不在，肆虐的声浪就像打开闸门的洪水，哗！顿时把所有的人都淹没了。

婉玉是村里地主潘笔的第三房女人，没享受几天的富贵就解放了。她的男人被正法后，婉玉一直守着寡。从我记事起，就不曾见她走路抬起头过。就是不抬头，我也觉得她的眉眼和脸模子比谁都好看。怎么看怎么好看。后来偶尔听我母亲说，郑秃驴一直在打她的馊主意，不知是真是假。

所以我就牢牢记住了那块地的名字：寡妇脸。

二黄柏

二黄柏的确是块好地，土厚，抓在手里能攥出油来，种什么都不愁长。风水先生韩一卦轻易是不给地理脉象下结论的，唯独对二黄柏另眼相看，他给了两句评语：远看燕子扑梁，近观寿龟下塘。意思是，有山有水，可进可退。乖乖，豆村的好风水它全占了。

早年，那块庄稼地里有一座坟茔，坟茔旁生长着两棵几人高的扁柏。这我是知道的。有一年端午节，姐姐做香囊，苍术、金银花、龙胆草都有了，就缺柏树叶子，就差我去摘，结果我两只手都沾满了清香，洗都洗不掉。

为什么叫二黄柏呢？一直是个谜。

大集体的时候，生产队规定每人一分五厘的自留地，豆村的王小手家七口人，加起来是一亩零五厘。这个面积正好与二黄柏那块地相吻合，于是二黄柏就归到了他的名下。这王小手做事出了名的小气，常常为人所不齿。得了二黄柏那块地后，王小手先伐了那两棵扁柏，找木匠做了一张床，随后又打起了那座坟茔的主意。前年种油菜时，他悄悄把坟茔挖掉一些，去年种花生又挖掉一些，一点点蚕食，三挖，两挖，一座坟茔就彻底消失了。

我祖母对王小手说，那是两个姓黄的新四军战士的坟，他们被日本鬼子打死的时候，还是我给洗的脸。王小手听了干笑，说，死了都死了，活着的人总得吃饭吧。

这也难怪王小手觊觎那座坟，改作耕地后，特别的养庄稼，随便在上面撒些种子，都长得欢喜人。

然而，王小手种下的第五茬麦子还没有收到手，他人就走了。

祖母没看见这一幕，她比王小手早走了三天。

牛叹气

在我的印象里，牛叹气种庄稼是很少见的。有一年大旱，旱得连豆村的井底都龟裂，而牛叹气那块地上的露水珠子却多得可以用手捧。庄稼人都懂得，久旱天，露水是个宝。于是，生产队把牛叹气开垦出来，种了一茬晚绿豆，据说是那年全村唯一的收获。

牛叹气其实是一片沼泽地，淤泥深得打不到底，别看它上面水草茂盛，牛羊就是不敢贪吃那一口，只能望草兴叹。我六岁放牛的第一天，父亲说，除了牛叹气，别的地方都可以放。我不大相信他的话，就悄悄把牛牵到牛叹气那儿，也怪，水牯望着眼前的一大片嫩草，舌头卷儿卷的，就是不肯走近一步

我的伙伴毛黑比我多放了一头，一头母牛，一头半大的牛犊子。那是五月，牛叹气的堤埂上野草莓红得诱人。于是，我与毛黑就把两头大牛拴起来，捧着草帽摘起了野

草莓。正摘得高兴，毛黑“哇”地放声大哭起来，我抬头一看，糟糕，他的那头牛犊子掉进牛叹气里去了，只剩下一个脑袋，摇呀摇的。我俩丢下野草莓，甩开脚丫子就往村子里跑，边跑边呼喊，仿佛天塌了一般。

然而，牛犊子还是死了。

晚上收工回来的母亲，手里掂着一大块鲜红的牛肉，我知道那是牛叹气送给我们的。

这天晚上，豆村的空气里飘散着久违的肉香……

大斋地

大斋地其实并不大，只三亩多一点。但这在土地鸡零狗碎的豆村，算得上是一块肥肉了。而这块“肥肉”却又偏偏属于吃斋念佛之人。

此人佛号慧素，这是我从县文史馆的资料里打捞出来的。豆村的人都是土命，他们似乎只关心土地和庄稼，即使对自已先人的名字，也只限于记住三代，再往上都是阙如。何况慧素是个尼姑，人与名俱被风吹雨打去，湮灭是很自然的。

据我猜测（也只能是猜测），大斋地可能是当时的地方官员送给尼姑慧素的一只“饭碗”，她捧着这只碗与青灯相伴，尽管心中有佛，想必漫漫长夜也有着挥之不去的寂寞。

我的这个猜测，后来在一本台湾出版的小册子里得到验证。书的作者乃松岗村地主之后，新中国成立前从金陵大学去了台湾，此书应是其怀乡之作，就如同现在客居武汉的我，坐在电脑前写着一些有关皖东豆村的文字。书中有一篇是写尼姑慧素的，说她有一块斋地，从不种庄稼，只种麻。为什么只种麻呢？作者给了两种解释，一是麻可以用来打草鞋（那时候的乡民大多穿草鞋），慧素常常背着草鞋到集市上去卖，再用卖草鞋的钱买回粮食。二是慧素年轻貌美，偶有红尘之念也在所难免，而打草鞋能够消磨时光，固守心性。这与我的猜测不谋而合。至于慧素后来的去处，只能去问当时的明月了。

据说土改时，大斋地曾一度改叫“翻身田”，文革时期又叫“忠字田”，但都是短命的。现在的豆村人依然还叫它大斋地，听起来入耳。

娘娘喜

娘娘喜还有一个名字：白莲窝。

这块地紧挨着牛叹气，原先是一口清水塘，出藕。对此我没有考证过，是一代一代传下来的。莲藕在我们那地方，贱，满塘都是。倒是“娘娘喜”这名字有些与众不同。一块地，娘娘能够喜欢，想必有它的不凡之处。

娘娘喜只适合种水稻，一年只种一茬，产量要比周围同等面积的地低许多。原因就出在地里的那四只泉眼上，常年汩汩地冒冷泉，造成水稻生长周期长。这缺点也正是它的优点，稻米质量绝佳，色如凝脂，香气扑鼻，从前是专供皇帝娘娘吃的。每到收获季节，县太爷坐着八抬大轿早早地就来了，一粒也不准留下。据说村里有人曾经从田鼠洞里得了几升稻谷，舂出米来熬粥给坐月子的女人喝，特养奶。当然，这是传说，当不得真的。

前年秋天，松岗村的大甩子从上海打工回来，与人合伙办了个碾米厂。在给产品起名字时，有人建议他用“娘娘喜牌”。道理很简单，现在城里的许多产妇缺的就是奶水。大甩子一时拿不定主意，就到市工商部门咨询。接待的那个人告诉他，听说日本、韩国人到新疆旅游，什么东西都不带，只装几瓶子母河的水带回国去，来回的路费全都有了。为什么？你想想，那水猪八戒喝了都能怀孕，何况女人乎？大甩子听罢，一拍大腿，事情就这么敲定了。

“娘娘喜牌”大米投放市场后，很快成为抢手货，大甩子本人只两三年的光景，就暴发了。

一天晚上，醉酒后的大甩子搂着二手的老婆翠花说：娘子，看来发家致富也不是太难的事……

触摸村庄的脉搏

不是故作姿态，我一直把自己视为城市的暂居者。儿子也这么看，说我老往豆村跑，不如在那里盖两间房子算了。这个念头不是没有过。一次我跟母亲说起自己的想法，她老人家盯着我看了半天，显然是生气了：亏你想得，现在村里的人都恨不得脱掉鞋子往城里跑，还嫌跑得慢哩，你倒好，老惦着乡下，不是我拽你的腿，回来你会后悔的。

母亲所说的“后悔”，虽然没有确切的指认，但我从乡村的许多细枝末节中，已能隐约预感到一些微妙的变化。就像我那顽固的颈椎病，离“立秋”还隔着半个节气，它就开始不安生了。其实我也是个不安生的人，在城里住得好端端的，却总爱往老家豆村跑，跑着跑着，魂就游离了。

有时一场雨明明白白下在城市，可我总觉得它落在豆村的那片土地上，甚至还能影影绰绰看见雨中庄稼的影子，豆青河畔水牛吃草的影子，杂树林子里孩子们拾山菌的影子。这种认知偏差，自己不是不清楚，可就是纠正不过来。当然也不想纠正。

是什么使我迷恋乡村呢？的确不是一两句话能说清楚的。我想，这个问题的答案可能要到生命的密码中去找。譬如一条河流，如果不在它的水里浸泡个五冬六夏，你是不可能对其水温变化了然于心的。土地也是。只有当你一遍又一遍品尝过丰收的喜悦，也咀嚼过歉收甚至绝收的痛苦，你才能有资格与土地建立起深厚的感情。不知你有没有这样的体验，同样是冬天的炊烟，可你总觉得故乡的炊烟比他乡的要温暖许多。有一次我回到豆村，雪下得十分放纵，此时母亲正坐在低矮、幽暗的老屋里剥着玉米，那金黄金黄的家伙，仿佛就是一簇簇火苗，当我一脚跨进家门时，身上即刻就有了一种少有的暖意。

儿子在土地里玩耍，父亲在土地里流汗，爷爷在土地里埋葬。你说我能对自己的胞衣之地豆村说“不”吗？

平心而论，对豆村的那一方水土，我是不薄的，起码我已经把最干净的感情和文字都给了它，甚至还准备把自己的身后也交给它。然而，给着给着，感觉就有些不大对劲了。就如同一盆火，昨天还是旺旺的，暖暖的，可是烤着烤着，不知不觉地就凉了，冷不丁还会打个寒战。

有一次我回豆村，在小镇岱山碰见了几年前去上海做生意的其龙，我递给他一支“红金龙”香烟，他不冷不热地矜持了半天才接过去，脸上的表情比石头还要平静。接了烟，他看看牌子，又看看牌子，就是不肯上嘴；我将打着的火机凑过去，他象征性地把烟点着了，夹在手指间，压根儿就没有抽的意思，也许是出于礼貌吧，他也回赠了我一支精品“玉溪”，并淡淡地说，这烟，在上海是拿不出手的。我纳闷，过去其龙可不是这个样子的，每次我回去时，只要被他看见了，即使正在抢割稻子，镰刀一撂也会打老远地跑过来，陪我坐在田埂上吃支烟，顺便扯些与土地和庄稼有关的事。有时我会塞给他一包或半包香烟，每次他总是受宠若惊的样子，把结满硬茧的手搓得哗哗响，红着脸说：你看你看，我哪般配吃这个。可现在倒好，人还是那个人，仿佛突然间就生分了。算算，才几年呀。姐姐的感受更直接一些，她说其龙在上海杀鸡宰鸭，专给大宾馆送，几年送下来腰包就鼓起来了，见了村里的人脖子昂得比鹅头还高。她安慰我不要跟他（其龙）一般见识，像这样的人村里不止他一个哩。

姐姐所说的村子，多半是指与豆村毗邻的松岗和柏凹，因为这两个村子大集体年代和豆村同属于一个生产队，谁家的灶门往哪开，瓮缸里有几斗几升米面都知根知底。以往我回去时总喜欢到这两个村串门子，若是不去走走，他们会说我看惯了城里的楼房，眼稍子被吊得高了。到了吃饭的时辰，串到谁家都会热情地挽留，我呢，也用不着客套，有饭就吃，有酒就喝，吃了喝了，主人反倒高兴，临走的时候还会包上一包葵花籽抑或一小袋花生米让我带着，并且一再申明，这些东西都是自家地里土生土长的，味道正着哩。从他们简朴的话语里我能感觉到他们对土地的那份感情。若是赶上农忙时节，村里找不着说话的闲人，我会直接到庄稼地里转悠，见有人的地方就跑过去，翻过一条又一条田埂、沟渠，然后恭恭敬敬地递上一支烟，或站或坐，边吃边聊，寡妇坡的玉米，鹭鸶湾的稻子，兔子窝的红薯、豇豆，还有白泉塘的红菱，都是我们谈论的话题。有时也扯到城里的事，豆角卖到几块钱一斤，超市里的麻油吃不出芝麻的香味，芦蒿进了大宾馆比肉价还贵……这些看似城里的事，其实还是没有离开土地，无论豆角也好，小磨麻油和芦蒿也好，它们都是乡村嫁出去的闺女，谈起来愈发地感到亲切。

不知起于哪年哪月，这种交谈渐渐地稀少了。不是什么呢，我回去一次，村里就少了一些人，再回去时，又少了一些人，这几年村庄里走得人更多，像秋天的候鸟似的，昨天它们还在枝头上叽叽喳喳地叫着呢，只消一个夜晚就不见了踪影。据说前年温州的一个什么公司开来了几辆大客车，一下子就把村庄给拉空了，连小孩晚上睡觉都做噩梦。松岗村的毛喜把我拉到村前那个叫蒲草窝的地方，指着一口老井连连地咂嘴：你看看，这水弯腰就能捧着喝了，以前你是清楚的，村里人常为吃水犯愁，还曾经为争水打过架哩。现在倒是清静，这井边的青苔都能滑倒人了。的确是这么回事儿，我小心翼翼地踩着湿滑的苔藓，掬了一捧井水喝下，感觉微微有些苦涩。毛喜用拐棍敲着石栏说，井水就跟女人差不多，越用越有味儿。这个毛喜，都年过半百的人了，说起话来还是那么俏皮（方言逗的意思）。那天毛喜陪我串了两个村子，只见到几位蹒跚的老人和一些留守的儿童，而疯长的野草已经漫上许多人家的门槛与窗台。

村庄的日渐萎缩成全了小镇的繁华。前天柏凹村的雨田搬家时放了一挂比扁担还要长的鞭炮，昨天春发家又放了一挂更长的。我到松岗串门子时，求贵两口子正在往拖拉机上搬东西，一挂红彤彤的鞭炮吊在门前的香椿树上，门前的地上还摆放着几个碗口粗的“雷子”，就等着点火了。此时满脸喜气的求贵见了我说，要不是他半身不遂的父亲怕死后不能土葬，他们家早就搬到滁州城里去了。你听听，如今的村庄就是这样讨人嫌弃？

一砖一瓦建起的村庄，少说也延续了几百年的香火，豆青山上那些地瓜似的坟头，就是最好的佐证。可如今人们却一个接着一个离开了它。说离开还好听一些，有的简直就是抛弃，许多人走后，就如同蝉蜕了壳，丢下几间老房子，任凭风吹雨打，连回来看一眼都做不到。俗话说故土难离，其实哪是这么回事呢，那噼里啪啦的鞭炮声，那告别者一脸解脱后的得意，无不诠释着：时代变了，人心也变了。

村庄的确在变，而且越变越快，就像一首古老的歌谣，传唱了许多代都不曾走过调，苍凉中带着丝丝的温暖，叹息里系着微明的期冀，顽强的生命力犹如巴根草在黄土地上不断延续，然而唱着唱着，它就变成了流行歌曲，你再想把它的调子变回去，无异于让一条河倒流。这使我想起医生朋友的一句话，血流得太慢是一种病，流得太快也是一种病。不错，过去乡村的节奏是缓慢了些，一个梦爷爷没做完，父亲和儿子再接着继续做，这当然不好；但是，遗忘和抛弃得太快是不是也是一种病呢？我在豆村暂居的那些日子里，从没有听到一首童谣，也没有见到月光下孩子们托着小腮听老人讲古的情景，心情不免有些黯然。

不是我计较村里的人对自己态度的冷热，他们对土地的感情也好不到哪里去。前不久我就亲见了一件事。那天我看见柏凹村的土宝在地里种麦子，就凑过去想跟他说说话，到地头一看，嗬，我简直不敢相信自己的眼睛，那块地里的土坷垃大的似碗，小的如拳，垄沟也没有清理一下，土宝居然就在这样未经细心调理的地里草草地撒种，这岂不是白白糟蹋了土地？你猜土宝怎么说，他说自己在南方打工，也不指望这田地吃饭，随便撒把种子，不让地荒着就行，多收几斤少收几两无所谓。听了他的话，我下意识地看看周围的土地，的确有不少长满了野草，有的野蒿子高过了人头。还有那些搬到镇子上去的人，他们的土地虽然还在耕种，但耕种与耕种已有很大的区别了，这些人多半是开着拖拉机，穿着皮鞋，带着成扎的啤酒或饮料，匆匆而来，又匆匆而去。父亲生气地说，这哪里像种地，倒像是走亲戚。这使我想起早年的一件事。村里的瓜把式顺德老汉，只要瓜种入了土，他有事没事总爱守在瓜地边，一蹲就是半天。当时在我看来，瓜纽子还没一个，有什么好守的呢？你猜顺德老汉怎么说，他说庄稼也通人性，你每天看它几遍它都知道，更不要说摸摸它的叶子了，你摸过叶子结出的西瓜要比没摸过叶子的甜得多。父亲也是这么看。他说养鸡要瞅——每天多看它几眼长得快；庄稼要守——守出的庄稼籽实饱满。不知道此说有无科学依据。

不过，科学不是万能的，土地上的许多事情，的确是靠带着体温的手摸出来的。一个枣核般大小的瓜纽，你今天瞅它一下，明天摸一下叶子，瞅着、摸着它就成熟了。现在的人似乎没有那份闲心了，我一次次的豆村之行，就不曾见过顺德老汉那样的人。

土地和庄稼可以不守，坐在地头说说话也成了一种奢侈。在豆村的日子里，我跟这些人在田间地头谈话时，他们也总是不愿坐下来，就那么兀自站立着，像一只河边等鱼的“青桩”，尽管田埂比城里的草坪要干净得多。谈话的内容和气氛也使我失望，常常扯不上几句话题就断了，似乎脚下深厚的土地和身边的庄稼都引不起谈话的兴趣。以前可不是这样的，随便往田边地头一坐，伸手捋着正在灌浆的稻穗，或是拧一穗半青的麦粒托在掌心，就有着说不完的话。那些话儿，仿佛既是说给自己听的，也是说给庄稼听的，就连草丛里的虫子也能加入交谈。不是我守旧，土地和庄稼就跟自己的女人一样，生儿育女，厮守终身，你在它们身上下足了力气，它们会加倍报答你的。

如今，村庄里的事情变得越来越陌生，越来越模糊了，我不知道这是好事还是坏事，一个正在转型的村庄恐怕就是这个样子的。它似乎正被一只看不见的手紧紧拽着，磕磕绊绊地往前方奔跑着，一脸的兴奋与憧憬，一边跑一边抛弃身上所带的东西，甚至连回头看一眼昨天都不可能。

看来没有人能够把它拉回来了。

真的拉不回来了。

露珠里的村庄

被野草和庄稼包围的村庄，当然也被露珠包围着。春天，或者秋天，你要想走进我的豆村，就必须在露珠的层层包围中辟出一条路来。其实它们对你并无什么恶意，只是濡湿你的鞋子、裤脚罢了。或许，露珠就是以这种卑微而亲昵的方式，来证明一种不能被忽视的存在吧。

对于一座村庄来说，人们无法割舍的情感，往往是由那些实用事物来维系的，房舍，牲畜，蘑菇似的草垛，蓊郁的树木，缄默而踏实的道路以及轮番登场的庄稼，或是一眼很有年头的水井。至于露珠么，那实在是太轻微了，轻微得甚至连糟蹋庄稼的虫子都不及，每当地里发生虫害时，人们便虫子、虫子的喋喋不休，仿佛屁股上着了火似的，一片忙乱；而露珠显然没有这种能耐。

乡村的露珠是安静的，是那种圣哲高僧般的大寂大静。它不像树木，虽然有根，但却经不起风的三蛊两惑，心性就开始迷乱了；也不似池塘里的鱼，别看它平时悠然得像个君子，可是气压稍微高出那么一点点，它就不得不将头浮出水面，乱跳一气，失了态。露珠可不，来了就来了，静悄悄的；走了就走了，也是静悄悄的。它使我想起村庄里的一些人，一辈子默守着土地，不声不响地侍弄着庄稼，一茬接着一茬，等到连庄稼也侍弄不动了，一撒手，走得多从容，好安静。

别看露珠如此卑微，其实乡村是它和土地一起喂养大的。如果你熟悉土地，就会发现，哪一茬的庄稼能离得开露水呢？倘若一块土地连颗露珠也没有，说明这块土地是没有生命的。

这使我想起一件陈年旧事。那是一个只崇尚精神的蛮干时代，与我们豆村毗邻的麻岭生产队，用炸药、钢钎硬是将半座山头削为平地，发誓要在上面夺“忠字粮”。正准备下种时，曾经在地主家当过“犁把式”的半瘸子站出来“放炮”了，他说，那个地方是长不了庄稼的，种，也是白种。生产队长是个年轻人，气盛，当时又正在积极争取政治进步，哪里听得进一个“阶级异己分子”的胡言乱语，依然我行我素，照种不误。可是结果呢，十几亩的地，连半斗粮食也没有收到。队长事后问半瘸子，你怎么就知道不能种呢？半瘸子说，你先给我一根“大铁桥”（一毛四分钱一包的香烟），我再告诉你。队长如此照办，半瘸子接了烟，点燃后有滋有味地嘬了几口，陡然就来了精神，他粗声大嗓地说："那是新开的生土，露水珠子都不肯落脚的地方，你让它长庄稼，不等于在灶台上撒种吗?"半瘸子见队长的脸白的像纸，就更来劲了："种地可不是娶新媳妇，半年不要就能怀上娃娃。那样的地，你只有撂它个三冬四夏，等草扎下了根，蓄足了精气，把露水引了来，再种也不晚。"

半瘸子说得在理，露水虽然不会说话，但它也懂得暗示。据我的细心观察，凡是露水密集的地方，野草和庄稼生长得就比较茂盛，因为那里的土壤深厚，又蓄得住雨水。相信风水的父亲还有另外一种说法，他说，露水是土地的气血所致，一块土地气血旺不旺，养不养庄稼，早晨起来看看露水就知道了。这话说得虽然有些玄，但管用，经得起验证。我们豆村的下禾湾有几块"落淤地"，种啥都发旺，粮食也比周围的土地打得多，为什么？露水养的呗。这几块地，如果是正常年景也看不出有多少特别，若是遇到天旱，别的土地上的禾苗蔫儿巴几的，而"落淤地"里的庄稼每一棵都精神，叶子亮汪汪的，特别是清晨看上去，像是上帝一不小心打碎了珠宝罐，满地的露珠子晶莹剔亮，跟烂银子似的，晃得你眼睛都发晕。

我母亲也有过这种体验。她在春天里栽下一垄茄子，或是半畦韭菜，第二天早晨必去地头看一看，如果幼苗上挂着一颗颗露珠，她的心就落实了。露珠越大，越饱满，说明植物的根已经与泥土融为一起了，用母亲的话说，接上了地气。对，地气。你看，一个很复杂的问题，凭几颗露珠就轻而易举地解决了。

还有更玄秘的。在我们豆村，人们给地里长势旺盛的棉花打杈，一般总是选择在傍晚时分，而绝不是中午，又是为什么？其中的道理既浅显又深奥，因为傍晚气温低，打杈给棉花留下的伤口，夜晚有露水替它们悄悄地愈合，露水越重，伤口愈合得就越快。对此，那个被村里人称作“二神仙”的关道和解释是，你可别小瞧了一颗露水珠子，它也是神灵安排的，没有它，庄稼虽然也能长，但长得不活泛，牛羊也照样吃草，可是吃草与吃草不一样。“二神仙”就是“二神仙”，你不服不行，他年纪虽然大了，但那一双时常半睁半闭的眼睛，却能够看见我们平常看不见的东西，也许那就是所谓的“玄机”吧。天地有大美而不言，四时有明法而不议，万物有成理而不说。露珠什么也不说，但是庄稼却能够记住它，牛羊也能够记住它。

我家隔壁的李长青老人没儿没女，地种不动了，就靠着养几只羊维持生计。每天老人总是早早地打开圈栏，把羊放到豆青山上去吃露水草。老人也用不着照看，独自端着个烟袋坐在门口吃他的烟。得了露水草的羊，安静得像遁入了天堂，只顾低着头吃草，嘴唇与胡须被露珠和草汁染得湿洇洇的。李大爷跟我说，羊爱吃头道草，因为头道草上有露水珠子，嫩，养口，要是走在前面的羊把草叶上的露珠碰落了，后面的羊就会往前面赶，抢吃第一口露水草。李大爷家那几只吃露水草的羊长得飞快，吹气球似的，膘看着看着就鼓起来了，身子滚圆滚圆的，怎么看都喜欢人。

露水不仅养牲畜、庄稼和草木，还能安定人心。那是物质极度匮乏的年代，村里人一天三顿的茶饭，基本上都是红薯干、红薯面。红薯饭难吃，红薯干也不易晾晒，因为秋天雨水多，一拨子刚送走，一拨子又来了，像讨厌的客人。雨一多，红薯干弄不好就会发霉变质。大人们白天下地干活，切红薯片一般都是放在晚上。为了摸准天气，父亲在切红薯片之前，总是差我到池塘边的草丛里试试起没起露水。我知道此事重大，当不得儿戏，就郑重其事地将手掌在草叶上划拉几遍，如果手掌是湿的，说明已有了露水，明天一定是个朗晴天。看，毫不起眼的小小露珠，居然与一家人的生计联系得这么紧密！由此推想，这个世界上的任何一种不起眼小事物，注定都是有灵有魂的，它们虽然不言、不议、不说，但在暗处却与我们脉息相连。

大概是出于孩童的好奇心吧，我曾经仔细观察过露珠的来路。那是夏天的黄昏，我蹲在雾气氤氲的田野里，看露珠从一棵稻秧的根部缓缓地升起，它顺着茎秆悄无声息地爬上叶片，挪一点，歇一下，挪一点，又歇一下，每一次挪动和间歇，都会壮大那么一点点，最后在叶端停止了脚步，整个过程大约需要半个钟头。这可不是一条平坦的路啊，每上升一小步，露珠都要付出极大的努力。我想，那棵稻秧是应该懂得感恩的，它用毛茸茸的手掌托着露珠，其专注与耐心，并不亚于我们托着一件价值连城的古瓷器。

见证了一颗露珠的诞生，即使你的心肠是硬的，相信也会变得柔软起来。后来我在田间劳作时，面对着稻秧丛中一株顶着露珠的稗草，总会产生片刻的犹豫。是的，稗草也有鲜活的生命，只不过它选择错了地方。在写这篇小文时，我已进入了人生的秋天，许多年来追逐远方的梦想，有时也会偶尔想起，做一颗露珠多好，只需要一片干净的草叶……

一茬露珠落了，一茬露珠又来了。每当夜幕在千万颗露珠的上升中悄然垂落，牛羊睡了，鸟儿睡了，被野草和露珠包围的村庄也睡了，一切是那么沉稳，平和……

草　垛

一垛　一垛
凸于村庄的胸前
浑圆　温软

想起你　草垛
就想起母亲的乳房
吃五谷的母亲
种五谷的母亲
乳汁多么甘甜

一场大雪降临

草垛　更丰满了
几只贪嘴的麻雀
赖着不愿走开
我恍若看见
自己懵懂的童年

假如这也能算做诗，我愿把它献给自己的故乡豆村和我的母亲。

那是去年初春时节，一场罕见的大冰雪，封死了乡村的所有道路，村里的许多人家因无法去十几里地外的小镇换燃气，无奈之中纷纷找我母亲，讨要些柴草救急。对每一个来者，母亲总是手一指，说：草垛不是蹲在那里么，你随便扯去吧。就是这个平时不起眼的草垛，在那最寒冷、困顿的日子里，东家扯几把，西家扯几把，结果扯出了满村祥和的炊烟。

待到冰雪融化后，我在豆村周围的几座村庄里转悠。这似乎成了我的功课，每次回到豆村，转悠总是少不了的；不转，心里就觉得不踏实。然而，这回我又有了新的发现，村里的草垛少了。我一连转了三个村子，竟然只看到几个草垛。其中柏凹村归堂家的草垛已经坍塌，几头猪正在腐草里乱拱一气寻找蚯蚓，吃得嘴巴唧巴唧响。松岗村也有一垛，不知是谁家的，几乎成了一堆废物，上面长满了枯草，一棵苦楝大概被压抑得太久，居然从草垛中间顶出来，我见到时已经有茶杯口粗细了。这时，我想起一位在电视台做记者的朋友，他曾以炫耀的口气告诉过我，他做了几期新农村巡礼的节目，其中就有一个叫《从大地上隐退的草垛》，竟然获了大奖。当时我潦草地附和了几句，后来想想，也是言不及义。

对静卧于乡村角落里的草垛，岁月可以随随便便就把它们给打发了，但是我不能够。这就如同那些已经失去用场的木犁、镰刀、锄头什么的，它们与农人、土地和庄稼配合了几千年，比相濡以沫的老夫妻还要默契，一朝弃之，感情上总有些难舍。因而，我每次回到豆村，都要搜罗一些杂七杂八的农具存放在老屋里，图的就是心安。至于草垛，我是没有办法拯救得了，只能看着它们从视野中消失。

草垛其实跟村庄一样古老。一座村庄，兴许它当初才只有一户人家，草垛就出现了。有人烟的地方就有草垛，我想这是合乎乡村生活逻辑的，这比有水井处必有柳词更令人信服。后来，随着村庄的扩大，烟囱越来越多，草垛也就跟着多了起来，就像雨后山坡上的蘑菇，这里冒出一个，那里冒出一个，每一个“蘑菇”下面都藏着一家人的小日子，清贫也罢，富裕也罢，草垛总是离不了的。有了草垛，似乎日子扎了根，过起来才瓷实。记得我姐姐定亲的时候，母亲交代去男方看家的舅舅，别忘了看看他家的草垛子啊。在母亲眼里，一家人勤快不勤快，日子过得周正不周正，草垛子就是最有说服力的佐证。这是生活哲学，只有对生活了然于心的人，才能悟出其中的精妙。你可以说这是一种农民式的狡黠，但却不能鄙视它。因为生活在低处的人们，往往能够窥见隐藏在事物背后的某些微妙的东西。我祖母就曾说过一句经典的话：粮囤子救命，草垛子养人。别看祖母平时很少说话，她一句就能成谶。瓦窑村的汤歪歪，人懒得抽筋，全村就他一家没有草垛子，常常吃了上顿没下顿。有一年大雪封门，缺粮少柴的汤歪歪，劈掉床腿当柴烧，结果讨进门的媳妇炕都没焐热就跑了，他只好一辈子打光棍。

草垛还与乡村的爱情有关，或者说乡村的爱情大多散发着草垛的气息，朴素，温馨，但又总带着几分凄苦与苟且的味道。据我所知，村里的少男少女们，草垛是他们谈情说爱首选的地方，那儿僻静，便于讲悄悄话儿；再就是容易出氛围，这我就不便往深处说了，想象可以帮助我们弥补现场感。我只说那草垛。那些禾草可都是蓄足了雨露和日月精华的，暗藏着馥郁的清香，人或坐或躺在草垛上，时间稍长，不知不觉就会出现迷幻的感觉。况且又是正在怀春的一对男女，是很容易被草垛俘虏的。由此我想起了《天仙配》里的那棵老槐树，觉得它面目可憎，认定那是一个败笔，若是换成一个草垛，多好！那样可以更具生活意味和情调。因此在乡村，草垛便成了恋爱与胡搞的隐喻词。当母亲的，若是要求女儿的行为有所禁忌和收敛，或是提醒她要懂得分寸，一般会说，可别死到哪个草垛里去。只此一句，便叫做女儿的脸也会烧上几天，见了人头都抬不起来。

豆村的蔫二叔倒是个例外。几年前，他家还住在豆村的时候，每当跟我母亲提起那个稻草垛，总免不了一番唏嘘，眼里噙着感激的泪水。这也难怪，蔫二叔能有今天，稻草垛的确功不可没。那是大饥馑的年头，村里来了一对骨瘦如柴的母女，托我祖母给介绍个人家，以求活命。当时人们都是泥菩萨过河自身难保，村里饿死了许多人，谁还肯再背上两个沉重的包袱呢。正在我祖母犯愁时，单身汉饲养员蔫二叔出现了，他二话没说，便收留了那对母女，惊得我祖母张口结舌。为了慎重起见，祖母加重语气说：他蔫叔，这是两条人命哩，不是儿戏，你得想周全点。蔫二叔说他自有办法。其实他的“办法”就是每天从稻草垛上扯草喂牲口时，意外收获的那一捧秕谷，有了这捧谷子，再搭上女人挖回的野菜，帮助一家人渡过了难关。现在的蔫二叔已是儿孙满堂了，我每次见到他时，他总要先递一根“渡江”烟给我。我知道，那可是村里老人们抽得最好的烟。我一边吃烟一边夸他有福气，蔫二叔呵呵一笑，调侃道：稻草命，稻草命。

别看草垛不起眼儿，又不能说话，但是它们也是有表情的。譬如夏天的麦秸垛，刚码起的时候，金灿灿的，怎么看都舒服，还透出一股子熟麦的香味，麻雀、鸡们最喜欢在上面觅食，轰走了又来，轰走了又来。那是大集体年代，生产队按公分分配口粮和禾草，谁家门前的麦秸垛子大，日子肯定过得要舒坦些。柏凹村的刘四家劳力多，每次分的口粮多，他家的草垛自然也要高出左邻右舍许多。吃饭的时候，刘四总爱捧着只粗瓷大碗围着麦秸垛兜圈子，边转边吃，惹得那些小家小户的心生妒意。刘四家隔壁的秋菊妈就看不顺眼，背地里常常发狠话，她说：转什么转（方言，读 zhuǎi，显摆的意思），再等一代瞧瞧。她说这话显然是冲着刘四的，刘四的媳妇不能生育。吃了许多草药还是不能生育。前年我回豆村时，在乡敬老院里见到了刘四，委琐得可怜，我递给他一根烟，他摆摆手说，哪百年子都不吃了。

秋天的稻草是不可以分给农户的，留着队里喂牲口。在我的印象里，柏凹村的稻草垛最气派，矗立在豆青山的半坡上，打老远就戳眼。与周围几个村子相比，柏凹村的地好，水也好，粮足草丰，是人们津津乐道的富村。人的表情也和草垛差不多，四邻八村见了柏凹村的人都觉得矮半截子似的，连说话都没有底气。附近村庄里那些稍有点姿色的女孩子，一个个都争着往柏凹村嫁，像牛羊抢吃春天的第一口草，有的连嫁妆都不要。这样很是热闹了许多年，直到土地承包到户，局面才开始扭转过来。

草垛是乡村的根，这话是我母亲说的，虽然不是她的原话，但意思是这个意思。那几年，我们豆村来了十几个上海知青，说是要在广阔天地里扎根，炼红心。当初我母亲也跟着信，可是过了年把时间，她预言这些城里娃总有一天要飞走，为此还挨了生产队政治指导员一顿批。有人悄悄地问我母亲有什么凭据，我母亲说，还要什么凭据，草垛子就是凭据。原来那些知青不把日子当日子过，像柴呀草呀这些过日子必备的东西，他们感到无所谓，只是捞一把，烧一把，煮不熟饭就到镇上下馆子。后来的事实大家都清楚，知青大返城，他们走的时候，的确没有留下一个草垛子。

然而，没有草垛的村庄还是出现了。秋收时节，我站在豆青山上，眺望着遍地燃烧的禾草和滚滚浓烟，心中有一种说不出的滋味。

一个没有草垛的村庄，还是村庄吗？

有些事儿总会发生

路上的药渣

豆村不是轻易可以读懂的，它是我的《圣经》。呱呱坠地时，我就开始读这本大书了，几十年后依然还在读。不，是朝圣了。在远离豆村的日子里，我每次回到那块土地上，都是怀着朝圣者的心情。那本书实在是太厚重了，我怎么都捧不起来。豆村所有的人也捧不起来。只能像虔诚的信徒，将整个身心匍匐下去，一直匍匐到泥土里去。

我最早从那本书中嗅到的，不是花草的清香，而是一种幽冥的气息。但我不敢把它说出来，怕说出来犯忌讳。挨骂。祖母就曾数落过我，年纪小小的，才见过几个日头呀，就敢说破嘴话。是的，豆村人是不兴说出那个字的，一个人要是死了，人们只是说他（她）走了。后来追想，“走”这个字实在太微妙了，就跟庄稼差不多，送走了一茬，又来一茬。还有老屋梁上的那窝燕子，也是老的走了，新的又来，何曾“绝”过呢？

但我还是觉得，有一些即将发生的事儿，并不像人们期待得那么尽如人意。譬如，我就时常在野道上发现一堆、一堆的草药渣，宛如一颗颗黑色的地雷，有的还丝丝冒着热气，随时都可能引爆一个生命。这不能怪我杞人忧天。我那时尚处在懵懂的年龄，忧天似乎不是我的事，我只知道那一堆、一堆的草药渣不是个好东西，它们被人们鬼鬼祟祟地遗弃在道路上，肯定有着某种不愿示人的隐秘。乡村就是这个样子，它习惯于把自己的疼痛深深地隐藏起来，从不在人前流露。一个病魔缠身的人，白天总是默默地隐忍着，装作有说有笑的样子，该干什么，还干什么，只有到了夜深人静的时候，他才把病魔从身体里悄悄地放出来，于是剧烈地喘息，咳嗽，痛苦地呻吟。这似乎不能简单地归咎于他们的愚昧，那委实是一个时代的错。时代病了，人们只好跟着吃药。说是药，其实也只是一些廉价的草药，在夜色降临后，躲在草屋里用文火慢慢地煎熬。一张苍白的脸，在火光的映照下，显得更加苍白。那些煎药的人，有的煎着煎着，便撒手而去，留下的那只药罐还在火上扑扑地冒着热气。

说句实话，我害怕乡村的秋天，或者冬天。春天人们忙着播种，没有时间和心思去慢慢地煎药；夏季就更忙了，许多活儿都等着打理，连走路都像风似的，哪里还有工夫去伺候病呢？只有等到场尽地光的秋后，人们才拖着疲惫的身躯，从小镇上的中药铺胡乱地抓回一些草药，躲在黑夜里煎熬。因而，乡村秋天给我的感觉，总是弥漫着草药的苦味。这时的农副产品商店的生意也跟着红火起来，前来买药罐的人络绎不绝。当然，陌路上的药渣也多了，这儿一堆，那儿一堆的，弄得走路的人都特别的谨慎，生怕一不留神踩到了药渣，把什么病带回家来。

我害怕秋天还有一个原因，村里的一些人走的时候，多半是在这个季节。有的人昨天还在一边呻吟，一边煎药，他们期盼着能走出这个季节，等到春天来了，好再种一茬庄稼，把漏雨的草屋整修一番，或者将雨水泡塌的猪圈垒一垒……总之，要做的事情还很多，哪一件都关系着日子。然而，他们的愿望最终还是落空了，该走的时候，谁都无法挽留。因此，秋天的豆青山就显得特别的慷慨和仁厚，来一个，收一个，那暗红的鸡血土仿佛就是一个个亡灵最温暖的归宿。

几年前，柏凹村的水宽曾从我家借走一只药罐，那是我祖母走后留下来的，他后来一直也没有归还。其实我母亲也不希望他还，药罐不是锹镢锄头，还了不吉利。三年后收稻子的时候，水宽送来了一葫芦瓢红枣，算是表达谢意。我母亲叫他心放宽些，心宽能去三分病。水宽点点头，却把话题引开了，说是顺便来借把镢头使使，他家那块自留地旁边有一棵野桑树，风吹着长，欺庄稼，每年起码得少收一两斗谷子，想把它刨掉。我母亲问他，要不要你二哥（我父亲的称呼）搭把手？水宽说，看二嫂子说的，不就是一棵树嘛，平时一百多斤的担子我不照样挑？水宽就是这么个秉性，争强好胜。这也难怪，他家孩子多，吃口重，一家人在刀刃上过日子，不容易。当时，我看着水宽扛着镢头远去的背影，踉踉跄跄的，鼻子就有些发酸。

几天后，水宽终于把那棵野桑树连根刨掉了，但他人也着实累得不轻，坐在田埂上大口地喘息，脸色可怕得像一张黄表纸。就在离水宽不远的地方，我无意中发现一摊带血的粪便，黑乎乎的，上面爬满了红头苍蝇。我知道它是水宽刚才留下的，那是他家的自留地，一泡尿也是好的啊。就在那一刻，我仿佛嗅到了一缕不祥的气息，但我没有告诉任何人。

不久水宽就走了。

忙着搬迁的鸟

豆村是鸟的天堂。

鸟喜欢豆村是有原因的，树多。宅旁有桑、槐、楝、枣，山上有松、柏、朴、榆，杜梨和乌桕多长在豆青河畔的红土崖上。豆村就被这些树木一层层地包裹着，从远处看不见人家，只能凭借着一缕缕炊烟来辨认。树多引鸟。

我能够叫得出名字的就不下几十种，最常见也最多的是喜鹊（包括灰喜鹊）、白头翁、斑鸠、红嘴鸦、水翠、霸王黑、白鹡。至于麻雀，是可以忽略不计的。

你别以为林子大了什么鸟儿都有，谁都可以胡来，其实不是那么回事。鸟也有鸟的潜规则，就像官场，大家心知肚明，谁也不愿去触动它。豆村的鸟都是守规矩的，什么鸟栖什么树，占多大的地盘，它们之间仿佛是有君子协定的，一般都不会违约。但这也不是绝对的。有时鸟们为了争夺领地，或者争夺交配权，偶尔也会大打出手。在“武戏”尚未上演之前，它们先是造舆论，或曰叫阵，骂街，像西方政坛人物为了选举一样打口水战，如果一方将另一方的气焰压了下去，就不必再诉诸武力了。动武是迫不得已的事。两只或是一群势均力敌的鸟，打斗的场面真是惊心动魄，它们从天空打到地下，再从地下打到天空，谁也不会顾惜自己的羽毛。直到一方败下阵来，落荒而逃，得胜的一方必得欢庆一番之后，村庄才能够渐渐地安静下来。

我家门前有一棵槲栎，用“参天”来形容一点都不过分，夏天投在地上的凉荫，足有半亩地那么大，这在十里八乡是罕见的。据我祖父回忆，打他记事的时候起，槲栎就是这个样子了。我想，当初槲栎肯定不是这个样子，就像现在的祖父也不是当年的样子。这只能说是错觉。其实错觉也有它的妙处，使人忘掉似水流年，一天天慢慢地老去。祖父就是如此，他庄稼种不动了，整天坐在槲栎树下，手里捧着个尺把长的烟杆，有一搭无一搭地吸着，像一尊佛。要不，就看树上的鸟儿。春天到了，他会向我们报告今年哪种鸟来得最早，秋天呢，自然是哪种鸟走得最晚，为此他常挨我祖母数落，骂他像鸟一样吃粮不问事。挨骂的祖父也不争辩，依然坐在槲栎底下吃他的烟，看他的鸟。祖父的这种性情，决定了他也像那棵槲栎一样长寿。

槲栎虽大，但不是豆村所有的鸟都有资格分一杯羹的，它成了喜鹊、霸王黑和斑鸠的世袭领地。我无意中发现，那朝南的一枝始终由霸王黑占据着，喜鹊习惯于把自己的巢筑在北枝上，斑鸠则只能屈居最下一层。这三种鸟仿佛达成某种默契，彼此井水不犯河水，倒也相安无事。我小时候喜欢听鸟鸣，那是我最早接受的音乐教育，可谓无师自通。（如今细细琢磨，凡是“天籁”的东西，都不可教，它与我们的心灵之间原本就有一条秘密通道，你只要别让杂物把它堵起来，那“天籁”自会随时随地地造访你。）斑鸠是个不错的气象预报员，在那些阴雨连绵的日子里，只要它“咕咕”一叫，次日必有一轮胭脂红的好太阳。喜鹊是一种无忧无虑的鸟，嘴碎，整天没完没了地说好话，但好话说得多了，人们反而觉得无所谓。霸王黑只在五更时分才鸣啼，此鸟一叫，满村便响起了此起彼伏的鸡鸣声，一波接着一波，像潮水一样漫上来，再退回去。因此，霸王黑又叫“五更鸟”。

那是“山雨欲来风满楼”的一九六四年。这年夏天，我家来了一位操着山东口音的社教干部，阴沉着坑坑洼洼的麻脸，好像谁都欠着他债似的，我父亲恭恭敬敬地给他倒了一碗水，他连接都不肯接。此人站在我家的院子里，这里看看，那里瞅瞅，然后指着四间新盖的草房问："看来全村就数你家的房子好，哪来钱盖的?"父亲小声解释道，我会打猎，打了大半辈子了。社教干部"嗯"了一声，并不作答，又把锥子一样的目光投向门前的那棵槲栎树，阴声阴气地问："这也是你家的?"父亲不敢再多说什么，只是点头。有根据吗？他问。父亲仿佛预感到了有些不妙，但还是如实相告，大意是，我家是豆村的老住户，少说也有一两百年了。社教干部摆摆手，打断父亲的话，一字一顿地说："解放前是不能算数的。"说完便扬长而去，留下一个让人捉摸不透的悬念。

一连许多天，父亲只要一捧起饭碗就朝那棵槲栎发呆，有时还伸开双臂搂一搂树干，但总是搂不过来。太粗了。有一天，他把松岗村的袁木匠找了来，问他愿不愿买下这棵树。袁木匠掏出皮尺量了又量，直咂嘴，一口一个好料、好料的。在我的印象里，这袁木匠早就相中我家的这棵树了，曾三番五次地劝说父亲，把这棵槲栎卖给他，保证不会有亏吃，可是每次父亲总是说，这是祖树，卖不得，卖不得的。袁木匠也不勉强，说，就怕夜长梦多啊！这不，噩梦说来就来了，吓得袁木匠不敢再提买树的事了。

不知道父亲和袁木匠说的话，槲栎树上的鸟儿听到了没有，我想它们是听到了，并且还听懂了，不然，平时吵吵闹闹的鸟儿，怎么突然间全喑哑了呢？我留心观察过，其他树上的鸟并没有什么异常，该怎么叫，还怎么叫，唯独槲栎树上的鸟沉默不语，死一样的寂静。看来这不是一个好兆头。更让我纳闷的是，只一个晚上，槲栎树上的鸟儿统统不见了，只剩下一个个空巢。它们为什么要走？又去了哪里呢？似乎没有人能说清楚。

数天之后，槲栎树就被生产队放倒了……

从此，豆村也不再是原来的豆村了。

狐媚的春天

迟疑、暧昧是春天惯有的性格，时阴时晴，乍暖还寒，仿佛在考验着人们的耐心。即便如此，春天来临时也还是有迹可循的。

那便是风了。

“吹面不寒杨柳风”。其实，对春风最敏感的不是诗人，而是那些吃草的牛羊。我这么说，可能对诗人不敬，但只要不是出于成见和无知，谁都懂得人对自然的感知度远远比不上一片树叶，或一头老实巴交的牛。当春风尚在远方徘徊时，圈里的牛羊就嗅到了它的气味，这时你再给它们添加隔年的草料，它们常常表现出一种漠视和不屑，即使吃，也吃得没精打采，阳奉阴违。这并非因为它们不饿，但更“饿”的恐怕不是胃囊，而是被春风悄悄唤醒的本能。

一到春天，生产队饲养员蔫二叔就特别的谨慎，一遍遍地加固牛栏，半夜给牲口添草料时，还得仔细检查一遍。然而，该发生的事情总是要发生的，一头黑牯还是破栏逃跑了，害得蔫二叔四处找。后来在松岗村的牛圈里发现了那个家伙，犄角竟折断了一只，那肯定是争风吃醋造成的。

春天的牛是最难管束的，尤其是那些体格健壮的牯牛，总是好惹是生非。四月的空气中仿佛弥漫着一种暧昧不清的气息，牛羊制造的许多事端，似乎就是它暗中唆使和诱发的。你看，散落在山坡上的牛，压根儿就无心吃草，尽管那草嫩得滴油，但它们还是烦躁不安地到处游荡，四方张望着，鼻子嗅呀嗅的，似在捕捉什么异味，且不时发出粗犷的叫声。有时一头牯牛突然抬起前腿，将巨大的身躯压在另一头母牛的身体上，剧烈地颤动着，给人的感觉整座山都在摇晃……此时的鸟也进入了发情期，唧唧喳喳，呱呱嘎嘎，叫个没完没了，成双成对地从这片山林飞到那片山林。繁密的鸟鸣，反而使雨后的山谷变得更加幽静。那些躲在草棵里的鹌鹑，最是耐不住寂寞，一口一个“好哥哥”，叫得人心里痒痒的，酥酥的，像刚喝下一钵子米酒……这一切，似乎唤醒了村里青年男女们蛰伏在身体里的最原始的欲望，虫子似地蠕动着。

而此时的农活——打秧草，竟为他们的放纵提供了温床。打秧草，其实跟积肥是一回事，就是将嫩绿的野草野蒿成筐成篓的割回来，再把它们踩进水田的泥土里，沤烂了作水稻的肥料。平时生产队劳动都是集体来，集体去，青年男女谈个情、说个爱都碍手碍脚的。这下好了，打秧草使他们彻底松了绑，你看青年人那种兴奋样子，走起路来像一只只野鹿，身子一弹一跳的，从骨子里往外透着劲道。况且，此时又是万物复萌的季节，天是蓝的，风是软的，花花草草上一双双蝴蝶款款细语，怎不叫人目迷心醉呢？

每到这个时节，村里那些做母亲的心里就不踏实。前年打秧草时，柏凹村的水舟跟富农麴广家的四丫头搞上了，结果使水舟入党的希望泡了汤。去年松岗村的夏莲又闹出了笑话。夏莲原本是定了亲的，可她对那个小伙子总是看不上眼，背地里却跟冬山好着。打秧草的时候，夏莲的母亲老是觉得眼皮子跳呀跳的，于是就格外提防着自己的女儿，不让她和冬山搅在一起，以免闹出乱子，丢人现眼。然而，一个人的心你是能看得住的吗？果然，这年的夏天，村里一些细心的人发现夏莲走路的姿势不大对劲了，就悄悄告诉夏莲的母亲。夏母一听惊出一身的冷汗，追问女儿是不是打秧草时跟冬山那个了。问急了，夏莲就说，什么这个那个的，他还能吃了我？母亲见问不出个子丑寅卯，急得直搓手，一双异样的目光死死盯着夏莲微微凸起的腹部。夏莲被看得心里发毛，不耐烦地说，妈，你老是这样看着我干吗？母亲气得直想跺脚，但还是忍了，于是就轻声细气地问，你身上是不是有了？夏莲无法再隐瞒下去了，就说，有了又怎样？那门亲事我根本就没同意！母亲这下可慌了神，见生米已经做成了熟饭，打也不是，骂也不是，只好涎着脸皮，在一个黑夜偷偷带着曾经收下的彩礼去了男方家，并且赔了一大堆的不是……

去年我回豆村见到夏莲时，她已经成为祖母了。我想问她打秧草的那些事儿，话到嘴边又咽了下去。

俯向大地的身影

俯向大地的那个熟悉的身影，剪纸一样单薄，蹒跚的脚步每挪动一下，都显得非常吃力，似乎一阵不大的风就会把她吹倒，使她永远不再起来。

那就是我已经 82 岁的母亲。

这些年来，我为老家豆村写了许多文字，其中有的已经走进了高考试卷，可总是很少提到自己的母亲。不是母亲不值得写，也不是我对母亲心存芥蒂，只是觉得，自己至今还没有找到可与母亲般配的文字，就好比我们已探明一座丰富的矿藏，由于担心技术水平达不到，而一直犹豫不决，迟迟没有开采。

那是去年深秋的一个黄昏，我从定远县东部的小镇岱山下车去豆村。沿途的田野，该收割的已经收割了，眼前的每一块赤裸的土地，就像分娩后的妇人似的，安安静静地躺在那儿，见不到一个来打扰它的人，只有田边地角盛开的野菊花静悄悄地陪伴着它。

当我拐过一个凸出的山嘴，一个人影儿便出现在我的视野里。远远看去便知是位老妇人，青衣青裤，头上扎着时下很少见到的那种黑色的包巾，背朝着我，右手握着一把小锄，举起，落下，举起，落下……在锄头偶尔停顿的间隙，那人便从翻起的泥土里捡起一点儿什么，随手丢进身旁的篮子里，再继续翻着泥土。我是一个对土地和庄稼十分敏感的人，从丢弃在田埂上的那些花生秧子就能够判断出，这是一个拾秋的人。至于那个拾秋的老人原来竟是自己年迈体弱的母亲，是我根本就没有想到的。当时我走到母亲身边，小声地叫了一声妈，她愣怔了半天才反应过来，急忙丢下手里的锄头，想立即站起来，可是挣扎了几次，最后还是在我的协助下才完成了那个简单的动作。此时我发现，母亲的两个膝盖处沾满了泥土，我不由自主地就跪了下去，替母亲轻轻地扑打，扑着扑着，眼泪就出来了。

母亲是一个惜粮如命的人。她三岁就跟着外婆讨饭，至今她的左腿还留有当初被恶狗咬伤的疤痕；七岁下地给东家割麦子，饿极了就搓生麦粒充饥；三年自然灾害时期，她的两个女儿相继被饥饿夺去了生命。因此，粮食在母亲的眼里比什么都金贵。她常说，粮食来到世上，是上天的恩赐哩，谁要是糟蹋了，哪怕一粒，上天也会知道的。记得小时候，我家的粮食总是不够吃，为了能够从工分以外多获得一点粮食，母亲请铁匠家斗给我打了一把小锄头，每到秋天，当队里的花生、红薯、胡萝卜起获之后，她就叫我到地里翻找遗落的果实。那年头村里缺粮的人家很多，家家户户的老人、孩子都争着拾秋，因而每次我总是满怀希望而去，常常带着失望而归。后来农村实行了土地承包责任制，地还是那些鸡血土的地，可庄稼已不是原来的庄稼了，谁还会再为饭碗发愁呢？渐渐地，拾秋这种延续了不知多少年的现象，便也悄然终止了。有一次我回到老家豆村，刚从地里拾回一背稻子的母亲唏嘘不已：这哪像是过日子做的事，遍地撒的都是粮食，连脚都踩不下去，阎王见了都会心疼的。也许就是打那时起，母亲便成了村里唯一一个拾穗的人。可能也是最后一个了。

其实母亲是用不着这样做的，道理很简单：虽然她和我父亲服侍不动庄稼了，但我家送给柏凹村学灯耕种的那几亩地，每年都会得到几百斤粮食的回报，这足够他们一年的口粮了，至于油盐酱醋、穿衣看病等等，儿女们全包了。对此，村里和他们年纪相仿的老人暗地里都羡慕得直咂嘴。可是母亲不这么看。她感叹道，人呐，最容易忘本，只要三顿饱饭一吃，就记不得挨饿的滋味了。不是什么呢，我就见过秋收时的场景，收割机铆足了劲，呼啦啦就收了一块地，呼啦啦又收了一块地，风快。这样省事倒省事，可是漏掉的稻穗，碰落的稻粒多得惊人，许多人看见就像没有看见一样。你听松岗村的大改子说得多轻巧：现在谁也不缺那几碗饭吃，弯腰磕脑地去捡，还不如打两圈麻将呢。

大改子说得不错，拾穗的确是一件弯腰磕脑的事儿。母亲也这么说。这就对了，土地默默承受着风，承受着雨，承受着干旱的煎熬，不说一声苦，它把种子抱在自己的怀里，哺育出一茬又一茬的好庄稼，容易吗？别看母亲没有文化，双手在泥土里扒挠了一辈子，但她似乎最懂得对土地的敬畏，尽管她平时不求仙，也不拜佛，然而每年大年三十晚上她总忘不了给土地爷烧一炷香，说上几句感恩的话，即使在“横扫一切牛鬼蛇神”的年代也从未间断过。她说，给这个磕头，那个磕头，不如给土地磕头，值。我们今生今世能有一口饱饭吃，给土地多磕几个头是应该的。

是的，土地养活了母亲和她众多的儿女，母亲也给土地磕了一辈子的头。现在母亲老了，土地给她的粮食她吃得很少，吃得也很慢，有时吃着吃着就会停顿下来，捧着饭碗接连不断地打呃，眼泪哗哗的，但母亲还在为自己的那一碗饭给土地磕头。看来，母亲的这个长头可能一直会磕到土地里去了。

大概是前年秋天吧，父亲打电话说母亲病了，我匆匆忙忙赶回到豆村，只见瘦弱的母亲睡在床上蜷作一团，我上前握住她枯瘦的手，粗糙得犹如一截干枯的树枝。这时父亲开始唠叨起来，他说牛喘气那块水稻田你是知道的，烂泥深得连牯牛都拔不动腿，我叫她不要去拾（稻穗），她非不听……母亲微微地睁开眼，下意识地剜了父亲一下，父亲便不再吱声了。这时我发现母亲的床边码着一堆稻子，我一下全明白了。后来我为此我写了一首诗：

在我家的老屋里
整整齐齐码着
十一蛇皮口袋稻子
父亲用拐棍戳戳　说
少说也有七百多斤
它们都是我八十多岁的母亲
弓着腰　一穗一穗
从地里拾的
拾一穗　她磕一个头
拾一百穗　她就磕一百个头
七百多斤稻子
她究竟磕了多少头
母亲不知道
秋风也未必知道
可是土地知道
但　土地不会说话

母亲拾稻子，麦子，也拾花生、棉花、豇黄绿豆，凡是地里生长的她都拾，不拾看着心里疼痛。拾来的粮食，她和我父亲吃不了，就托人拿到镇子上去卖。其实她也不缺那几个钱。得了钱，母亲会小心翼翼地把它们一张一张叠得齐齐整整的，再去信用社换成十元一张的整币，然后放在一个小木匣里，就等着过年了。母亲喜欢过年，过年时儿孙们就像归巢的小鸟，一个个都从很远的地方飞回来了，这时母亲就会打开那只木匣子，给大家发压岁钱，发一个，说一句："这是地里拾来的"。当发到我儿子时，他"扑通"跪下去，磕了三个头。这个头，既是给祖母磕的，也是给土地磕的。

母亲另一个做法就是用拾来的粮食喂鸡。母亲养了十几只草鸡，清一色的芦花白，无论我什么时候回到豆村，总能听到母鸡下蛋的欢叫声。母亲的鸡蛋从来没有卖过一个，她听说现在城里的鸡蛋不好吃，平时就把鸡下的蛋一个一个地积攒起来，积攒得多了，就打电话叫儿女们回去取。这些年来，我吃的鸡蛋全是母亲和豆村的那片土地提供的。

在我写这篇短文的时候，母亲的身影总是在我的眼前晃动，朦胧中，她伛偻的身影离土地似乎更近了……

散曲轻唱

莫非土改那样的风云激荡，更多的时候，乡村都是一支无韵的散曲，素朴如草木，莹洁似露珠，风一样飘忽，又土酒般醇厚。这曲子，你可以从头唱起，也可以任取一截；嗓音和唱法也不必讲究，想怎么来就怎么来。它不是唱给别人听的，只为自己的心灵。

——题记

脉 络

那个春天的上午，豆村所有的鸟都停止了鸣叫，尽管它们正处在亢奋的求偶期。不是鸟们不想叫，而是被村庄里的号啕大哭给吓蒙了。那哭声来自孙家。一口朱漆棺材就停在门口，好硌眼。六个抬灵柩的壮汉刚一起肩，逝者的儿女便扑了上去，霎时哭声震天。这时最忙的，要数风水先生韩一卦了，他夸张地命令抬夫，一定不能乱了章法，先沿着豆青河走，下禾湾再向西折，然后顺着一条山根上行，把死者送到他该去的地方。据我所知，村里其他过世的人，走的也都是这条路径。为什么放着近路不走呢？韩一卦说得有些玄，人和河流一样，来有来路，去也有去路，这叫脉向，冥冥中是有路数的，违逆不得。怕我听不懂，他又打起了比喻：一棵南瓜的藤蔓，不向南爬，也不向西爬、北爬，偏偏就往东爬，你想想，这里面是不是有……啊？他一时找不到恰当的词来表达，只好把那个“啊”音拖得老长。

韩一卦的话如同天书，我把脑袋都想大了，还是一头雾水。

这几年我成了一个闲人，老是从城里往故乡豆村跑，跑着跑着，就对韩一卦的“脉向说”有了一些见解。

是的，豆村虽小，但它也是有根脉的，不，大地上所有的村庄都是有根脉的，那些路呀渠呀，炊烟田塍河流山脉呀，就是村庄的根须。这些或长或短、或粗或细的根须，就如同隐藏在我们身体里那些神秘的脉络，横纵交错，密密麻麻地分布在各个部位，若是少了哪一脉、哪一络，村庄就不是一个完整的村庄了。因为有了这个意外的发现，过去曾在我眼里毫无生命的豆村，突然就活了起来，风是风，水是水，青山是青山。

在豆村密如蛛网的脉络中，豆青河无疑是一条主脉，别看它的流程两天就可以穷尽，河道又窄得似杵衣的棒槌，但它的水可是活的，即使冰冻三尺，即使半载无雨，它也照样波滚浪叠，一派生机。松岗村的胡移山老人说话一向俏皮，他说，豆村有福相哩，摊了个大奶子娘，奶水旺，养人又养庄稼。这话王三瘪子听了最受用，他曾不止一次在松岗、柏凹村的人前夸口，他家两个大学生就是喝豆青河水喝出来的。那时松岗、柏凹村连个中专生也没出过，谁也没有资格和他争。我祖父也这么看。他说，下禾湾的那片土地，犁深犁浅，肥多肥少，都不误庄稼长。柏凹村的陶大富不服，就顶了一句："不见得吧？"于是，他与祖父就各自挑出村里最好的一块地来比试，结果，陶大富输得哑口无言。他问祖父是啥道理，祖父翻翻眼，又翻翻眼：亏你种了大半辈子庄稼，一个活水浇地，一个死水浇地，你不懂，庄稼懂。庄稼是不是真的懂呢？祖父不是庄稼，陶大富也不是庄稼。这就像"子非鱼，安知鱼之乐"一样滑稽。但是，产量却是庄稼给出的硬道理，不服也得服了。

胡移山老人所说的"大奶子娘"，指的是豆村三十里外的黄坞山。这山由两座连体等高的青峰构成，看上去形似一对挺拔而饱满的巨乳，任你横看竖看，都像。"乳沟"处有一泓潺潺流水，清澈得似真若幻。几年前我沿着豆青河寻源寻到那儿，但见乱石榛莽中，条条细若游蛇的泉脉汩汩流淌，想必那就是豆青河的源头了。当然也是豆村的血脉。有这样的活水滋润，下禾湾的土地还愁不长庄稼么？

豆村的路倒是不敢恭维，都是草路。扭曲。狭窄。凸凹。就是这样的路，一代又一代的豆村人依然走得顺顺当当，坦坦然然。他们平时赶集、走亲戚、下地、打柴草，即使闭着眼睛也不会摔跟头。道理很简单，他们熟悉路，路也熟悉他们。譬如一棵根深叶茂的树，一阵大风刮过来，树冠摇晃归摇晃，但是它不会超出根的范围。一次我回到豆村，去豆青河挑水，结果把脚踝给崴了，还摔坏了一只木桶。母亲笑着说，还不如牛羊走得稳当呢。是的，我不如。豆村的牛羊走起路来都像是绅士，四平八稳的。为什么？脚下有根。再说，豆村的人也好，牛羊也好，他们（它们）久在这样的路上走，无非是去地里侍弄庄稼，去山坡上吃几口草，舍此没有其他多余的欲望，所以才修炼出一副敦厚、淡然的好性情。我不行。城里的路尽管宽阔、平坦，但我还是老摔跟头。

豆村繁荣的时候，人多，路也多，野草想把一条路吞没总不那么容易。常常，草们在雨水的怂恿下，把路给占领了。但那也只是短暂的，要不了多久，人与牲畜又会将路收复回来。如此这般，谁也没觉得谁碍谁的事，没有硝烟，也没有仇恨。然而走着走着，一些人像我一样就走远了，还有一些人再也不需要路了。渐渐地，一条路荒芜了，接着，另一条路也荒芜了。一座村庄的老去，是从路开始的。现在的豆村只住着两位老人，他们的血管也像那些荒芜的路一样老化了。去年乡里打算为豆村修一条沙土路，父亲摆摆手说，不用了，修也是白修，我们还能走多少路呢，不如省下钱干点别的事情。这话，父亲是当着我的面说的，我看看拄着拐棍的白发父母，也就默认了。

土路老了

那些熟悉的脚步渐行渐远

草　从两边挤过来

春风顺手推了一把

野花一朵一朵地笑了

野花笑了，可我却笑不起来。一座曾历经两百多年的村庄老了，我找不到什么药，能够使它返老还童。

还有豆青山伸向东北方的那道低矮的山梁，也是豆村的一脉。它与另一道伸向东南方的山梁，像两只柔软的胳膊，把豆村搂在怀里。你可以说豆村是它的孩子，也可以说是它的情人，彼此相偎相许，把一个个并不富裕的日子过得有滋有味。可是，十年前修灌溉渠时，豆村断了一根经脉；去年秋天京沪高铁破土动工，豆村又断了一根经脉。我不知道，断脉的豆青山和豆村是不是疼痛、绝望过。但那些鸟知道，它们丢下自己的巢，惊恐地鸣叫着，像一群纷纷出逃的难民。山梁下的那眼泉水也知道，它是豆村一个敏感的穴位，怎么能不知道呢？可如今它也消失了。得意的是风沙，它现在可以轻而易举地贯穿豆村，张狂得如入无人之境……

土 温

温水泡了三天，南瓜子便抽根了。那幼根又白又细，活脱绣花针似的，我的手刚伸过去，就被母亲挡开了。她说，种子的奶根是不能摸的，只有泥土可以摸。（没文化的母亲用不好“幼”字，一律以“奶”字代之。譬如，她把幼秧叫做奶秧，幼儿称为奶伢子等。）其实，这样的奶根泥土也不是可以随便摸的，得蓄足了地气才行。母亲所说的地气，就是土温。春分秫秫秋分麦，清明瓜豆芒种秧。一句话，土温主宰着庄稼的兴衰。这句话若再延伸：庄稼主宰着村庄的命运。一个地道的庄稼人，可以不在意自己的体温，但绝对在乎泥土的温度。常常，他们只需将手指往泥土里一插，就清楚该种什么了，绝对不会有什么闪失。柏凹村的常守本更绝，惊蛰后冲田里还残留着四分五裂的薄冰，他就卷起裤腿开始耕地了，一犁头扎下去，就能知晓地气的深浅，从没有失过手，总是一摸一个准。生产队长凌怀志肚里有点儿墨水，就逗他：看来守本是属鳖的，春江水暖鳖先知。憨厚的守本似懂非懂，呵呵一笑，于是春温就在他的笑声里又暖了几分。

松岗、柏凹与豆村顶着同一方天，一声鸡叫，三个村庄都能听得真切。但土温却有轩轾。松岗村的田地铺排在山坡上，那土层薄如烧饼，地气自然来得迟，去得疾。而坐落在豆青山背阴处的柏凹村，一场大雪，别的地方都被阳光收拾殆尽了，它那里还是一盘黑白相间的棋。这是文雅的说法，村里人叫做花狗腚，黑一块，白一块的。豆村就是豆村，它三面环山，一面朝阳，是个典型的“簸箕”地形，每每春天刚在这里落脚，土里的蚯蚓就开始翻吐泥浆了，弄得这里一坨，那里一撮的，像是一篇急就的春之宣言。尽管有些草率，但草率总比老谋深算可爱。蛇就是如此，它总是等春天坐稳了江山才姗姗出场。水边的柳树也是个性情女子，地气只暗中略微撩拨了一下，它的春心就活泛了，眉眼间流转的就全是风情……

在豆村生活了十八年时光，对那块土地的冷暖，我是晓得的。譬如雾，就是豆村土温的一个表征。春雾雨，夏雾热，秋雾凉风冬雾雪。春天的土地像一个贪嘴的婴儿，有多少阳光它就吸吮多少，吸着吮着就打饱嗝了。打一声，溢出一些；打一声，又溢出一些。那湿漉漉的晨雾，就是土地一点点溢出来的，混杂着泥土与阳光的乳香，吸附在庄稼和草木上，再凝成一颗颗乳白色的露珠。雾的浓淡也与土地的丰腴和贫瘠有关。就像一场世界级经济危机，最先浮出水面的，肯定是那些根基浅薄的国家。雾也一样。一场雾，有的地方厚似棉絮，有的则薄如宣纸。这厚薄之间，就隐含着土温的微妙差别，也预示着收成的多寡悬殊。因此，松岗、柏凹村的人总是羡慕豆村的雾，连他们看雾的眼睛都是痴迷迷的，恨不得把豆村的雾匀一点到自己的田地里去。

在我看来，雾就是土地的气场，它的根就扎在泥土里。一扯到气场，韩一卦平时耷拉的上眼皮就突然就缩水了，他说，气场旺的人不怕鬼，走夜路鬼魂不敢沾身。我祖父把他的话接过来，稍加演绎便用在了另一件事上，连一点痕迹都没有。他说，有一年风不顺，雨不调，插秧错过了节令，到了秋天，雾厚的地方水稻照样乌笃笃的，而雾薄的地方却像害了黄痨病。祖父说，他起初也弄不清为什么，就用手试了试两地的水温，一个温乎乎的，一个冷兮兮的。"瘦驴怕过冬，孬地怕秋风。"看不见的土温，就这样被祖父惟妙惟肖地道了真谛。

在成全了一茬庄稼之后，土地陡然就消瘦了，冷寂了，那一阵接一阵的秋风，白天带走它的一点体温，夜晚又带走一点体温。这时的雾，一场也比一场薄，一场比一场冷，它们就像那爱变脸的节气，变着变着，就是一脸的寒霜了。这些土地心里都清楚，只是不说。此时成群结队的野蜂，似乎已从秋风中嗅到了大限即将来临的气息，纷纷从田野上躲进了村庄，借着屋檐和草垛析出的缕缕热气取暖。是的，村庄是土地的心脏，再冷，它也总归是温热的。那热蓬蓬的炊烟，热腾腾的锅碗，还有那热烘烘的牛栏羊圈，就是最好的注释。当然，我会对那些即将凋敝的生命心怀悲悯，包括带毒的野蜂，我不忍心用“穷途末路”再去伤害它们。天道的冷暖和命运的归宿，是不容许我们妄加置喙的。谁要是不懂得这一点，就应该向仁慈、宽厚的土地学习。土地就是这样，你热也好，冷也好，不冷不热也好，它都不说。不然，怎么能配叫“地母”呢?

冬天的豆村，是雪恋栈的地方，刚簸掉一箕，又盛满一箕，三颠两簸，那些大大小小干涸的塘坝，就心旌荡漾了。一荡漾，就止不住地要歌唱，咯咯，呱呱。起初是寥落的几声蛙鸣，可是唱着唱着，就演变成一场铺天盖地的大合唱了。祖父指着一塘盈盈的春水说，那都是谷子呢。不错，全是谷子。暖心暖肺的谷子。有这样洁净的雪水滋养，豆村的土地暖和，村里人的日子也跟着暖和。就连鸟都暖和。一到冬天，松岗、柏凹的鸟就投奔过来了，还有周围其他村庄的鸟，一群一群的。它们吃饱喝足之后，就用歌声来报答。众鸟啁啾的豆村，再冷也是煦暖的，祥和的。

豆青河轻易是不会结冰的，即便结，也像奶皮子一样的薄，太阳呵一口气就融化了。此时河里的鱼虾都汇集到了下禾湾，那里有两口深潭，像是人的腋窝，抱得住暖气。于是，放鱼鹰的赶了来，梳子船一翘一翘的，捕鱼人嘴边的两撇胡须也兴奋得一翘一翘的。还有紧挨着下禾湾的牛鼻凹，也暖和，即使三九四九，那里也会冒出几缕缥缈的热气。据说方圆几里的蛇，都好在那里过冬。从前只是说说，谁也没有当真。五年前松岗村的庆龙从南方打工回来，突然就打起了牛鼻凹的主意，他见洞就挖，见石头就撬，一个冬天光捉蛇就赚了几千块钱。不知为什么，再毒的蛇见了这家伙都老实。是不是因为他名字里有那个“龙”字呢？是个谜。反正村里有那么几个人不相信，他们看不惯庆龙的那副贪婪相，见了面，心中就似有一条蛇在蠕动，暗中恨不得放出来教训他一下。

后来庆龙的确是被“教训”了，不过不是蛇，而是捕蛇时滚落的一块巨石。我见到庆龙时，他只剩下了一条腿，拄着拐棍，一颠一跛的，却还在雪地里张网捕鸟卖。村里的老瞎子戳着他的脊梁说：“一个没有体温的家伙。”

我哑然。

色 气

豆村方圆几十里，气色不叫气色，叫色气。两者乍听起来是一回事，但仔细咂咂，又好像不是一回事。气色多半指人的面容，而色气就宽泛得多了，除了人，还可以状摹草木、庄稼、土地、牲畜以及各种果实。譬如地里正在灌浆的麦子，小南风忽悠来，忽悠去，色泽一天一个样儿，人们就会说，麦子一天一个色气了。如果不是咬文嚼字，你会觉得“色气”更接近于麦子真实而诗意的状态。

色气是抓不住的，像田野上弥漫的雾气，像阳光，像月色。飘忽。迷离。说它暧昧也没有什么不妥。总之，你是抓不住的。只能看。静静地看，带着几分欣赏的味道，一直美到心里去。

我干爹就是。他与土地和庄稼的感情比老井还要深，这样的人，对色气是非常敏感的。每当春天来临时，北方的冷空气与西南的暖湿气流总会形成拉锯局面，你推我一掌，我还你一拳，闹腾得不像样子，弄得庄稼和草木都乱了方寸，不知道自己该投靠哪边。柏凹村的元虎是个急性子，可又偏爱吃热豆腐，节令刚刚跨过惊蛰的门槛，他就早早地浸了稻种。可是，一连几个好日头突然就被一场窸窸窣窣的细雪给搅和了，急得元虎直搓手。他翻翻黄历，又翻翻黄历，说是恐怕今年要“反春”了。我干爹斜睨了他一眼：瞎说。其实元虎最想要的就是这两个字，但总归心中还是不踏实，就说，春分雪，冻死鳖哩。我干爹于是又斜睨了他一眼：你就不能去看看南坡的色气？干爹所说的南坡，就是豆青山朝南的那面山坡，背风向阳，即使落雪也要比其他地方暖和许多。豆村的春天雷打不动总是从那里开始。在下，元虎惦记着即将破芽的稻种，听了干爹的话，把两手一摊：谁说没看，我昨天还打那里经过呢，光秃秃的。干爹显然不耐烦了，说，你的眼再大，能看到嘴巴和鼻子吗？春这不才开个窍，地气还弱着呢，山草的色气得远看。许多年后，当我读“草色遥看近却无”时，突然就想起了黄土下的干爹，他虽然不是诗人，但他的生命里有诗。

干爹说的没错，初春的草色得远看才是。譬如那年的元虎和我，就在纷纷扬扬的细雪中，遥看豆青山南坡上春草的色气，浅浅的，淡淡的，一层薄纱般的绿，浮于枯黄的衰草之上，恍如禅意，似乎一眨眼，就会被一阵风吹得杳无踪影。但那毕竟是豆村一年之始的色气，地下有根，它凭借着春风的手，很快就传染给了更多的草木，比蔓延的野火还要迅猛，你挡都挡不住。也是那一年，元虎脸上的色气是豆村人中最爽的。

色气这个词，有时也会用在牲畜身上。有一回，我家的几只山羊被生产队的羊群裹挟走了，任我怎么找，也无法把它们从庞大的羊群中分离出来，就像一粒谷子混入了一堆谷子。还是母亲有办法，她站在远离羊群的地方，只消打量几眼，就认出了我家的那几只羊。当时，生产队的羊倌怀疑我母亲是不是弄错了，因为有一只羊不肯跟我们回家。母亲说，不会的，怎么会错呢？你看看，我家羊毛的色气，你再看看，那些羊毛的色气。那羊倌一看，果然就认了。生产队的羊成群放养，营养不良，加之圈里的粪便半年才出一回，羊毛的色气就像抹了一层锅灰，脏兮兮的。而我家的那几只羊，饿了就去豆青山，渴了就下豆青河，一身的膘，毛色油光水滑的。还有豆村的鸡蛋，拿到岱山镇上去卖，每只也要比松岗、柏凹村的鸡蛋多卖五分钱。松岗村的大喜子不服气，就朝我母亲发难：都是一样的鸡蛋，你凭什么就能多卖钱？我母亲啥话也不说，伸手抓起两只鸡蛋，放在大喜子的鸡蛋篮子里，大喜子左看右看，直看得舌头都大了。这一点都不奇怪。豆村有山，山上长满了几十岁的松树，一到秋天，噼噼剥剥炸裂的松子，撒落得满山都是。你想想，以松子为食，那鸡下的蛋色气能不好看么？我祖母就说过这样的话：人养不如天养呢。对，天养。祖母一生都敬天敬地，她不曾砍过一棵树，打过一只鸟。

在我的印象里，豆村人最偏爱土地与庄稼的色气，它们浑厚，庄重，大气。他们不大看重那些红红绿绿的花花草草，尽管满山遍野都是姹紫嫣红的野蔷薇和金盏菊，那色气不可谓不惹眼，但人们还是很少拿正眼去扫一下。对待土地和庄稼就显然不同了。我干爹就经常手捧着饭碗，蹲在自家的门前，扒几口，朝下禾湾瞟一眼，扒几口，又瞟一眼。瞟着瞟着，喜气就爬上了他的眼角眉梢，禁不住啧啧有声：你看那麦子的色气，你看今年麦子的色气！其实，当时他的身旁根本就没有人，完全是自说自话。到了秋天，老人依然如此，只是把“麦子”换成“稻子”。干爹能从庄稼的色气里看出许多我看不到的东西，比如稻田缺不缺水，底肥足不足，还有一年收成的好坏。他甚至能从土地的色气，看到该种什么，不该种什么，就连一脸霸气的生产队长都得听他的。那时候我不懂得色气究竟是怎么一回事，觉得一块地的麦子与另一块地的麦子，看上去并没有多少差别，要么黄，要么黄中带着几分青碧。干爹就启发我：黄与黄不一样，有的黄得瓷实，有的黄得发虚，怎么能是一回事呢？一娘养九种，九种不像娘。老人边说边拍着我的脑袋：下劲念书，将来也像这下禾湾麦子的色气，黄它个耀眼。

转眼几十年过去，下禾湾的稻麦黄了一茬又一茬，它们那纯正如金的色气是一味补药，把豆村人的日子滋养得和美又饱满。可是我呢？从春走到秋的人生，色气依然青黄杂陈，平平淡淡，更谈不上什么“耀眼”了。

我自忖，我不如下禾湾的那片土地，不如那片土地上生长的庄稼。

寻找不回的世界

一连抽了三支烟，还是无法在自己写下的这个题目底下，敲出一个字来，只是影影绰绰地感到，生命中有一些东西，像流水和轻烟，一旦从心原上漂流过去，就再也找不回它们了。

顺着一条土路回家

一

在我决定回豆村之前，并不是这种感觉。当时我的想法很简单，也很现实，自己在外面这么多年，东抓一把，西踢一脚，也不知都做了些什么。其间虽然回过豆村几次，也是来去匆匆。如今自己终于成了一个闲人，心想，这回总该可以重温我的豆村之梦了。然而，当我在那里盘桓了数日之后，却发现自己多年来一直想寻找的那些东西，不是随风而逝，就是变了味道。

既然时间对我不再重要，那么，我便在离豆村尚有十里远的小镇岱山下车步行。今天，我要像一只贴着地面行走的虫子，顺着一条久违的土路，缓慢而悄然地回到我的胞衣之地。之所以采取步行的方式，是想给自己多留一点儿时间，慢慢地缩短我与故乡的心理距离。就像一个你思念很久的恋人，蓦然相见固然令人兴奋，但总不如在期许中渐行渐近，也许这样更能体味到美感。

虽然已是黄昏，但我并不急于匆匆撵路。因为从小镇到豆村的这段路，其间有几道弯，几个坡，几条小溪，我都一清二楚。我甚至知道走完这段路，挑担子该用多少时间，空手该用多少时间，拉车又该用多少时间。尽管这条路我已经很久没有走了，然而，我却在梦中走过无数回。记得那次在北京海军总院做脑瘤切除手术，躺在被送往手术室的手推车上，我就曾想到这条土路和路边的许多景物。当时妻子已与医院签订了生死契约，面对着守候在身边的死神，我不知道自己以后还能不能再走一走这条路了，因而心中不免凄然。今天我走在这条土路上，恍然如在梦里，有一种生死契阔的况味。因此，我把脚步尽量放得慢些，再慢些，走走，停停，看看，不时在路边的草地上小坐一会儿，随手拔一根草茎嚼一嚼，想一些陈年旧事和一些人。是的，一个人在离开了故土几十年之后，其间经历了数次的生命之劫，还能够如愿地走一遍他曾经走过的那条路，这也该是上苍的眷顾吧。对于这样一条失而复得的路，怎么能匆匆打发呢？就像一支曾经喜欢的歌，当你把它从尘封的岁月里找回来，你最懂得怎么去慢慢地欣赏。

其实，路还是过去的那个模样，鸡血土，细砂，一扁担宽的路面呈缓缓的倾斜状，像农夫肩头失重的担子，总是难以平衡。它该直的地方直，该弯的地方弯，看不出有多少人为干预的痕迹。这与我对路的理解比较接近。乡村的路就该是这个样子呢，它们总是迂缓地，富有耐心地，绕过一些什么，再绕过一些什么，不经意中绕出几缕炊烟，几声鸡鸣、狗吠什么的。如果要说这条土路有什么变化，只是两旁的松树高大了许多，也威武了许多，它们在高过屋脊的半空枝条相挽，只给天空留下一道窄窄的缝隙，晚风一吹，便有了天籁般的涛音。这种感觉，仿佛只在一个人走进空空的教堂时才会有。

一个漂泊已久的人，于黄昏里走在回乡的路上，是颇有深味的。遗憾的是我不是诗人。若是换成唐宋时期的骚人，说不定能吟出一二首绝妙的好诗妙词来。这也无妨，只要我心里有诗就行了。有诗的感觉真好，像个微醺者，想象的触须可以抵达一切地方，即便是虚幻、缥缈的，却也是美轮美奂的。这时的名利、地位，还有那些平时很在乎的恩恩怨怨，显然已不再重要，它们都知趣地退到很远很远的地方，把心灵的空间腾出来，让给了久违的诗。对于诗，我曾经热爱过，追求过，可是后来却淡漠了，丢弃了。现在这条土路替我把它找了回来，放置在沿途的每一株树、每一棵草、每一朵已开和欲开而未开的野花上，让我感受到红尘滚滚、欲海滔滔之外的那份难得的美好。

自然还有横穿土路的这条河。河水就像它的名字一样可爱，于黛灰的夕幕里泛着淡淡的青。是那种凝结在薄薄瓷胎上的纯净的豆青。我承认自己是一个缺乏想象力的人，但是，我还是从这条土路与豆青河的关系中，参悟到了它们之间存在的某种默契，是那种类似于琴和弦以及情侣的默契。相对于河，土路是安详的，缄默的，它静静地匍匐在山中，所有从上面走过的人，有谁听到过路的声音呢？路把自己内在的情感诉求都付与了潺潺流动的豆青河水了，并借着河水的这根柔弦，委婉地表达出来。尽管我们听不懂路与河的私语，不知道它们都说了些什么，但谁又能否认它们是以不同于我们人类的方式，彼此交流感情的密码呢？

生得此念，我没有立即涉入这条河，而是静静地坐在岸边，目送着豆青色的河水从眼前不息地流来又流走。人大概只有在这个时候，才能真正体味到什么叫流年似水，什么叫逝者如斯夫吧。

暮霭从河水里弥漫开来，像啤酒的泡沫，渐渐涨满了河床，向河岸两边的荒野漫溢。此时，我与河已融为一体，我的思绪也随着河水流淌着……

那也是这个季节，也是同样的黄昏，我和新婚不久的妻子一路说说笑笑，来到豆青河边。那时的河水比现在略深一些，暮色渗进哗哗的流水，使不熟悉这条河流的妻面露难色，畏葸不前，我只好俯身把她背过河去。当时她伏在我的背上，小鸟一样安静，但我还是能够清晰地感觉到她的心跳。上岸后，妻忘情地说，下次再来豆村时，一定要亲自过一过这条河，不然，岂不辜负了这一河的好水，也枉做了一回豆村的媳妇。我知道她说的是真情实话，只是由于当时年轻，一切遂顺，便觉得来日方长，自然不会往别处想。谁知三年之后，妻子突然撒手人寰，独自远行，于是她要亲自涉过豆青河的心愿，当然也就无法实现了。后来在护送妻子的遗骨回故乡安葬时，我紧紧地抱着她的骨灰盒，久久地伫立在河水中，我想让冥冥中的妻子最后再看一眼我们的豆青河，听听豆青河那至纯至柔的声音。我还想默默地告诉她，一条清浅的河，会意的河，是不会阻挡梦的脚步的，如果你在这里觉得寂寞，或是受了什么委屈，想回来看看我和孩子，可以梦的方式跟我们联系。

然而，也许因为爱到深处是不忍吧，诀别这么多年来，亡妻竟没有在我的梦中出现过，哪怕是匆匆的一瞥。

时光，正一点一点带走豆村的体温

豆村的小，小到只有一户人家。父亲没有得那场大病以前，村里只有他和母亲顶着村名，终日守着六间房子，一只狗，几只鸡。去年夏天，父亲在电话里告诉我，家中那只喂了七八年的黑狗，不知被谁下药毒死了，一到晚上，听不见狗的叫声，心里总是毛毛绰绰的。于是，我姐姐、姐夫便从数里外的陆咀村搬过来与老人做伴，顺便耕种外出打工的小弟撂下的几亩地。

豆村虽小，可它作为一个村庄，却已见证了岁月的沧桑。这从我家的祖坟便可推断出它的历史。从我父亲的太祖算起，我们许氏家族在这里至少已经繁衍生息了二百多年。也许因为这里地瘠水瘦的缘故，豆村即使在它最兴旺的时候，也不过六七户人家。到我记事时，豆村只有四户人家，其中一户王姓夫妇来自苏北的涟水，据说那个长相英俊的男人，为了躲避一个什么官司，漂泊中在豆村落脚谋生，有了一双儿女后，便举家迁回老家去了，他们落下的那两间草屋和半间披厦，抵不住两冬霜雪，三秋风雨，便坍塌腐烂为泥。另一户，是个被国民党军队遗弃的四川伤兵，落难于此，一间茅屋，修修补补，补补修修，就像它的主人那缀满补丁的生活，彼此斯守了半个多世纪，直至老人的离去。

听父亲说，豆村曾经历过两次噩运，村庄差点儿被废弃了。一次是上个世纪的三十年代，世道纷乱，皖东磨盘山一带土匪猖獗，豆村连遭两次洗劫，全村男女老少弃村而逃，在与其一山之隔的松岗避难长达两年之久。匪情稍稍缓解以后，豆村由原来的七户人家减至五户。另一次是刮共产风的时候，豆村人统统并到柏凹去吃大食堂，结果其中的两户人家死的死，逃的逃，回迁时只剩下了三户。这两次劫难，使豆村的元气大伤，在此后的许多年里，虽然也有几户人家从外面移住豆村，但他们的锅似乎还没有烧热，便又搬到大庄子去了。

其实，豆村这地方还是挺不错的，要山有山，要水有水；且山是青山，水是绿水。别看村庄小，但小有小的好处：平静，平和，平安。

松岗、柏凹就没有豆村的这份安宁。俗话说，林子大了什么鸟都有。邻里之间经常磕磕碰碰，你争我斗，而导火索不外乎是张三家的羊啃掉了李四家的一块树皮，王五家的鸭子偷吃了孙六家晒的稻谷，抑或是小孩子磨牙，大人反目……尽是一些鸡毛蒜皮的小事。豆村不，平时谁家的母鸡在外边丢了蛋，用不着怀疑被别人捡去，说不定哪天在山坡上割草、放牛，竟被意外地发现；家里喂几只山羊，也不用担心吃了别人家自留地里的庄稼，因为出门就是遍地青草，嫩水水的，养口着呢；出村的道路若是被暴雨冲毁了，水井需要淘底了，几家人会齐心合力地去做。因此，松岗、柏凹的人常常以羡慕的眼光打量我们豆村，他们认为豆村人远离是非之地，耳根清净，没有烦恼的日子既养心，又养人。此话不是没有凭据的，那几年，豆村的后生有的考上了中专、大学，还出了军官，这在松岗、柏凹是史无前例的。

也许就因为这一点，生于斯、长于斯、肯定也将终老于斯的父亲，每每与别人谈起豆村，他的脸上就会出现得意的表情，且总不忘附上一句“豆村的风水好哇”。我不知道这与风水究竟有什么关系，也不知道别人是怎么看待豆村的，但有一点似乎多少能够测出人心的秘密，近些年，松岗、柏凹所有死去的人，无一例外地都往豆青山上葬，就是早年葬在其他地方的，也陆续迁到豆青山。他们的后人说起迁坟的理由，差不多都会说这里热闹，其实还有更深的心理原因。因此，每年一到清明，豆青山上便像逢庙会似的，热闹异常，噼噼啪啪的爆竹声此起彼伏，松树林里受惊的斑鸠扑棱棱四处飞散。这是另一个村庄的节日。

这时的父亲就显得特别精神，他拄着拐杖，在豆青山上到处转悠，主动和那些前来祭祀的松岗、柏凹的人们打着招呼，当然不忘谈些风水的事。

然而，这似乎并不能挽救豆村日蹇的命运。自从那位四川老人走了以后，父亲的危机感突然加重了许多，他凭着自己的好人缘，到处游说豆村的好处，希望有人能够把家搬到豆村。其中也有人被他说动了心的，他们答应父亲再考虑考虑，可实际情形往往是，这一考虑便成了无期徒刑。这令父亲十分沮丧，几次碰壁之后，他对自己的想法也就不抱什么指望了。

很长一段时间，父亲像个沉思的哲人，思考着豆村的未来。他认为自己承担着拯救豆村的使命，不能让豆村的薪火在他的手里熄灭。当父亲的游说一次次落空之后，他不得不把期冀寄托在我的两个弟弟身上（至于长子我，已在城里安家，他自然不抱任何希望）。那年，我大弟所在县城的那家工厂倒闭，垂头丧气地回到了豆村，此时，父亲不但没有因为儿子失去了饭碗而感到惋惜和痛心，反而却因此有了几分窃喜。他鼓励自己的儿子贷款买了一辆汽车跑运输，稍有一点积蓄之后，他又频频催促我大弟在豆村起房造屋。可是，每次都被我大弟两口子以孩子的今后出路着想为由，而婉拒了。不久，大弟一家四口果真去了富庶的江南。他们临走的时候，父亲一再叮嘱，在外边混不下去就早点儿回来，家中这三间老屋我给你们守着。时间一晃十几年过去了，那几间老屋修了一遍又一遍，可大弟全家却在南方扎了根，已把他乡变成了故乡，尤其是两个侄子，难得回来一趟，看得出，他们对豆村已没有多少留念之意了。

大弟一去不返，父亲只能将他不可靠的希望寄托在小弟身上。随着小弟婚期的一天天临近，他倾其所有，西借东挪，总算盖起了三间宽敞的平房。下地基时，他亲自指挥泥瓦匠往深处挖，把墙基打得牢牢的，以便将来好在上面起楼。说句实话，当时选择在豆村盖房，小弟和弟媳就显得有些勉强，但又不便违背父亲执拗的良愿，这就为日后的龃龉埋下了伏笔。

成家立业后的小弟，起初像所有的农民一样，心无旁骛，一心一意地种地，小日子虽然谈不上富裕，却也吃穿不愁。这时的父亲误以为自己的小儿子会继承他的衣钵，支撑起豆村未来的一片天空，于是一直悬着的心才慢慢落下来。他曾不只一次对我和大弟说，就是我和你妈将来走了，你们不管什么时候回来，都有个落脚的地方。父亲这话，我和大弟听了心里酸酸的。是的，我们就像从豆村飞走的燕子，当我们再回到旧地时，如果有一个巢，可供我们避一避风雨，或者做个短暂的梦，也是幸福的。而小弟的感觉却迥然不同，他一言不发地坐在一边，好像是个局外人。弟媳的脸色就难看多了，但又不便当着我们的面发泄内心的不满，于是就借故叱责孩子，孩子无端受了委屈，放声大哭起来，这种难堪的场面和气氛，弄得我们十分尴尬。

不久，小弟便像当初的大弟一样，锄把一撂，扛着个铺盖卷儿去了南方。几年后，他们一家便成了城市永久的居民。这期间，父亲曾给我打过几次电话，说是小弟要把那三间平房卖了，叮嘱我一定要劝劝他，别卖房子，千万别卖！燕子飞走了还知道留着窝呢，要卖，等他和我妈死后再卖也不迟。我想，社会存在决定人的意识，小弟向往城市生活，没有错，这是他的选择，也是他的权力，我怎么能横加阻拦呢？我把这个想法告诉父亲，他沉默良久，叹息一声，伤感地说，难道豆村就这样完了？听得出，那个“了”字余音悠长，其间蕴涵着多少复杂的情感啊！不甘，无奈，悲伤，当然更多的是绝望。

难道豆村就这样完了？

在故乡盘桓的日子里，父亲的这句话不时在我耳际萦绕。此时，那沧桑的老屋，那布满藓斑的井台，房前屋后那些熟悉和不熟悉的杂树，目光所及，一切都蒙着一层苍凉。

命运留给豆村的时光的确不多了，在它弥留之际，我仿佛看见，风正一点一点带走它最后的体温。

要不了多久，豆村只能是记忆里的豆村了。

拜访另一座村庄

回到暌违多年的豆村，我急于想知道的，还是过去的那些人。虽然他们不住在豆村，但当年都同属于一个生产队，每天下地前，队长只需敲响挂在豆青山顶大槐树上的那口老钟，三个自然村的社员就会同时出工。

吃晚饭的时候，我说，明天想到松岗、柏凹两个村里转转。姐姐说转转也好，就怕难找到说话的人了。母亲说话一向直截了当：别转了，转也是白转，现在村里哪里还有什么人，都出去打工了，家里剩下的几个，你也认不周全。于是，我就一连提了几个人的名字：春山、红菱、大甩子、七喜，想了想又添了个豁嘴子抗美。听了这一串熟悉的人名，父亲和母亲对了一下眼神，笑着说，亏你还记得，你要是不提，我都快把他们给忘了。母亲见我没有听出父亲的意思，就做了解释：他们几个都上山去了。在我们那个地方，一个人死后，就被说成是这个人已经“上山”了。我听后不觉一怔，论岁数，春山和大甩子顶多大我三五岁，其他几个均跟我般长般大，怎么一个个早早地就走了呢？这时我想起祖母常说的那句话，黄泉路上无老少，心中不觉怅然。

母亲所说的山，就是村西的豆青山。此山高不过一百公尺，东西走向，朝阳的一面山坡呈簸箕形，两侧延伸的山脉似一双微微弯曲的臂膀，深情地环抱着一片绝佳的风水。大集体年代栽下的松树，如今已有盆口粗细，站在我家的门口，就能闻到松脂的清香。记得当年选择墓地安葬亡妻时，那位四川老人曾为我出主意，他说他在豆青山上转悠了大半辈子，没有哪块风水比这里好的，他用拐杖点下的那块地方，后来就成了我妻子亡灵的安息之地。四川老人死后，我父亲过意不去，也在这里为他挑选了一处永久的归宿。第二天父亲陪我上山扫墓时，就多带了一份祭品，并说四川离我们这里山高水远的，他一个孤老头子，平时难得有人给他烧一张纸，添几锹土，够凄凉的；活着的时候，彼此做了一辈子的好邻居，从没有红过脸。如今他人走了，将来说不定还要相互串个门子，寂寞的时候多个说话的人，不是很好吗？

在我的印象里，父亲过去对冥界的事是不大在乎的。有一年，上面号召移风易俗，要求平坟还田，父亲带头积极响应，第一个把我家的祖坟迁到了豆青山。然而，随着村里的人一个一个地离去，尤其是当他得了那场大病之后，父亲上山转悠的次数明显地多了。据说春山走的时候，就是父亲为其择的墓地，他甚至不顾自己当时已经七十二岁的高龄，还执意抬棺把死者送上了山。我问他为什么，父亲说春山走之前，曾经眼泪巴几地拉着他的手说，自己的女儿都还小，后事托他帮着多费一些心。父亲安慰春山说，我的好兄弟，有句话本不该讲，但是不讲你也明白，黄泉路上，谁先走，谁后走，反正早晚要走，最后都得上山。你瞧木匠冬生，还有百庆的媳妇竹秀，他们还没有你大呢，不也说走就走了吗？人啊，活多少才是个足呢？

恰如父亲所言，人最后都得上山。上了豆青山，我才蓦然发现，这里已经成了另一座村庄，十步八步就是一个坟头，比这些年村里添的房子还要多。每经过一座坟，父亲就用拐杖指一指，告诉我这是谁谁谁，那是谁谁谁，他们中的大多数人我都熟悉，拉得一手好二胡的灯学，说话文绉绉的润化，平时爱哼几句庐剧小调的秋高，在大队文艺宣传队里扮演过黄世仁的社壮……也许是触景生情吧，父亲说村里的人，就像割庄稼似的，不知不觉就割掉一茬，快啊！怎么不是呢？父亲他们那一辈人，已经所剩无几，就是和我同辈的，也走了不少，才短短三十年的时间，豆青山就收留了这么多人，如果照这样下去，要不了很久，我曾经生活十九年的故乡，将会出现另一种形状，我将越来越陌生，以至于面目全非，最后留给我的恐怕只是一片苍凉的记忆了。

父亲倒不是害怕哪一天割到他自己，只是觉得上苍的确有些糊涂和不公，把一些不该收割的人过早地收割掉了。譬如红菱，还有抗美，他们走的时候才四十几岁，真的是太早了。红菱死后也葬在豆青山上，和我的亡妻的坟茔相隔不远。祭奠了亡妻之后，我和父亲来到红菱的墓前。与周围一个个高大、庄严的坟茔相比，红菱的坟的确显得有些寒酸，低矮的一堆黄土，上面长满了杂草，从山上流下的雨水，冲走了坟墓一角的泥土，裸露出丝丝缕缕的草根，很灼眼。此时我注意到，与其毗邻的坟前，都有清明时节人们来祭奠时留下的火痕和散落的爆竹碎屑，而红菱的坟却好像没有人前来祭扫过。父亲说，红菱早先有两个女儿，因为没有儿子，平时跟其他妇道人家吵嘴时，常常受到奚落，她发誓今生今世一定要生个儿子，堵堵那些臭嘴。可是，强没有要到，人却死于产后大出血。她的一双女儿听说现在广东打工，已经有两年多没有回来了。

隔着一层黄土，我依稀记得死者的旧模样。说句实话，红菱是当时我们村里最漂亮的女人。只是由于她的家庭成分不好，才委屈地嫁给了大她十岁的朱三秃子。在我的印象里，红菱性格开朗、热情，又有一副好嗓子，唱起山歌小曲，柔软的时候像细雨，脆亮的时候似银铃，让你百听不厌。那时候是大集体，百十号人劳动的场面非常壮观，也许是苦中寻乐吧，人们薅秧时喜欢唱一种古老的秧歌，每次总是由红菱领唱，其他人跟着和。

“伊吆来嗨——”

红菱开喉就是一个长调，歌声在低音区接连打了几个滚，像一股旋风迅速抬升上去，直达云霄。那一川烟雨，一川歌声的情景，我至今仍记忆犹新。红菱不仅歌唱得好，还有满肚子的谜语。她虽然不识字，但打谜语时却懂得蝉联的妙用，一个扣一个，像我们儿时用燕麦杆穿起的野草莓，一提就是一大串儿，这是很少见的。因此，锄地的时候我总爱和红菱在一起，每当感觉疲乏时，就会叫她打几个谜语，调剂一下麻木的神经。红菱每次总是虚心推脱，没有新的了，的确没有新的了呢。见我没有放齐念头的意思，她就会改口道，让我再想一想。她只需这么稍稍地一想，一大串谜语的珍珠便从她的嘴里蹦出来：

破谜猜，破谜猜，一口咬个血歪歪——桃子。

讲桃就桃，下河就漂——船。

讲船就船，一头硬一头软——鞭子。

讲鞭就鞭，打锣转圈——猴子。

讲猴就猴，关门露头——纽扣。

讲纽就纽，扣顶帽子万事休——？

我一时回答不上来，只好一边锄地，一边琢磨着谜底。这时我们所锄的地头恰巧有一座坟，红菱笑笑地随意打了个眼风，我便恍然大悟，一切全明白了。现在回想起来，红菱当时所打的那个谜语仿佛也是谶语，冥冥中藏匿着某种宿命，只是她浑然未觉而已。这大概也是一切生命的悲哀吧。

如今那个年轻且漂亮的红菱，就安眠在豆青山上这顶黄土的“帽子”之下，真的是万事皆休了。为了不惊动她，我和父亲在她的坟前静静地伫立了一会儿，便轻轻地离开了。

从豆青山上下来时，父亲喃喃自语道，他准备托村里去广州打工的人，给红菱的女儿捎个口信，让她们今年过年回来一趟，把她们母亲的坟修一修。

父亲的话好像还有另一层意思。

我心里清楚。

下禾湾的早晨与黄昏

其实，豆青河比一条蚯蚓长不到哪去，它从皖东南的黄坞山到洪泽湖的直线距离不会超过百里，除了雨季，平时河水细得只有一扁担宽。小时候，豆村的二咬子（因其幼时吃奶经常咬痛他母亲的乳头而得名）在冬天把我们带到河边，他自己先蹲下来，两手撑着地，突然一个蛤蟆蹬腿，就稳稳地立在对岸，然后对伙伴们说：你们跳啊，有种的跳啊，并伸出一只手佯作接应状。这时最小的老赚子因经不住撺掇，也模仿着二咬子的架势起跳，结果二咬子把手一抽，那个倒霉蛋“扑通”一声掉进冰冷刺骨的河水里，二咬子快活得嗷嗷直叫，在草地上接连打了几个滚。

尽管豆青河又短又窄，但它还是具备了河流的特性，三五里一个小湾，十里八里一个大湾。这都是洪水期山体的阻挡造成的。光我知道的就有鲶鱼湾、上禾湾、白鹭湾、下禾湾、葫芦嘴湾。下禾湾是个大湾，公社所在地就在这里。我的小学和中学时代也是在这里度过的。

金城墙

接到他的电话我正在蚌埠开往厦门的火车上，音质沙沙的，哑哑的，像炒豆子快要起锅时发出的响声。

你知道我是哪个？

你是城墙吧？

再想想。

你就是金城墙！

对方同时也报出我的绰号，作为回敬，然后开心地浪笑起来。虽然我不在现场，但能够想象得到，此时的城墙肯定是在酒足饭饱之后，没有正相地歪靠着沙发，将双腿或一条腿翘在杯盘狼藉的桌子上，眯缝着两条细眼，笑声似一台老式发电机，震得他那肩胛一抽一耸的。

城墙是我的小学同学，他的本名叫金怀沙，据说这个很有文化含金量的名字，是他在省城做事的叔叔给起的。美人首饰侯王印，尽是沙中浪底来，这两句古诗，想必他叔叔不会不知道。然而，名字是一回事，人又是一回事。这个金怀沙，压根儿就不是读书的料，小学一年级别人只念一年，他却多念了三年，是否再念下去还是个未知数。其实金怀沙既不笨也不傻，人精得像只铁蛇蚤，打铜钱，摔皮卡，斗鸡（用膝盖互相顶撞的一种游戏），没有哪个能占他上风的，他书包里赢的皮卡和铜钱总是鼓鼓的，这多少让我们有些眼馋。可是每当上课的铃声一响，他人就蔫了。教算术的潘老师是个炮仗性子，动不动就耍蛮，除了整天病歪歪的王得宝和从省城合肥来的白容绢，几乎全尝过他那根教棒的滋味，其中金怀沙理所当然地独占鳌头。常常，潘老师在黑板上写下一道算术题，转身扫了一眼，最后将目光落在我的邻座身上：金怀沙，你算算等于多少？这时的金怀沙仿佛浑身爬满了讨厌的虱子，磨蹭了老半天，用一条腿慢腾腾地站起来，另一条腿却搁在板凳上，酷似立在河边等鱼的鹭鸶，搔搔头，又搔搔头。这时的潘老师从讲台上走下来，眼睛看着别处，当走到我们的座位旁边，金怀沙这才意识到自己搁在板凳上的那条腿，想悄悄把它放下来，可是晚了，潘老师手中的教棒已抢先打了下去，于是全班同学一齐哄笑起来。此时的金怀沙尽管痛得直咧嘴，但还是偷偷地跟着笑。那时候，苏联老大哥刚发射火箭不久，这自然是个热门话题，潘老师见状，不无揶揄地说："还笑？你的脸啊（声调拖得很长），比十二道城墙还厚，苏联的火箭也打不穿。"打那以后，"金城墙"便在下禾湾小学迅速叫开了。

敢叫"金城墙"或"城墙"的，差不多都是高年级的学生，他们力气比金怀沙大，这就是资本，我们班的同学只能在背后老鼠似地小声唧咕，倘若被金怀沙听见了，绝没有好果子吃，他通常的反应是，直直地瞪着一双充血的牛眼，紧接着猛扑上去，又抓又咬，让你体无完肤。当然，也不是所有的人都不敢叫，病歪歪的王得宝，还有从省城来的白容绢，都是可以偶尔叫一叫的。别看王得宝平时说话有气无力的样子，但他的确是个数学天才，上小学一年级的时候，他已经会做三四年级的算术题了，并且是无师自通，这不能不使人叹服。然而上帝在给它的臣民分配东西时，如果这方面多给了你一些，往往要在其他方面扣掉你一些，这样多与少一拉扯，大家基本上还是八九不离十。王得宝虽然脑瓜子灵，有数学天分，但上帝还是在其他方面做了手脚，他家里穷，又老是好生病，这就是不争的事实。金怀沙呢，念书尽管很臭，然而鱼有鱼路，虾有虾路，他常常只需一个咸鸭蛋，抑或一把花生米，就把王得宝给搞定了，甘愿替他当“枪手”——做作业。对金怀沙少年时期显露的这些异秉，老师们每每摇头叹息，以“从小看大”而加以鄙视，既然老师都如此不屑，我和同学们便有理由向其使白眼了。然而我们错了。现在的金怀沙不仅成了下禾湾的首富，踌躇满志，并且还是下禾湾小学的恩人。

说来也真叫人难以理喻，金怀沙找我，是邀我参加一个由他筹办的小学同学的聚会。恕我孤陋寡闻，只听说大学和中学搞什么这会那会的，哪有小学也搞的，这岂不是拿着地瓜当面包吗？再说，金怀沙的小学时期是个“万人嫌”的角色，现在他出来张罗这码子事，是不是有号召力，也是个问号。金怀沙却不这么看，他说这些年，当官也好，倒腾生意、打工、做田也好，大家混得都不容易，如今都快黄昏了，聚一回就少一回了。并说上次同学聚会你没来，已经走了三四个了，这次又少了两个，看来是黄鼠狼拉鸡，越拉越稀了。不是什么呢，豆村和我同时上小学，后来又一起参军的史云楼，仪表堂堂的一个人，几年前从部队转业到滁州一家单位，去年我去找他时，正逢他的爱人办婚事，我问云楼呢？他爱人愣怔了一下，然后轻轻地说，他走了已经快三年了。我说你们是不是那个了？这时云楼的爱人摇摇头，竟落下一串泪来。突然我就全明白了。

好像是为了坚定我参加聚会的信心，金怀沙说合肥的白容绢，还有南京的“三枪子（一种尾巴上长着产卵器的雌蟋蟀，叫声唧唧哝哝的）”，就是那个说话女声女气的唐大刚啊，马鞍山的花家兵，他们都答应了。对方大概意识到我的态度暧昧不爽，最后又特别补上一句：这次你要是再漏网，我就带着公安开着小车把你小子逮了来。

金怀沙的确有一辆不错的小轿车，那是他的一张名片，也是我们下禾湾人一个骄傲的话题。有一次我回豆村老家，陪同我的外甥指着从车窗外一闪而过的一辆红色轿车说：瞧，这就是金怀沙的车！语气里透出掩饰不住的羡慕。也是，金怀沙的确有许多让我们脸红、嫉妒又羡慕的东西。当年我们这些农家子弟还在为能否升入初中发愁时，人家金怀沙却早早地成了一名军人。记得当时他穿着又长又肥的军装，斜背着军用挎包来到下禾湾小学告别时，势利的老师都热情地与其握手，潘老师还啧啧连声：金怀沙同学，说不定将来能有大出息呢。几年后，我有幸步金怀沙的后尘，刚刚走进梦寐以求的军营，可这家伙已杀回了下禾湾，搞起了长途运输，大把大把地挣票子，不久又在县城开了一个汽车修配厂，还包下下禾湾的两口大水塘搞养殖，不出几年工夫就发了。我姐姐和金怀沙同住在一个村，她说城墙这人倒不坏，每次见到她嘴都甜得很，大姐长大姐短的，没有什么架子，可就是爱戳（惹）事，几进几出了，现在跟公安的称兄道弟，谁家要是出了岔子，他出面三抹两抹就抹平了。再就是这人喜好风骚的女人，结了三次婚，又离了三次婚，眼下跟一个什么助理好着。这话我信。金怀沙不是一个安分守己的佬儿，唯其如此，他才能够在下禾湾这个穷地方出人头地，拥有自己的一亩三分田。

后来金怀沙又给我来过几回电话，提醒我别忘了同学聚会的日子。我说不会的，也不敢，你金城墙都能差遣“大盖帽”来逮我，我长几个脑袋？金怀沙大概听出我的弦外之音，笑得一喘一喘的，说咱不比你们手捧铁饭碗的，到月就数票子，像我们这样的人，说得不好听一点，比一只钻草棵的鸡好不到哪去，自己刨食自己吃。我说你如今可是一只肥鸡了。金怀沙这次没有笑，憋了一会儿说，你别忘了，鸡肥易招乌嘴子（黄鼠狼）呢……那一声叹息，穿过一百多里的黄昏，抵达我的心中时，依然沉甸甸的。

不久，暴雨、大暴雨、特大暴雨接连光顾淮河流域，很快酿成了百年一遇的大水灾，我奉命奔赴抗洪抢险一线进行采访，紧张的忙碌之中，竟然把同学聚会的事情给忘了。后来回豆村见到金怀沙时，我想跟他解释一下，他说免了吧，你那可是大事，我们不计较。当我问起同学聚会的情况时，金怀沙说，实话告诉你吧，聚会只是个形式，我是想让大家为下禾湾小学念不起书的穷孩子募点钱。我问“三枪子”和白容绢他们都来了没有，金怀沙把双手一摊：大刚早就下岗了，他自己还吃着低保呢，怎能要他掏钱，我替他捐了一份。提起白容绢，金怀沙一脸的鄙弃，嘴里不干不净地：甭提那个娘们，不就一个鸡卵大的官吗，就把下禾湾给卖了。想了想又说，年三十晚上逮只兔子，有它过年，没它照样也过年。她不愿出血，我多拿一点不就得了？我调侃道，谁叫你姓金呢。金怀沙说，什么金的银的，都是狗屁，走，咱们喝酒去！

那天晚上，金怀沙和我都喝醉了，我们坐在下禾湾小学空荡荡的校园里，一支接着一支吃烟。良久，金怀沙幽幽地说，快啊。我附和道，真快啊。于是就再没有声音了。

老油头

老油头是我的中学语文老师，他的本名叫慕西贤。写这篇小文之前，我曾在电话里跟他的儿子——我的同班同学“半鬼子”说，恕我不敬，我想写写慕老师。“半鬼子”显然猜出我的用意，但也表示不反对，只是特意提醒我，你小子拿了稿费，别忘了买两瓶老爷子喜欢喝的好酒。我说这没问题，就是慕老师爱抽的“春秋”牌的香烟现在买不到了。对方笑笑，那就搞几包外烟好了。当时听得我一愣，事后想一想，豁然明白了。这个“半鬼子”，还真有你的。

慕老师调到下禾湾小学的那天，我和班里的同学正忙着砌课桌。所谓的课桌，就是用土坯垒起的泥台子。因为我们这个初一班，属于小学“戴帽子”性质，它标志着下禾湾从此将彻底告别没有初中的历史，所以校长特重视，亲自为我们画线，并一再叮嘱我们要把泥台子砌得漂亮些，再漂亮些，以便能给上级来检查的领导留个好印象。

慕老师的突然出现，使我们这些衣衫不整的农家子弟大吃一惊，不，是目瞪口呆。只见他上身穿着小立领夹克衫，凡力丁的西裤一缝到底，下面是一双能够照见人影的皮鞋，头上留着跟毛主席一样的发型，似乎每一根头发都浸过油，恐怕连苍蝇落上去也要打滑的。他此时倒背着双手站在门口处，伸头朝教室里随便看了看，问谁是班长？我急忙甩掉手上的泥，站到他的面前，慕老师蹙着眉头说，讲台就不用砌了，说完扭头就走。

慕老师刚走，“粪箕子”（此人每天上学时总是背着一只空粪箕子，放学时顺便把路上的粪便拾回去）朝他的背影做了个鬼脸：我看倒像个特务。童太兰接过去说，我好像在哪个电影里见到过。这时爱给别人起绰号的花家兵两眼一转，说有了。我问有什么了？花家兵得意地说，我们以后就叫他“老油头”怎么样？大家一听全乐了。这个绰号还隐含着另一层意思，这是我们当时不曾想到的，后来我们才听说，慕老师原来还是个不折不扣的老右派——“老右头”。就因为这，具有先见之明的花家兵，很是得意了一阵子。

慕老师第一次上堂讲课就与众不同，他既不带教本，也不拿提纲。那时候我们所学的都是省教育革命委员会编印的临时教材，慕老师对此不屑一顾，他说你们都把书收起来吧，回去自己看，不懂的地方可以问我。同学们听得此言，一个个面面相觑，不知道他的葫芦里卖的是什么药。这时慕老师转过身去，用粉笔在黑板上写下“无题”二字，好看得像两个亭亭玉立的少女。上课既不带书，又没有提纲，现在又来个“无题”，真让我们这帮土头土脑的孩子百思不解。紧接着，他就在这个题目底下写出一首小诗来，自己先小声念一遍：万家墨面没蒿莱，敢有歌吟动地哀……念诗时的慕老师，双目微闭，脑袋一摇一晃的，像微风里籽实饱满的麦穗。他说这是鲁迅的诗，你们知道吗？在那个非常的年代，许多书籍都成了精神鸦片，唯有鲁迅却是一道时令的菜肴。许多年后我才懂得，慕老师把鲁迅这道菜端到我们面前，想必是用心良苦。打那以后，我们便与诗结缘，每天两首，几个月下来，我们这些肚皮里装满红薯与腌菜的农家子弟，居然其中也混杂着屈原、杜甫、辛弃疾、刘禹锡……

我不知道古代那些诗人（包括鲁迅）是不是都喜欢烟，反正慕老师喜欢，从他嘴里吐出的一个个诗句，都带着“春秋”的味道，苍茫如烟，笼罩着我们幼小的心灵。常常，一首诗正讲到高潮处，慕老师突然停下来，叫我赶快去给他买一包烟，我拿了钱，拔腿就往外蹿，跑到校门口又折回来，问慕老师买什么烟。合作社的女营业员见我老是去买“春秋”牌香烟，就用怀疑的口气问：这烟你是给谁买的？我说老师，慕老师你不认得？这时另外一个营业员走过来，她们小声音嘀咕道：还这样烧包（摆阔的意思）。那时有一句顺口溜：公社干部吃“玉猫”（四毛二分钱一包），大队干部吃“水上漂”（“渡江”牌香烟，一毛八分钱一包），老百姓吃的是“白纸包”（一种叫“丰收”的烟，九分钱一包）。在下我就想，我们下禾湾吃烟的第一块牌子，是公社书记王锦石，他也只能吃吃“玉猫”烟而已，慕老师居然吃到王书记的上头，这不能不让我和那两个营业员匪夷所思。

得了烟的慕老师先抽出一根，竖着嗅嗅，又横着嗅嗅，自言自语道：烟，宛如女子也。同学们听了都一愣一愣的。这句话不知怎么传到校长的耳朵里，他在会上把慕老师狠狠批了一顿，大意是说，你为什么不叫慕中贤、慕东贤，偏偏叫慕西贤？原来你是从骨子里羡慕西方的资产阶级生活。面对上纲上线的批判，慕老师也不申辩，只是一口接着一口吃他的“春秋”。后来我在慕老师的宿舍，偷偷摸摸看过他写的一首小诗：

地球是圆的
太阳也是圆的
谁能告诉我
东方和西方
哪个更圆
哪个更亮

在思想禁锢如铁桶般的年代，慕老师敢于发出这样的质疑，只能看作是骨子里的。只是当时我蒙昧无知，这首诗对于我也就如同《天问》，一头的雾水。然而，不懂是一回事，信赖是另一回事。如果其时慕老师能够找到一个可以信赖又懂诗的知己，想必是不会对牛弹琴的。

慕老师的生活奢侈还表现在头发上。那时候下禾湾没有一家理发店，学校老师的头发全靠一个挑担的剃头匠打理，大约一个月来一次，那块围领布油渍麻花，蹭刀布更是肮脏不堪。慕老师爱洁净，他宁可舍近求远，每月总要去滁州一趟，把头发调理得一丝不苟，油光水滑。有的人看不惯，说他烧包、怪癖，慕老师说萝卜青菜，各人喜爱，头发长在我的头上，我怎么就不能支配呢？此话虽然不无道理，但在不讲道理的年代，道理只能成为笑柄和罪责而已。

据我的观察，慕老师在下禾湾是非常孤独的，学校里的其他老师都很少与他说话，白天还好一些，有我们这些孩子打发时光，可到了晚上，他的小屋里除了桌子上摆放的那几本诗，孤灯一盏，寒衾半床，无边的落寞紧紧包围着他，更兼那梧桐细雨，点点滴滴，真真是，好一个愁字了得。

在下禾湾，慕老师也曾有过昙花一样的心情。那是夏末，一个姓马的清亮女子来到了下禾湾小学，担任我们的音乐老师。此人不仅歌唱得好，人也很随和，没过多久，她便与慕老师似乎有了那层意思，我就不止一次看见她为慕老师洗衣被，有时还烧上几个菜，端到慕老师的小屋里两人一块分享，还有说有笑的。

秋天是豆青河脱俗成仙的季节，尤其是白鹭湾，河滩里大片的芦苇抽出赭色的花穗，微风过处，柔和起伏，成群的白鹭时翔时落，藏在苇荡深处的“苇喳子”（据慕老师考证此鸟就是《诗经》里的‘雎鸠’）“关关”不已。这种尘世之外的美景，慕老师当然不会错过。有一段时间，我常常看见慕老师和马老师在黄昏里，踏着弯弯的小路，慢悠悠地朝白鹭湾走去，边走边交谈着什么，直到芦苇淹没了他们的身影……

然而，好景不长，当入冬的第一场雪在下禾湾落下时，慕老师和马老师便形同路人了。公社副书记的儿子花家兵悄悄地告诉我：慕老师哪是王书记的对手，马老师已经被他挖走了。我说这怎么可能呢，王书记老婆不是在合作社当营业员吗？花家兵诡秘地笑笑，我发现那个笑和他的年龄很不相称。

后来听说慕老师写过几次报告，要求调回原籍南京工作，但上级都没有准许。我参军的第六年回豆村探亲，“半鬼子”跟我说，他父亲已经走了，人就埋在白鹭湾。下葬那天，没有想到马老师也来了，还带了几包外烟。她说慕老师空顶着一个崇洋媚外的假名声，生前没有穿过洋服，吃过洋餐，只读了一些洋书，真是太亏了，这几包烟，算是一个弥补吧。

听了“半鬼子”的话，我放弃了去下禾湾的念头。

白唇儿

白唇儿是一头驴，一头不足周岁的幼驴。说一头，是出于我对它的深深怀念与尊敬。

白唇儿一身油亮的黑毛，板刷似的密实。白唇儿之所以叫白唇儿，因为它的唇线是白的，雪一样纯净的白，给人的印象像是在磨坊里趁主人岔神儿偷吃白面留下的佐证，又像是天赐的一副诙谐的笑容。

一九六O年冬天，粮食奇缺，村里的几盘石磨尘封已久，能使的壮驴都闲着。白唇儿身子嫩，自然派不上什么用场，因而其时尚未带辔头的它，比其他驴子便多了一份自由，可以不受限制地出入饲养棚，自己跑到豆青山上去，寻找埋在厚厚落叶下面的草芽儿。白唇儿吃饱喝足了，便撒开四蹄野上一气，偶尔还亮上一嗓子，声音嫩得像水豆腐。

白唇儿不像它的母亲，性情糯糯的，温温的，如一钵家酿的米酒，从没见它发脾气，尥蹶子。这倒挺招孩子们的喜爱。他们常常软硬兼施，把白唇儿弄到僻静的地方，噌地一跳骑上驴背，扮演《西游记》中取经的唐僧，驴后跟着一帮喽啰，摇旗呐喊，煞是威风。然而，若是被饲养员李结实撞着了，轻则会招致一顿结实的臭骂，重则要吃他结实的巴掌。

在饲养员李结实眼中，白唇儿是一匹懂人性的孝驴。这老汉孤寂一人，没儿没女，常年和牲口为伴，日子久了，便和牲口结下深厚的感情。尤其是白唇儿，深得老人的喜欢。一次，老人受了风寒，卧床不起，白唇儿不饮不食，在他的床前整整“陪”了两天两夜。还有一次，老人赶着牲口去豆青河里饮水，河畔的冻土因融化变得疏松滑腻，老人一不留神跌进深深的河水里，这时站在岸上的牲口惊恐地看着他在河水里或浮或沉，唯有白唇儿紧紧咬住老人一只露出水面的袄袖，才使他脱了险。打那以后，周围九村十八寨的人，每当提起白唇儿，都说那是一头通人性的孝驴。

转眼冬去春回，村里断炊的人家越来越多，被饥饿夺去性命的人也渐渐多起来，而更多的人却患上一种叫“水鼓胀”的病，在死亡的边缘上挣扎。上边为了稳定人心，给村里调拨了一批救济粮。说是粮，其实是两大车砻糠外加三麻袋黄豆——两样掺合在一起磨成面，美其名曰“救济粉”。于是，村里那几盘沉睡已久的石磨又轰隆隆地转动起来。

白唇儿就是在这个时候结束它闲散的生活，投入到一场特殊的“政治任务”中去的。初入磨道的白唇儿，不像那些性情暴烈的驴子又踢又蹦，弄得身上横一道、竖一道鞭痕才肯屈服就范。白唇儿就是白唇儿，当我母亲给它套上拉磨的夹具，戴上眼罩，用手轻轻拍拍它的脑门儿，说声“走好啊，驾!”白唇儿便知趣地甩甩尾巴，四腿绷得直直，腰背弓起，直拼出吃奶的力气，石磨才慢腾腾地转动起来。这时磨道的地面上，却洒下一圈带血的驴尿。我母亲担心伤了白唇儿嫩筋嫩骨，遂动了恻隐之心，她找来一根磨棍，给白唇儿当起了帮手。母亲还嘱咐我在傍晚卸磨的时候，给白唇儿送去一些爱吃的野麦草。每次见到白唇儿，它总是浑身湿淋淋的。面对鲜嫩的野麦草，它并不急于下口，而是先伸出带有许多小肉刺的舌头，舔一舔我的手，甩甩尾巴，然后才衔起一小撮，很斯文地咀嚼着。

天气一天天暖和起来，地里的小麦在一双双因极度饥饿而发出幽光的眼睛的注视下，一寸一寸地拔节，一点一点地孕穗。其中一些人未能熬到麦子黄熟那一天，带着深深的遗憾便撒手离开了人间。

那是一个无月的夜晚，几天粒米未粘牙的我，空空的肠胃一阵阵鸣响与痉挛，将我从睡梦中拽醒。清醒的饿比睡梦中的饿更折磨人。我开始辗转反侧，并发出轻微的哼唧声。这时母亲从枕头底下摸出一把油腻腻的木梳，让我含在嘴里。这种做法是祖母发明的，每当她饥饿难忍时，便在嘴里放一块薄薄的木片，紧紧咬着，据说可以“镇”饿。然而，那把木梳对我一点也不起作用，饥饿像是钻进铁扇公主肚腹里的猴王，抓心挠肺，无奈的我只得强忍着。

无边的夜又长又冷，听不见鸡叫，也听不见狗吠，黑暗、潮湿的老屋里，小弟经久的啼哭由高亢渐渐变得嘶哑；劳累一天的母亲也无法安睡，又在为一家人明天的食物长吁短叹；西厢里年迈的祖父因吞食糠菜大便郁结，不时发出痛苦的呻吟……

死寂里，我仿佛听见枣木大门上那对铁环发出一串声响：咯啷、咯啷、咯啷……音质清脆而豁亮。也许是风吧。但又觉得不像。我准备开门看个究竟，不料母亲拽住我的胳膊说：“黑灯瞎火的，要是张三呢?”母亲说的“张三”就是狼。当时我们皖东磨盘山那地方，狼特多，一群一群的，幽灵似地四处游荡。专啃食死人的尸体，在深夜里发出一声声凄厉的嗥叫。

我睡在床上，大睁着双眼，头脑里纷纷扰扰尽是狼的身影，不觉渗出一身冷汗。不知什么时候，疲惫的母亲睡着了，小弟的嘶哭已经止息。我悄悄把含在嘴里的木梳取下来，往地上吐了一大口酸水，这时门环又响了起来：咯啷、咯啷、咯啷……因为害怕张三，我把被子往上拽了拽，蒙着头睡，尽量不去听（想）那门环的响声。

“豆豆妈，快开门，快开门呀!”突然大门被重重地拍响，隔壁王三沙哑的叫声里仿佛隐藏着某种令人兴奋的玄机。就在母亲点燃油灯的当儿，我已捷足先登打开了大门，令我吃惊的是，被王三推进屋的却是白唇儿。

这时的王三已经没有白天行将死亡时的麻木与颓丧，蜡黄、浮肿的脸上分明写着诡谲和兴奋。他指着战战兢兢的白唇儿说：“你家的门环就是这物件碰响的，我开门时，几只狼蹲在离它不远的地方。”借着油灯昏暗的光亮，我看见浑身湿淋淋的白唇儿，眼里尚残留着几分惶恐，它的后腿被撕裂一个大口子，想必是狼干的，汩汩流着血。

王三诡秘地与我母亲小声嘀咕了几句，于是打开的门又被重新关死。

屋里的气氛顿时紧张起来，此时的白唇儿一改平时的温驯，咴咴吼叫着，蹦跳着，弄得满屋子尘土飞扬，桌凳倒地，一片狼藉。倒是瘦小的王三处乱不惊，只见他猛兽般地扑向白唇儿，两臂铁钳似地卡住驴的脖子，左膝死死地顶住驴肋，硬是把白唇儿给制服了。这种戏剧性的场面，使平时鸡都不敢杀的母亲既惊恐又兴奋，还有几分犹豫。“大不了就……”王三用手做了个抹脖子动作：“总比等着饿死强吧，得救的是这些孩子。”最后一句话显然打动了我母亲的心。她朝我看了看，按照王三的吩咐，将一根粗麻绳往白唇儿的脖子上套。王三将麻绳从我家老屋的横梁上抛过去，紧紧拽着绳子的另一端。刚才还在呻吟的祖父，这时也兴奋得难以自已，忙前忙后……

也许是出于悲悯，也许是耽于恐惧，我母亲的双手颤抖得厉害，以致几次都未能把绳子拴牢。这时的白唇儿好像预感到将要发生什么，睁着吃惊的双眼怔怔地望着我。我把一只手伸给它，白唇儿刚刚伸出半截舌头，细长的脖子被突然吊起……

白唇儿去了，它用自己年轻的生命使两个濒临死亡的家庭转危为安。

几年后，我在埋着白唇儿白骨的地方，栽下了一棵杏树。如今那棵杏树已有盆口粗，年年春二月，花开满树，一如我无尽的哀思……

回到草中间

我喜爱那些朴素的事物：泥土，野草，任何一种庄稼，原汁原味的民歌，乡戏，简陋的农具，草帽，纯棉织物……我的这种审美倾向不仅影响着我的阅读和写作，甚至影响了我的做人与处世的方式，当然也包含自己的日常行为和心态。

头顶着高粱花子走进都市，我用三十多年的光阴，兑得了一点虚名和一口饱饭，按说，我应该感恩城市。然而，说不清为什么，我还是改不了朋友草根性。二〇〇五年六月二十九日下午，因为于邦的一首诗，又萌发了我回乡的念头。

草回到草中间
回到有名字和叫不出名字的草中间
回到可以做药
可以喂牛当柴烧的草中间
回到被人保护
又遭人铲除的草中间
草一年只活一次
草永远没有花香没有树高
在外面混得久了
草回到草中间挤挤身子
在草丛中扎下根来
谁也分不清这棵草是哪棵草了
只有对着草丛喊
小草小草

若是换成另外一个人，这首名叫《草回到草中间》的诗，能在他的内心深处引起多少同感与共鸣，我不得而知。可是对于我，它却成功地完成了一次情感的隐形地震。对，地震。读这首诗的时候，我的心暗中怦然一动，又怦然一动，某种莫名的不安与惶恐，促使我毅然撂下手里正在做的事情，立马踏上去往故乡的路。

其实故乡很平和。午后的老屋里，尽管闷热得像蒸笼，但八十岁的母亲依然平静地坐在洒过水的地面上正在打盹，手里的蒲扇有一搭无一搭地摇着，一只皮毛油亮的黑猫见了我，伸了伸慵懒的腰身，算是尽了礼数。其时，我没有也不忍心惊扰母亲，轻轻地进屋又悄悄地出门，在离家不远的山坡上找到了正在松树下纳凉的父亲。与两年前相比，他又老去了许多。父亲见了我，枯瘦的脸上没有出现我想象的那份激动与兴奋，只是机械地用手拍拍地面，让我坐在他的身边。当我的屁股刚接触到地面，压在下面的枯草便梗断叶碎，一片狼藉。

父亲是个惜语如金的人，我紧挨着他坐着，像两块沉默万古的石头，各自闷头吸烟。偶尔，父亲小声嘟哝一句，天旱得太久，连草都渴死了，烟头别乱丢。由于长期缺少雨水，耐旱的松树枝头只剩下一些稀疏的叶子，投在地面上的阴影斑斑驳驳，像是一块被谁丢弃的千疮百孔的破布。我担心年事已高的父亲久呆在酷热的野外会发生意外，便催促其赶紧回家，可是老人却没有马上离开的意思，他凝重的目光一直向着东南方向眺望。我知道，父亲是在苦苦等待和盼望着一场透雨呢。

然而，父亲盼望的那场雨还没有来到，人却突然病倒在山坡上。当我手忙脚乱地把他送往医院时，发现老人身上沾着许多细碎的草屑。离开小山村时，已经失语的父亲吃力地指着一块草地，语焉不详地想表达一种埋藏很久的心愿。那意思是无论结果怎么样，他都要回到这块他生活了八十多年的土地上来，与这儿的草木为伴。也就是在这个时候，我第一次发现一生刚强的父亲也会落泪。那泪是浑浊的，悲凉的，它缓慢地从老人深陷的眼窝里渗出来，在眼角集聚成硕大的一颗，然后无声地掉进草丛里。

也许是苍天有意，就在父亲住进县医院的当天夜里，一场暌违已久的大暴雨从东南方向匆匆赶来，雨面覆盖了整个皖东地区。半夜醒来的父亲似乎感觉到天气的变化，几番示意我扶他下床到窗前看雨，被我婉拒后虽然心情有些沮丧，但在哗哗雨声的抚慰下，他便很快进入了梦乡。

父亲这一病就是半月之久，那雨也好像赎罪似的，下下停停，停停下下，延绵了十几天。此时躺在病榻上的父亲，与我谈论最多的话题还是他地里的庄稼。他后悔没有抢在雨前把家中的那两亩地好好锄一遍，得了雨水的野草比地里的花生、绿豆、棉花都要长得快。他更担心自己因病而变得僵硬的手，还能不能拿得起锄头和镰刀，因为他每年秋天都必须割下够烧一年的柴草。

出院那天，父亲显得有些激动，天没亮他就悄悄下了床，一手扶着墙壁，一手拄着拐杖，在长长的走廊里艰难地练习走路。我提醒他走慢点，父亲显然对自己病后康复的速度不太满意，叹息说，日子比他走得快，地里的草长得更快。看不见那些庄稼，还有那些和庄稼争长的野草，他心里就憋得慌。他说，草能治病，只要人朝庄稼地里一蹲，手里一把一把地扯着叫出名和叫不出名的杂草，草汁染绿了双手，什么病都会好起来的。这话我相信。父亲以一棵草的方式生活在草中间，欲望少少，所得亦少少，可他从没生灾害病，更没住过医院。这是不是草对他生命的一种回报呢？这一点，我不如父亲。我常常不满于自己的境遇，总想站得比别人更高、名头更大、得到的更多些，因而我的困惑、苦痛和失望也就自然更多些。

父亲坐着手扶拖拉机进城和乘着我租的小车回家，心情都是一样的。在离家尚有里把路远的地方，父亲执意让司机把车子停下来，他要拖着一条病腿踩着一路青草回去。他一边走，一边用手里的拐杖拨弄着道路两旁的野草，时而自言自语，时而唏嘘感叹，那是他与草交流的一种方式。仅仅半个月时间，此前干枯得奄奄一息的野草，如今已变得生机盎然，它们在雨水的鼓动下，大胆地漫上了道路，伸进了农田，爬上了井台，甚至从老屋门前的池塘边一直蔓延到我家的石板台阶上，空气中到处弥漫着青草的气息。

重新回到草中间的父亲，早已将医生的嘱咐忘到脑后，他不顾母亲的反对，左手（右手此时尚不能拿物）拄着拐杖，这里走走，那里看看，觉得眼前的一切都是那么新鲜。累乏时，他就坐在漫上台阶的青草上，对我说，当初这屋不卖是对的，你们兄弟几个也不缺这点钱花，就让它陪着我和你妈妈。他又用拐杖指指脚边的草说，这东西也别费力铲除了，它们爱怎么就怎么长吧，人呵，谁的坟头不长草呢？

我痴痴地望着父亲，心中怦然一动，又怦然一动。为了安慰老人，我说，到时候我来陪你们。母亲急忙制止道，瞧你还是读书人，怎么尽说傻话。其实母亲不知道，我说的确实是真话。我想，等到那一天到来之时，我会对最后为自己送行的那个人说，让我回到这块土地的草中间，挤挤身子，安息下来。

能够成为一棵草是幸福的。

留在生命里的细节

仲春的午后，我一觉醒来，脑海里跳出的第一个想法，就是去“丰原”大药房抓些预防非典的中药，然后再去赴一个朋友的约会。可是，黄昏时分我却出现在几百里外的豆村老家的菜园里，和母亲一起割着鲜嫩的韭菜。妻子在手机里对我的“越轨”感到大惑不解。其实，我自己也弄不明白，为什么在去往药店的半路上突然就拐到了汽车站，在毫无思想准备的情况下，做了一件没有任何事情要做的事。

土　路

从我居住的城市到豆村，中间要在定远县城和一个叫岱山的小镇两次换乘汽车。也许是近乡情更怯的缘故，车出岱山三里许，我就叫司机把车子停下来。车上的乘客都用疑惑的眼睛看着我，仿佛在问：在这荒山野岭的地方，他要干什么呢？

其中的奥秘只有我自己清楚。直白地说吧，我要顺着一条土路走回家。

这条土路我已经很久没有走过了。不知是因为心情激动，还是由于路边的泥土过于松软，当我从汽车跳下来，一个踉跄差点儿把我摔倒。不过，真的摔倒也没什么，大不了身上沾一些泥土、草屑或牛羊粪，仅此而已，不至于像在城市，轻则皮青肉紫，重则伤筋折骨。乡村这种怀柔的品性让我喜爱。乡村的路很卑微，它们是没有名字的。说实在的，也根本不需要什么名字。从这村到那村，从这片田野到那片田野，路只是一个过程而已，它把走路的人送到目的地，就断了。然而，没有名字的路才更像是路。该直的地方直，该弯的地方弯，高高低低，平平仄仄，像怀素和米芾毛锥下的狂草，宋人写在花笺上的长短句。人在这样的路上行走，常常会不期然地遇到小河断道，或一枝横前。如果是夜晚，天上有一弯月淡淡地照着，呼吸着泥土和花草的清香，此时的你会情不自禁地哼起小曲，得失俱忘，荣辱不齿，那才是一种真幸福。我在这条土路上走着，不知不觉就到了豆村。

听 蛙

是年春旱，豆村十塘九竭，唯有离村半里许的白泉塘，依然碧水盈盈，像大地深情的眼睛。村里人洗衣，淘米，饮牛，浇园子，全仰仗着这口水塘。

生活在附近山林里和田野上的斑鸠、野兔、雉、黄鼬们，白天忍着干渴，夜幕降临后，它们便会悄悄地来到白泉塘边痛饮。村里那个被称为“人精”的二顺子，从中看到了生财之道，遂起趁火打劫之心，他在小动物必经的路上布下陷阱，总是一逮一个准。这时的白泉塘便成了蛙的王国，无数只青蛙仿佛从天而降，自由自在地游憩其间，咯咯、咕咕的叫声弥漫了整个山谷。

我回豆村的前夜，下了一场“犁头雨”。雨后天晴，农人都奔他们的活计去了，我一个闲人坐在白泉塘边，接受蛙声的洗礼。

蛙声不像音乐，音乐有点儿像酒，含有某种迷幻的成分，它常常把人的灵魂不知不觉地从现实生活中引走，带到至清至纯的梦境，使其羽化而登仙。但是，当音乐渐渐消失，生命重新回到现实，那曾被音乐蛊惑的灵魂，就像一条找不到水域的鱼。

而蛙声则是朴素的，也是醇厚的，它的本质比较接近于民歌，是一种平民的艺术。即使你没有种过地，只要听到蛙鸣，也自然地会想到土地、河流、庄稼、草木、炊烟这些大地上普通的事物。如果你想入非非，或内心空虚，我劝你去乡下听听民歌一样的蛙声吧，蛙声会使你放弃那些多余的幻想，使生命获得一种少有的踏实感。

置身于碧波荡漾的田畴之中，微风徐来，稻花飘香，聆听着咯咯、咕咕的蛙鸣之音，你的心没有理由不沉静下来。

一声两声三五声，
咯咯咕咕说春风；
久旱逢雨蛙兴起，
坐听争鸣到黄昏。

写下这首《咏蛙》小诗，算是我听蛙的心得吧。

坐对一棵树

说来遗憾，还没有细究过一株草，一棵树，生命就快逼近“知天命”的门槛了。

一日，我在豆青山上逗留，累了，随意坐在山坡上歇息，不料正好面对一棵树——松树。

那棵松树像个伟丈夫，高大挺拔，枝繁叶茂，布满鱼鳞状树皮的主干少说也有一搂抱粗。

记忆暗中提醒我，此时面对的这棵松树，是自己三十多年前亲手植下的。那时，我还是一个十四五岁的乡村少年，在无书可读的年代，有一柄镢头陪伴着我在豆青山上刨坑植树。刨一个坑，植一棵树，可以从林场会计那里领到三分钱，我感到很满足。那几年，我究竟在豆青山上栽了多少棵树，仿佛只有这漫山的松涛知道了。

坐对一棵树，一棵自己曾经亲手种下的树，一棵如今比自己的生命力不知道要强大多少的树，我除了庆幸和欣慰之外，还隐隐地感到一种悲哀。

自从丢掉了手里的那把镢头，离开了豆村和土地，这些年来，我究竟吃掉了多少粮食？穿破了多少衣裳？花去了多少所谓的工资？发过多少牢骚……

坐对一棵树，我为自己虚度生命而深深地忏悔。

巡游在生命的两极

几场偷渡的雨，几片暗坠的叶，便将“赤日炎炎似火烧”的酷夏给拾掇了。

秋来得如此悄然！

一踏入秋界，触肤的风恰似水绸一样柔情；银月镶在宝石蓝的天际，像一贴久违的亲情，在不可企及的远方默默注视；返朴归真的息壤，因了几抹散泊的淡云，衬出它浑厚苍实的质地。

雁翅匆匆南行。

黄闪耀了几耀。

露水便重了。

如此清寂的秋夜，即便不是天涯孤旅，失眠也是常有的事。不过，与其他季节相比，秋夜失眠者的心境是澄澈的，明净的，从他们的眼睛里找不到一丝半缕的慵怠和困顿。

立秋一到，耳朵对于声音的感觉便特别灵敏。于是，我便将板床移至靠窗的地方，夜来听风听雨听虫鸣，好让浮躁、麻乱的心绪，着染些许秋的清逸，秋的淡泊。因之，一年当中，我的心情当数秋日最好，头脑清醒，胸气通泰，笔下的文字也干净畅达。当然，这样无疑会增加失眠的次数，我常常躺在凉丝丝的床榻上，双目微闭，一遍遍默诵着日本歌人与谢芜村的诗句：

暮霭笼罩着群山
黄昏的原野上
秋草黯淡

还真灵，每默诵一遍，仿佛那笼罩群山的夜色便浓厚一层，心灵之原上摇曳的秋草亦黯淡一分，不知不觉地，便遁入了沉迷的梦境。

今年秋前秋后，一向雨水沛然的淮河流域，旱魃肆虐，热浪袭人，使人有伴秋如伴火之感。处暑那天，电风扇呼呼喘了半宿，我才迷迷糊糊入眠。浅浅的睡意中，似听得虫声暗鸣，秋气阴阴，郁闷的心胸顿感舒缓了许多，醒来方知窗外已然秋意萧萧了。

阒寂中，入户的虫子又叫了起来，开始是“咻”的一声，停一下，然后“嚁”的一声，只有一个单音节，短促而亢奋，透出一股雄气。秋夜初得虫鸣，心旌摇曳生风，遂打着手电，蹑手蹑脚地搜寻虫影，终于在墙角处那盆银葛的藤蔓底下发现了一只蠡斯。蠡斯大概也发现了我，挑战似的竖起头上两根长长的触须，黑褐色的翅膀陡然一乍，“咻”地奏出一个断音。它这一声叫，仿佛是庞大乐队的领衔乐手弹奏出的一个音符，蛰伏在屋内屋外的蟋蟀、变色吟蛩、油葫芦、茅蜩等秋虫，好像接到了预约的信号，紧跟着鸣叫起来，唧唧唧，吱吱吱……沉静的，奔放的，儒雅的，媚俗的，娇滴滴的，干巴巴的，羞答答的，直锵锵的，虽然声调有高有低，音节或长或短，但却浑然天成，即使整夜聆听，也不会感到厌倦。在这多声部的合唱中，金铃子的叫声最为高雅，有如合唱队里的女高音，音色纯净华丽，可说是代表秋声的最高艺术境界了。

安详、清寂的秋雨之夜，谛听着这天籁一般的虫鸣，你定会有幽谷观潭、古刹课经的感受，隐约省悟到一种生命的深。

谈到虫子，我想起一件往事。约是十几年前的一个秋末之夜，我的一个从台湾回来探亲的表舅，拉上我来到村外的豆青河边，我们席秋草而坐。五分钟过去了，十分钟过去了，表舅像是一位入定的禅僧，沉默不语。我颇觉纳闷，欲问何故，表舅却神秘地摆摆手，示意我别大声说话，并低声告诉我，他是特地来听蟋蟀叫的。这使我更纳闷了，数十载漂泊海外的人，暮年难得回故园，何不与久别重逢的亲朋故友多聚一会，却偏要跑到这荒野听什么虫叫？真怪！表舅似乎看出我心中的疑团，他说他自己也一直弄不明白，在台湾这么多年，只要一听到秋虫叫，心里就酸酸的，痒痒的，像有个熟悉的声音在看不见的地方向他呼唤。以我当时的年纪和经历，是不可能理解表舅的心情的。对我的每一次催促，表舅总是说，再等一会儿。

等待是甜蜜的，也是痛苦的。随着时间悄悄流逝，不觉已过了两个钟头，可我们周围仍然是一片死寂，偶或从远处的杂木林里传来一两声老鸮沉闷的叫声，给人一种凄婉的感觉。

月亮从豆青山那边拱了上来，一纵一纵的，如一弯弹动的眉毛；飘忽的光溅落在凝霜的秋草上，折射出青幽而多芒的光泽。

四野静谧一如高僧圆寂。

这时表舅似乎意识到，再等下去也是徒然，便作两手撑地状，吃力地站起来。他面对窃窃私语的豆青河，伫立了足足有十分钟，然后发出一声沉重的叹息。那叹息像一颗陨石，坠落在空茫的秋野上，使我的心灵感受到一种少有的颤动。

表舅的叹息难道仅仅是为了蟋蟀吗？

通往村里的毛道，此时已敷了一层薄霜，白发微拂的表舅神情忧郁，全无来时的兴致，脚步踏在衰草上，踉跄蹀躞，我赶紧搀住他的胳膊，想安慰他几句，便说，秋天年年有，立秋蟋蟀叫，只要来年秋天早点儿来，一准能听个够的。表舅立住脚，惊问：你会做诗？我摇摇头。

表舅下意识地望着我说：秋天年年有，立秋蟋蟀叫，这句话里就藏着诗呢。

那一夜，表舅屋里的油灯一直亮到天明，原来他是在作诗，至今我还依稀记得其中的几句：

一只蟋蟀
一跳跳过深深的海峡
而今，霜草已白
留下的那一只
你在何处低吟

那时候，以一个中学生的眼力和悟性，我是无法洞察表舅隐藏在诗象背后的那颗忧伤的心。

后来听母亲讲，表舅当年被抓去当壮丁时，已有了意中人，只是他走得突然，以至没能最后与那女子会上一面。为了让表舅心中永远保存着那一缕温馨，我母亲对他隐瞒了那女子投河殉情的实情，每当表舅问起她的下落，母亲总是七弯八绕地把话题引向别处。

表舅在故乡住了个把月，临走的时候对我母亲说，来年秋天他还打算回来看看。母亲说年岁不饶人，要回来就在春天回来，天气暖和。表舅说他喜欢这边的秋天，满畈满坡的高粱、大豆，是那边很难看到的好景致。我想，表舅看高粱大豆可能是醉翁之意不在酒，听蟋蟀叫才是他的本意。

然而，表舅此一去再没有回来。听说他在临终前留下遗愿，死后将他的骨灰带回大陆，撒在故乡的田野里。对表舅最后的选择，我心里有几分明白，他是要听故乡的蟋蟀叫呢，或者他最好自己也能变成一只蟋蟀，成为自然中的一生灵。

一晃，十几年过去了，表舅和蟋蟀都成了遥远的故事。

说来也真令人沮丧，如今生活在城市里的芸芸众生，对隔热玻璃以外的世界暧昧不清，田野和鸟语变得十分稀罕和邈远，至于蟋蟀，每年秋天除有几个游手好闲的人用来斗架行赌之外，很少再会有人想起它们，更毋庸说聆听它们的歌吟，寄托某种情感了。诗化的生活已经被逐出现实，一向被历代文人看重的清心和雅趣已然成了不合时宜的守旧和传统，而守旧和传统又在破除之列。这不免使我忧从中来，人们的心灵会不会变成一片片荒漠呢？

前些日子，我带着孩子回故乡给亲人扫墓。墓地的黄土里，埋葬着我的四位至亲，年长的八十一岁，年幼的才十四岁，他们都是在我从戎的岁月里故去的，当他们先后离开这个世界时，我没能为他们送行。如今，当我隔着一层黄土，伫立默哀时，是潜伏在衰草里的秋虫一声声的幽鸣，使我的思绪得以穿越生死的藩篱，对生命的两极作一次巡游。此时此刻，置身其中的秋原如同一片隐逸者的国土，我乃独来独往，属于生之外，死之外，想象之外，似与万化冥合，超然一切之上……

这时，采折了一抱秋菊的孩子突然跑来，吵嚷着要回家看他的动画片《战神金刚》。我从非精神亦非物质的状态中清醒过来。然而，虫声已止，黄土依旧是黄土，秋草依旧是秋草。不禁想到许多年以后，当我的生命也还原为黄土，我的孩子或孩子的孩子，他们将在这秋原的墓地上做些什么呢？

一颗硕大的天露，正无声地缓缓坠落……

1966年12月10日的雪

生活在北方，一个人的一生要经历许多场雪，但你真正记住的，也许只一场雪。

记忆中的那一场雪，神秘地下在深夜。早晨醒来，突然全白了。

童年的我站在屋檐下，喜滋滋地看雪。看雪地上一蹦一跳的“傻和尚”鸟。远处的天空上定着一只鹰，剪纸似地贴在蓝玻璃上。

父亲又开始擦拭他的猎枪。黄狗乖乖地趴在地上，面对母亲送到嘴边的食物，瞧也不瞧一眼。它的心早飞到白雪皑皑的原野上去了。

迟起的祖母见了雪，长长地“哦”了一声，再没了下文。祖母是个性情温和、闲静的人。她平时很少说话，说出的话总带着谶语的味道。比方她说："大雪这天下了大雪。"乍听这话没有什么，但你仔细一琢磨，是啊，大雪(而不是小雪）不偏不倚正好下在二十四节气中的"大雪"这一天，这里面是否含有窥破天机的成分呢?

祖母曾经跟我说过她喜欢雪。小时候喜欢，如今老了仍然喜欢雪。这其中的奥秘，祖母自己归结为"缘分"。一个人一生挚爱一样东西，这东西又毫无功利性，除了缘分还能有什么解答呢?

祖母爱雪爱得虔诚。夜里下了雪，她清早必在门前扫出一条路，才让我们这些孩子出门玩耍。她不能容忍姐姐往雪上泼脏水，更不许我们男孩子放肆地往雪上撒尿。她说，世上万事万物都有灵性，唯有雪是最难修炼的。那时候我还小，祖母的话我似懂非懂，但它使我心中增添了一份对雪的敬畏。许多年后，我从一本传记中得知，伟人毛泽东亦爱雪，而且晚年爱得尤甚。每当菊香书屋门前的小院里落下一层厚厚的积雪，他从不让自己身边的工作人员去践踏。我无法知道雪在毛泽东的心目中意味着什么，但凭着常人的体验或多或少地能够感知，只要人性不曾彻底泯灭，面对那些如雪一样圣洁、安详的东西，人总会有所忌惮的吧。

在我的记忆里，每年的冬天，祖母总要用一只洗了又洗的小瓷坛，贮存一些最洁净的雪，等到来年的夏天才将封闭的坛口打开，让十五的朗月沐浴之后，再把雪水给院里的那株月月红花浇上。对这种近似于巫术的做法，祖母的解释竟充满了诗意：图它个月圆花好呗！

也许是精诚所至吧，我家院里的那株月月红，一茬接着一茬开，即使寒冬腊月，大雪压枝，你早晨起来见不着一朵花儿，这时只需轻轻晃动花枝，就会从簌簌抖落的白雪中现出一树艳艳的冰红来，煞是好看。每当其时，祖母便搬来一张小凳子，让我站在上面把花一朵朵地剪下来；她则站在树下，手捧着一只竹箩，将采下的花儿小心翼翼地放在竹箩里。过不了多久，就会有一些爱花的女孩子，从邻村赶来讨花，祖母便将花朵和慈蔼的笑容一起插上她们的发辫。

这些讨花的女孩子，都有一棵爱美的心，尽管生活非常清贫，但她们还是将自己积蓄的那点可怜的私房钱，换成一双鞋面料或一幅帐走水，拿来请祖母给剪个花样儿。对这些像小鸟一样依偎在身边的女孩子，祖母总是有求必应，一把剪刀，一张白纸，在她的手里转了几转，便转出一个好看的花样儿来，什么鸳鸯戏水啦，并蒂莲花啦，红梅映雪啦，惹得姑娘们爱不释手。有时祖母也会把我叫过去，教我用透明的薄纸将花样描下来，分送给女孩子们带回家去练习。更多的时候我会守着红泥火盆爆玉米花儿。我将经冰雪冻过的玉米粒儿均匀地埋在火盆的灰烬里，然后用一根细棒不停地拨动，口中还念念有词：“拨弄拨弄炸炸，炸个笆斗大花……”须臾间，只听“卜”的一声，又“卜”的一声，一个个香喷喷的玉米花儿蘑菇似地接二连三地从灰烬里迸出来，弄得我手忙脚乱。

一片温馨、安详的氛围，轻拢着冬日雪后的乡村。突然，从门外不远处传来一声惊天动地的巨响！我顾不了红泥火盆里的玉米花了，急忙跑出门去看热闹，只见一柱浓烟自豆青山上冲天而起，山顶上的那座千年古塔刹那间从我的眼前消失了，空气中弥漫着一股浓烈的火药味。一群群如蚁的人们几乎在古塔被炸倒的同时，挥舞着一面面红旗，狂躁地欢呼着冲向山顶……

巨响声中，突遭惊吓的祖母手儿一抖，一幅即将完成的“花好月圆”的花样儿撕碎了。从此祖母再没有为谁剪过花样儿，冬天她也不再用小瓷坛盛雪了。从前那些前来讨花的女孩子，如今一个个剪去了长辫，留起了“革命头”。

不久，我家院里的那株月月红枯萎而死。

祖母的花儿落了。

看 山

山是好山，杂花生树，草碧莺飞；没树没草处，苍石兀立，见棱见骨，常有山鹰立其上。

好山必有好水。涧底豆绿的石板细腻得叫人想起女人的肌肤，一股也是绿色的溪水，从草木的浓绿中滤出来，汩汩流淌着清爽与暗香。

独享这青山绿水的山民，将一幢幢石墙草顶的房子揣在山怀里，只留一柱柱青烟给山外人远远地看。山里的岁月虽然寂寞、清苦，但那里我所熟悉的人，都是一脸的质朴、平静，看不出他们对生活有什么抱怨和不如意。不像我们这些城里人，总是企盼着什么，争逐着什么。

与山厮守，山民们对山是稔熟的，知情知性的。娃娃牙牙学语，做父母的会指着门前的那个庞然大物告诉孩子：“那是山。”尾音拖得长长的。娃娃圆睁着黑豆般的眼睛，将嫩藕似的手指从嘴里抽出来，轻轻一点，奶声奶气地模仿：“鲜【山】”。于是，那被他或她指点的苍山便沾了一些散发着乳香的口水。孩子似乎还不满足，小手又顺着山脊往上指。此时，鸡冠红的太阳刚刚从青葱的豆青山那边冒出来，粉团儿似的。孩子贪婪地大张着嘴巴，沥拉着口水，摇摇晃晃地向太阳扑过去，惹得大人一阵哄笑。

哭哭笑笑中，孩子渐渐长大。大人们上山收种，他们蹲在田边地头捉蚱蜢，逮蝈蝈；玩累了，巴掌大的树阴下照样呼呼酣睡。再往大里长，父母塞给他们一根牛绳，从此他们便与牛和山拴在一起了。我的童年就是伴着牛在豆青山上度过的。有时一个人坐在山坡上很无聊，就看长长的牛舌像麦镰一样在草丛里卷来卷去；或看云在山尖上很耐心地缠呀绕的，那云倒有几分像躲在麦秸垛后的阿菊攀在山槐哥脖子上的手臂；不然就听鸟叫，东一声，西一声，时而独唱，时而合唱……几年的牛放下来，方圆十几里的一座山叫我横竖看了个遍。许多年后读苏东坡的《题西林壁》诗，不用老师讲解，我一下子就心领神会了。

山在中年人眼里，是一家人的衣食牵挂。他们看山，常常手里捧着饭碗，或拄着锄把儿擦汗时，瞅空儿睨上一眼。他们一年到头总像陀螺一样忙，丢下犁头抓锄头，撂下镢头拿斧头，日日在山里抓挠，土一把，草一把，山似乎成了他们熟悉的不能再熟悉的女人，还用得着细看么？但是，他们偶尔也会抬起头来看山，且看得专注，看得忘情。每遇久旱不雨，禾苗枯焦，他们朝朝暮暮都在朝山巅上眺望，焦灼的目光撞在岩石上能迸出火星儿。谚语云：有雨山戴帽，无雨山现腰。若是哪一天看见山头上扣一顶厚厚的“云帽”，晚上女人定然要嗔骂自己的男人吃下豹子肉了。农历小满这一天，也是他们看山的日子。“小满冈山望麦黄，枕着大馍搂婆娘”。晌午，男人们立在山坡上，放眼朝山下望去，星散在山间的一块块麦地，抹上一层嫩黄，随风起伏像一匹匹绸缎，那才真是一种享受呢！这天晚上，女人就显得特别的温柔，早早地从粮囤里摸出过年喝剩下的半瓶老酒，悠闲地摇着蒲扇，只等着男人回来喝个痛快。对山百看不厌的是些上了年纪的老人。他们曾将一生中的无数岁月消磨在山中，因而他们看山，便成为沧桑的回忆，成为寻求生命解脱的仪式。我小的时候，常见一些老人坐在门前或村头，嘴里含着尺把长的烟杆，久久地朝山凝望。

“看啥罕景来？”一个老人走过来打趣。

“看你娘个腚。”

“不说俺也明白。嘿、嘿……”

“嘿、嘿……”

“咋不找东山的姜瘸子，他那罗盘比咱肉眼灵呢。”

“灵个毬。他爹姜大牙看了一辈子风水，到了孙辈不就绝了。”

“嘿、嘿，可信可不信。活着择个冥地，图个心安。”

“嘿、嘿、嘿……”

“嘿、嘿、嘿……”

于是两个黄铜烟锅凑到一起，一个鼓着腮帮子吹，一个瘪着腮帮子吸，暮色便在这明灭的烟火中渐渐地浓了。

在村里的老人中，我干爷看山看得最耐心，也最用心。常常，他把放饱的牛往树阴下一拴，自个儿便漫山转悠，东张张，西望望，像在寻找一件对他十分重要的东西。少不更事的我问他找什么，他说找床咧。我不解，床怎么会跑到山上来呢？干爷说他最近老是心里发慌，晚上眼睛一麻搭就跟“山上的人”在一起，想必自己离那一天不远了。我猛然明白了许多天来老人一直在找的是什么了，心里不由得一阵阵发酸。

晚归的路上，我问干爷为什么不去山顶上找一块地方呢，山高，看得远，还有棉花一样又白又轻的云。干爷说他没儿没女，寂寞了一辈子，死后葬在离村子近一点的地方，早晚听听鸡鸣狗叫，看看烟囱冒烟，心里就会多一分安然。他还用一种近乎祈求的口气叮嘱我，让我以后常去看他，别忘了给他带些叶子烟……

光阴荏苒，十几年后，当我捧着亡妻的骨灰盒回到故乡时，重病在床的干爷托人捎来口信，一定要把他看下的那块地让给我的亡妻安葬，否则他会死不瞑目。

对老人的这份深情，我只好代表亡妻领受了。安葬下亡妻，我特意去看望了干爷。他老人家紧紧抓住我的手说，走得再远，都别忘了抽空回来，看看咱豆青山。

从干爷家出来，一直闷闷陪着我的父亲提醒我，这李老头走后，村里就该轮到他和我母亲了，并说他已在山上悄悄看下一块地方，让我去认认。我这才怔怔地、有生以来第一次认真地端详起自己的父亲，蓦然发现他的确老了。然而，夕阳下，被人看了千遍万遍的豆青山却依然年轻，村庄上空那一柱柱青烟依然飘散着诱人的芳香……

有些路你并不清楚

天空中没有翅膀的痕迹，但鸟儿已经飞过。

——泰戈尔

不是我故弄玄虚，有一些路你并不清楚。

一只蚂蚁或一群蚂蚁的路，你知道么？一只鸟、一朵花的路你也不会清楚。季节从哪里来，又到哪里去？还有风，还有云，还有匆匆的时光与流水，它们都是有路的，只是，我们不清楚。

说到路，记忆最深的当是我故乡皖东豆村的那些藤蔓般的土路了，每一条都叠印着我深深浅浅的足迹，牵牛的，割草的，担水的，下地的，采药的，赶集的，捕黄鼬、捉野兔的……十九年的反反复复，磕磕绊绊，哪条路有多长，什么地方分岔，或拐了个弯，哪个段落被雨水冲出一个豁口，抑或一截横过路面的树根曾经绊了我一跤，这些，我闭上眼睛都晓得。譬如通往豆青山我家坟地的那条毛道，尽管一年之中我走不了几趟，但是，我的心却经常在那条路上走动。

然而，这只是豆村路谱中的一部分，且是很有限的一部分。豆村还有许多条无形的路，匍匐在暗处，像一张纵横交错的网，在岁月里发着幽光，你可以感知，也可以揣度和想象，但是你却看不见它们真实的模样。

就说季节吧。在豆村那一小块土地上，假如你是一个热心农事且细心的人，自会发现季节隐秘的路径。我祖父就是这样的一个人。在我的印象里，祖父在生产队的位置有点儿特别，他不耕地，不收割，也不像其他男人那样光着膀子哼哧、哼哧地挑呀抬的，他一年四季肩上只扛着一把锃光瓦亮的铁锹，整天在田野上转悠，系在青布长衫外的腰带上永远别着一根老长的烟袋，转一处，坐下来吃一袋烟，再接着转。他这里瞅一眼，那里挖几锹土，看上去倒像个神秘兮兮的风水师。但是，祖父有一手“绝活”是其他人望尘莫及的，他知道季节的路，更清楚庄稼的路，说得玄乎点，他有第三只眼。可不？当豆村的最后一场雪还没有化净时，我祖父就把生产队长章一哲叫到跟前，说，该整玉米墒了。只此一句。章一哲是个下放知青，对政治形势倒很敏感，分析起来一套一套的，可种地却是狗拉套子——不对路。他听了祖父的话，还迟迟疑疑地，说，会不会再来一场（雪）呀？祖父一听，便指着地面上一粒粒新鲜的泥土说，蚯蚓都翻浆了，你懂不？节令是不会走回头路的，人不知道，可蚯蚓知道。章一哲不好意思地笑笑，从祖父手里取过铁锹，翻了一锹泥土，丝丝地冒热气，里面果然藏着几条活蹦乱跳的蚯蚓。祖父说，节令的路就在这蚯蚓头上，眼下，春天离地面也顶多一指深。说得章一哲连连点头。

豆村的鸟，也是有路的。这，我多多少少知道一些。早些年，豆村是不乏苍鹰的，有小巧玲珑的菊花雕，硕大无朋的秃鹫，更多的则是那种个头比斑鸠大不了多少的游隼，每一种鹰总是在收完庄稼即来，清明一到即走。鹰究竟来自何方，又归之何处？我的确弄不清楚。但是，它们来到豆村后，飞行的路线还是被我无意中发现了。那年我约摸六岁，或者稍大一些。这个不会错。因为那年冬天吃不饱肚子。就是说，是肚子帮我记住的。但是，那年冬天的鹰却特多，像赶集置办年货的人，一拨一拨的。出于对食物的渴望，那个冬天我长时间坐在门槛上，等候收工归来的母亲给我带回一些简单的吃食，也许是几个野荸荠，也许是几根胡萝卜，而更多的则是失望。失望也得守望。仿佛是为了打发难捱的时光吧，我就专注地看天，看远山。当我把目光放得又高又远时，如锉如锯的饥饿感似乎能够减轻许多。弟弟不懂，饿了，他只知道哭嚎。越哭嚎就越是饿。

天是生动的，起码比地要生动。冬天的大地一片枯槁，死寂，而天却是瓦蓝瓦蓝的，这更衬托出云的白和鹰的黑。起初，我感觉那些鹰也像我一样，被饥饿折磨得乱飞一气，可是看着看着，就看出一些门道来了。原来鹰飞翔也是有路数的，它们先是顺着豆青河东侧不紧不慢地向北飞，然后再沿着河的西侧往南飞。难道鹰的翅膀下也有路不成？可惜，我的这个疑问当时不可能有解。许多年后，当豆村的天空已经没有一只苍鹰时，我竟明白了个中的奥秘：豆青河这道狭长的谷地，两岸都是丰腴、平坦的田地，种啥长啥，农人收割庄稼时，丢下的一些谷穗，正好便宜了过冬的野兔、田鼠和鸟雀，它们呼朋唤友地来此觅食；而远处，则是树木茂密的山峦，即使有猎物出没，鹰也无能为力。再者，有豆青河这道天然的屏障，那些小动物是无法逾越的，鹰自然也就无须越河来回梭巡，空耗体力了。由此看来，鹰对飞行路径的选择，也是深谙经济学的。

后来，我的注意力还是转到了地上。毕竟我的路在地上。当时村里有个叫合社的家伙说过一句话，土里刨食的命，别想天上事。这话我记了大半辈子，有时觉得在理，有时又怀疑，直到现在还理不出个头绪。人，究竟该不该想一想离自己更远的事情呢？——不过，对土地的关注使我发现了许多大地的秘密，比如，豆村的那些藤本植物，它们在把自己柔软的茎一匝一匝地往树干上缠绕时，一律地按照顺时针方向，而不是相反的方向，这是不是藤蔓遵循的路呢？假如藤蔓也有路的话，又是谁替它们设定的呢？想必只有上苍清楚了。

动物的路比较容易辨别一些。像刺猬、黄鼬、獾，尽管它们十分狡猾，出行时小心翼翼，但还是有迹可寻的，那就是它们留在路上的粪渣。一条刺猬经常出没的路，粪渣就是最好的路标。过去，豆村的刺猬多，它们大多住在豆青河畔一个叫牛鼻凹的地方，那里杂树丛生，崩塌的土石之下形成一个个天然的小洞穴，成为刺猬理想的栖息地，一到黄昏它们便出来觅食，天亮之前再顺着只有它们才熟悉的路赶回去。不知什么时候，牛鼻凹的树被伐光了，再后来，那里改作农田，刺猬的路便断了。断了就断了，没有人会为刺猬着想。有一年我回到豆村，在收割后的麦茬地里，发现四具被火烧焦的刺猬幼仔的尸体，真是惨不忍睹。我想，要是刺猬有自己的路可以走，它们何必非得跑到危机四伏的地方生儿育女呢？是的，我们人类需要路，是不是也该给其他弱小的物类留一条生路呢？

以前，我一直认为树的路是在地下。这当然没有错。一棵树要想往高处长，成为栋梁之材，它就得拼命地把根往深处扎，在泥土与岩石中左冲右突，开辟出一条路来。然而，一个偶然机会，我发现树的另一半路竟然在天空。

那是两年前的一个秋后，我像一只恋旧的鸟，在即将消失的豆村久久盘桓，手里端着个相机，东照照，西拍拍，想把整个豆村都装进镜头里带走。那棵伟岸的沙朴就是在此时此刻进入我的视野的。遗憾的是，由于相机的取景器太小，那棵沙朴又如此高大，我只能痛心地将其截成几段，先拍裸露的虬根，再拍树干，最后是树冠。拍树冠的时候，我的心不由得怦然一动，无意中发现了一棵树生命深处的隐秘世界。

那棵沙朴的树冠可以用“硕大无朋”四个字来形容，主干高耸，侧枝纷披。因为是深秋，树叶早已落尽，这就更显出枝干的虬曲与苍劲。在那里，你即使抬酸了脖子，也别想找到一根顺溜的树枝。扭结，弯曲，多么类似我们不平坦的生命与心灵历程。你看，那一枝，它本来是向着北面伸展的，可是长着长着，路被另一根更强悍的枝干挡住了，于是，它不得不折腰改道——向东发展，然而，东面的空间也已被别人率先占领，无奈之下它只得曲线图存——向南突围……在经历了几番搏斗与失败之后，那被严重扭曲的肢体在天空中留下一个大大的“Z”字。凭感觉，我猜测那根树枝要走完那段曲折的路程，起码也得上百年的时间，其间的求索与挣扎，选择与痛苦，并不亚于我们人类历史上那次举世闻名的长征。

面对这样的一条路，我们除了仰望，震撼与感慨，是否还有那么一点自惭形秽呢?

反正我是。

第三辑

心灵小史

若把心灵比作深邃的夜空，那么，那些星座就是一个个闪烁的心迹，有的明亮，有的朦胧，有的黯淡，还有一些转瞬即逝。

心灵是需要喂养的。诚实、宽容、知识、善良、隐忍、劳动、美、痛苦、忧伤等，都是她的养料。

真相可以隐瞒，但心灵却记录在案。

1974：我的心灵小史

一

1974 年的春天是郁闷的。起码我是。那时还不兴郁闷这个说法，叫苦恼——高加林式的苦恼。苦恼不是病，病了可以吃药。苦恼是一坨情绪的结石，堵在心里，化不开，也吐不掉，你说能不郁闷么？

也可以说，那是一个时代的郁闷，偏偏被我赶上了。

高中毕业那天，一场乱雪潦草地打发了我的学生时代。到了下午，领到毕业证的同学陆续都走了，空荡荡的校园里，除了雪和我，就是一群麻雀。麻雀不会懂得一个农村青年的苦恼，呼啦飞过去，呼啦飞过来，就像藕塘镇上那几个吃商品粮的男同学女同学，神气着呢。

我知道自己这一走，恐怕连只麻雀也不如了。麻雀可以住在校园里，继续它们的歌唱，早晚还能听到琅琅的读书声，而我呢？据说家里已经提前为我准备好了锄头、扁担和镰刀，生产队也给我评定了标准工分，父母甚至连婚事也开始为我张罗了。

舍此，我别无选择。

那个下午多么漫长！我在校园里转了一圈又一圈，不知道自己在寻找什么，又能够寻找到什么。假如有唐诗宋词里的栏杆，差不多也该被我拍遍了。乱雪不肯把我迷惘的脚印保存下来，印上去即被抹掉，它无须记住一个注定要在泥土里讨生活的青年。是的，高考的路已经贴上了封条，只有通向土地的门向我敞开着，它就像天体那巨大的“黑洞”，不管你愿不愿意，最后都得进去。

然后是彻底消失。

二

过年是应该高兴的。

离村庄老远我就听见刀与砧板纵情地歌唱，烟囱突突地冒着一股股浓烟，好像总算有了一次扬眉吐气的机会，通红的灶火正以其少见的浓墨重彩，改写平日里那一副副表情沧桑的面孔。

对于我的归来，家中的那只黑眼圈黄狗只抬头瞅了我一眼，连尾巴也懒得摇一下。父亲也没有表现出一点惊喜，继续编他的柳筐。这也难怪，三天年一过，我得往地里送肥，上水利工地挑土，家中只有两副柳筐，他得赶在年内为我备齐劳动工具。土里刨食的人，能为儿女做的，也莫过如此了。

春风刮过三遍，春雨润了三遍，农事就上手了。就在我死心塌地准备把一生都交给土地时，辗转吹来一股风，上面要在村里设一个片区民办教学点，需要挑选一名教师。当时村里有七八个高中毕业生，只一个名额，争还是不争呢？本分的父亲说，争啥，争也是白搭。母亲不服气，悄悄从木箱里翻出一块蓝士林布料，叫我拿着去找负责政审的大队民兵营长。我看着粗布衣服上缀满补丁的母亲，心里着实有些不忍，一时迟疑不决，结果硬是被母亲推出了家门。

那是我第一次向人乞求，心里充满惶恐和耻辱，好在有浓密的夜色遮掩，总算成全了我的冒险之旅。然而，接下来发生的一幕却使我终生难忘：民兵营长把我递给他的那块蓝士林布料又甩给了我，冷冷地说，干革命工作不兴这一套。只此一句，便把我钉在了道德的耻辱柱上。我愣愣地站在那儿，走也不是，留也不是，头脑里全是空白。喷着酒气的营长于是又说，不能怪我不帮忙，咹，你政审这一关过不去的，咹，只能怪你外公，咹。说罢手一挥，像驱赶一只讨厌的苍蝇。

那天晚上，父亲与母亲为我的事吵了一架，母亲显得很委屈，躲在厢屋里一边小声地抽泣，一边喃喃自语：他（我外公）做了什么事我怎么知道，他死的时候，我连相貌还记不清呢。打那以后，母亲像欠了我什么似的，总是一副愧疚的神情。

不久，营长把他侄子的名单报上去了。

三

辗转吹来的那一股风，来得快，去得也快，但它把我的心给吹乱了。心不是草木，草木乱了，风一过又恢复了原态，心不行，风走远了，它还是摇晃，摇着晃着就散了，空了，像无法收拾的遍地杨花。母亲见儿子失魂落魄的样子，既心疼，又无助，只有暗自叹息，默默的垂泪。现在回想起来连自己都感到吃惊，如果当时出现陈胜、吴广，我肯定是他们队伍中的一员。一个走投无路的农村青年，渴望“造反”。

后来是那几本书拯救了我，王充的《论衡》，郭沫若的《李白与杜甫》，施耐庵的《水浒》，它们几乎被我翻烂了。粗重的农活也是一剂治疗心病的良药，割麦，插秧，给庄稼撒药，锄草。汗水流得多了，心反而显得宁静了。于是，我又找到了那支久违的“佛子岭牌”钢笔，在油灯下写写画画。

转眼到了五月，布谷鸟没日没夜地死叫。这个节气，人整天都泡在泥水里，白天插秧，晚上起秧苗，家中两头见不着天，人们累得跟稻草人儿似的，风一吹就倒。一天晚上收工后，我正没精打采地往家走，这时从豆青山顶的那只喇叭里，传来了县广播站年轻女播音员那甜美的声音：现在全文播送本站通讯员许俊文采写的通讯……开始我还怀疑自己的耳朵是不是出现了幻觉，但顺着播音员的声音往下听，一桩桩事情全是出自我的笔端，刹那间，我就像一块寒冰遇到了灼热的阳光，瞬间就融化了。此时，我干脆在山坡上躺下来，躺成一颗安静的露珠，也许是一株野草，仰望着满天闪烁的星斗，仿佛自己的灵魂已经出壳，随着那女播音员的声音走了。

命运的转机说来就来了。因为我的那篇通讯写的是民兵的事迹，第二天，公社武装部长找到正在田间插秧的我，表扬我做了一件了不起的事，陪同的大队民兵营长也跟着附和，但我发现他的表情有些僵硬。

从此，我成了一名民办教师。

笑容也重新回到了母亲的脸上。

四

学校开学那天，我是沾着两腿泥巴走进教室的。说是教室，其实是一间稍大点的牛棚，土墙，土桌，土凳，土黑板，再加上我这个泥腿子，是一个真正的泥土学校。但乡亲们不这么看，在他们眼里，有我这样的老师，泥巴团子也能开出花来。此时，从附近几个村庄赶来的十七名学生，像十七只小鸟，围着我唧唧喳喳，嗷嗷待哺。别看学生少，却分三个年级，我只得变着法子，喂这几只“小鸟”一口，再喂那几只“小鸟”一口，半天教下来，人就累成一摊稀泥了。

那时候，学生家长对自己子女的愿望，就是将来能像我这样咬文嚼字，写出的文章连县里的女广播员都得一字一句地读。因此，平时村里谁家要是来了个识字的亲戚，或是偶尔宰鸡杀鸭，必让他们的孩子把我强拉硬拽去，那是敬重，是出自骨子里的，我吃了喝了，他们反倒高兴，逢人还会说，小许老师没有架子，吃饭也文气。当然，我也没有使他们失望，我对每一个孩子都充满了爱心。有一个名叫荞麦的女孩子，家里穷，母亲逼她退学，荞麦就以绝食来争取自己的念书权。母亲心软了，说上学可以，你得每天打一篮猪草。为此，荞麦每天上学总是挎着一只竹篮子，里面放着书和本子。为了能使荞麦把书念下去，每天放学后，我就带着学生到田野里觅猪草，一天也没有间断过。一次荞麦悄悄地告诉我，她母亲说了，等到家里那头猪喂肥了，要给我送上一刀最肥的肉。可是后来我没有像孔子那样得到那刀肉，因为那年秋天荞麦得了脑膜炎死了，她小小的坟墓就紧挨着我们上课的那座牛棚。下葬的时候，我让十六名学生每人采了一束野菊花送给荞麦。

那年头农村穷，连买粉笔、黑板和圆规的钱都拿不出，我就把打谷场上废弃的木锨捡回来，拼成一个小黑板。到了秋天，我领着孩子到收割后的地里拾稻穗，居然卖了二十一块五毛钱。有了这笔小小的财富，我买来了塑料薄膜，把透风漏雨的窗户蒙起来，免得野狗野猫进进出出，还添置了一把二胡和两支笛子，让喜欢音乐的孩子自拉自吹自唱。放学后，等孩子们都走光了，我也会拉（吹）上几支曲子，有时拉着拉着，心就跑到很远的地方去了，像梦中的一朵云，虽然我不知道它将飘向何方，但年轻的心总是渴望走得远一些。

五

这一年秋天，我遭遇了爱情，或者说被爱情碰了一下腰。

十九岁，就像春天的草木渴望雨水一样渴望爱情。原来村里有个叫禾的女孩，劳动时曾与我眉目传情，还悄悄送过我一双绣花的鞋垫，那针脚真叫细密啊，像一只只蚂蚁。然而，后来那个女孩渐渐地与我疏远了。我问她为什么，她说她有预感，将来我不会留在那个破学校的，她说，一只想飞的鸟，拴是拴不住的。许多年后我读路遥的《人生》，总觉得其中有自己的影子在晃动。

那个女孩算是猜对了，我的确想飞，只是苦于缺少一双有力的翅膀。其时农村青年只有两条出路，当兵，或者被推荐上大学，这两条道都荆棘丛生。我虽清楚自己的斤两，但心不死，就像一首流行歌曲唱的那样，山不转水也转，水不转风也转，风不转云也转，云不转心也转，这人心一转，仿佛一切都成了变数。这不，推荐上大学的名额下来了，我的心又开始转了。

想也是白想。父亲还是那句老话。母亲就反驳他，孩子吃不到肉，想怎么不能想？当然可以想，但是空想。于是，我拼命地复习已经忘掉的知识，一盏小油灯，常常伴着我迎来一声声鸡鸣。

大队书记终于朝我走来了，脸上露出意味深长的笑，那是我从未见过的笑容，它预示着“上帝”将给我带来福音。然而，这只是我的错觉，或者叫鬼迷心窍，他说交给我一项政治任务，帮一个上海女知青替考，也就是当“枪手”。面对自己“上帝”的决定，我还能说什么呢，只有从命。后来那个上海女知青被一所大学录取了，她临走的时候，送给我一个笔记本和一张照片，照片背面写着：你等着，我还会回来的。以我当时的心情，只能把它看作是一句笑话。

这是我的浅薄，也是我的狭隘。一年后那个上海女知青来豆村找我，向我吐露了她真诚的心愿，我一直低头不语。记得她临走时叹了一口气。那声叹息，后来化作一块记忆的石头，至今还卧在豆村的草丛里。

一朵花儿，还没有开放就枯萎了。

六

曾被搁置起来的婚事又被父亲重新提起，这次他有了更充足的理由，上大学泡了汤，当兵我的眼睛近视，只有老老实实教书，有一碗饭吃，得知足了。母亲的心也动了，而我仍然是块石头。

石头从此迷上了二胡，早也扯，晚也扯，扯着扯着秋就被我扯深了。当地里最后一垄红薯收获之后，石头撞上了好运气，一个来征兵的军官瞄上了我，懵里懵懂地就被带走了。

此一去，山高水长，直至今天，我依然还是一朵漂泊的云……

一个人的江湖

望不到边际的寒秋里，一个人行走在异乡，又不知何处是归宿，是很容易伤感的。可偏偏又在此时，曾经相识的那个江南女子，错将呼夫唤儿回家吃饭的短信发给了我。猛然间，就想起了一个从尘世中隐退的词：

江湖！

况且，还是一个人的江湖。

我曾经习惯那些熟悉的事物。熟悉，这是个多么招人喜欢的尤物，它从里到外都是温软的，犹如一颗剥去壳的热鸡蛋，即使不吃，握在微凉的手里，那感觉也是舒心的。许多年来，我就被那些熟悉的东西包裹着，一条摸黑也能走顺当的老街，一个随意的手势和眼神，抑或一声无需揣摩即可了然于心的叹息，它们就像我使用了十几年的那只青瓷蓝边碗，只要一捧到手上，心里就有了一种熨烫感，仿佛它是我的，我也是它的，彼此用不着多余的寒暄与客套，一切都如佛家“饥了吃饭困来眠”那样不着痕迹。

然而，在一个早晨，或许是一个午后，连衣袖都没有挥一下，我就告别了那座生活了近三十年的城市。说得准确些，是离开，似一只虫子，悄然离开一片久栖的树叶。你可以说这是一种逃遁，也可以说是一种挣脱，就如同一阵风，它在该来的时候来了，又在该走的时候走了，这其间的隐秘，想必只有风晓得。

从此，我便失去了一座稔熟的城市，得到的，却是一个茫然的异乡。

少年子弟江湖老，
多少青山白了头。

何况此时的我，早已是华发满头了。

迎面吹来的风，是生分的；劈面打来的雨，也是生分的。若是在我过去栖息的那座城市，一阵风能刮多久，一拨雨能下多久，它们什么时候来，什么时候去，我心中都是有谱的，起码多少是能够感知的。现在不行了。真的不行了。异乡的风雨，乖僻，欺生，就像一匹陌生的烈马，我摸不透它们的脾气。

一次，在东海边的某个小城，我穿过两条马路去一个地方吃早点，出门时太阳还是温吞吞地朝着我笑呢，尽管笑得有些皮里春秋，但毕竟是笑了。可是走到半途，暴雨突然就砸了下来，没有一丝预感，砸得许多人抱头鼠窜，慌不择路地寻找躲雨的地方。而街上另外的一些人，却不紧不慢地，甚至是优雅地撑开早已预备的雨伞，那种泰然自若的样子，多像以前的那个我。我思忖，那些惊慌失措的躲雨者，也许和我一样都是异乡人。当时我与他们挤在同一个廊檐下，斜斜的雨点把本来就很有限的空间压缩得更小，大家几乎是身体贴着身体，不分男女，只隔着一层薄衣，可是谁也不说话。此时，我发现一些人的表情是茫然的，凄迷的，目光空洞而涣散，就像黄昏里迷路找不到家的孩子。他们在想些什么呢？为什么漂泊在异乡？没有人能够回答我，就如同我不愿回答任何人一样。其中有个面容憔悴的中年女子，对着漫天瓢泼的大雨嘟哝了一句，大意是出门前才晒了被子。她的声音极轻，轻得似一捻浮尘，但我还是从口音断定她是一个远离故土的人。

异乡的风雨是生分的，那么灯火呢，是不是能给漂泊者一个温馨的梦？事实上，这也是不切实际的奢望。常常，我带着梦想上路，从一个黄昏抵达另一个黄昏，三分尘土，四分疲惫，还有三分是无奈。每当车子穿越漫长的白昼，眼前渐次亮起了闪烁的灯火，又是一座繁华的城市！按说，这时该兴奋才是。然而，我只能木然。在我看来，那每一盏灯都有它的主人，它们照亮和温暖的是别人的生活，没有一盏是属于我的。许多时候，我幻想着朦胧的灯光里，有一位等着我归来的那个人，她安静如莲。但是，这只是一个稍纵即逝的念头。在一个漂泊者眼里，那忽明忽暗的灯光，只能勾勒和放大他们孤独的身影。包括我自己。过去，我对“风雨江湖十年灯”有一种曲解，觉得江湖虽大，道途虽险，但毕竟还有一盏灯可以取暖，就像金庸小说中那些任情天涯的游侠，总会有一二若即若离的红颜相伴。如今看来，那多半是一厢情愿，或者说，是一个幻影。当幻影消失之后，你会更加孤独。我就体验过这样的境遇。多年前，我沿着中原的一条大河行走时，就曾遇到过那样的一个女子，她陪着我走了一段路程。其时的我，误以为找到了一盏灯。然而，走着走着，一阵风她就“熄灭”了，像一个抓不住的梦。梦醒时才知晓，江湖的路，最好还是自己照亮自己。

这些年来，我就擎着自己的灯，忽而走进杏花春雨，忽而置身雪山大漠，一程山水，兼一程风雨，那随我而行的灯，明了灭，灭了又明。我不知道自己究竟在寻找什么，金钱？爱情？功名？还是生命和心灵的皈依？是，好像又不全是。一切都似是而非，一切都恍若隔世。

大概已经很久了，语言对于我似乎也是多余的了。过去可不是这样的。那时候，我热衷于表达，时而慷慨激昂，时而娓娓而谈，仿佛有着永远也挥霍不尽的词语，表白，倾诉，解释，争执，甚至咒骂，一打一打的，图的就是那种率性而为，一吐为快。可是现在呢，我对语言的那份热情渐渐地消退了，它们就像退潮后遗落在沙滩上的那些空洞的贝壳，我懒得再弯腰去捡拾它们。其实也捡拾不起来了。

记得在长江中游一座城市的小旅馆里，我一呆就是许多日子，那绵延不绝的梅雨，使独在异乡的我，陷入孤独、彷徨之中，整个人几乎变成了一块沉默的石头，仿佛身上长满了苔藓。读书和写作之余，我试图找人说说话儿，哪怕是聊聊天气，侃侃大山也好。然而遍地都是人的面孔，却没有一张熟悉的，它们似一堵堵毫无表情的墙，矗立在我面前，压根儿就找不到一扇敞开的门窗。于是，我不得不走向市郊，心想那里有的是种菜的农民，与他们说话可能要容易一些。搭讪之前，我先递一根烟给对方，可是他们并不领情，一支烟都没抽完，就把我甩下了，自顾忙他们的活计去了。此时的我，多么像一条被晾在岸上的鱼，只有喘息的份儿。

郁郁地回到小旅馆，胡乱地捧起一本书，闷头闷脑地读，读着读着，心里就释然了。一个人的江湖，地老天荒，独来独往，放纵的是心灵，还要语言干什么呢？天上有明月，江上有清风，山间不乏洁净的草木和清澈的流水，它们都比语言干净，受用。在海拔 4800 米的阿尔金山上，我曾向着那旷世的大自然的精灵——雪，扑地作长久地跪拜；在干涸的塔里木河畔，我曾为即将枯萎的胡杨真诚地默祷；在九华山访僧的崎岖山道上，我将香火钱塞给那些汗流浃背的挑夫，只取一个会心的颔首；甚至，面对着一株寒冬里仍在开花的深山杜鹃，我会以菩提树下那位禅僧的方式，开悟久被物障的法眼……

也许，我永远抵达不了彼岸。

也许，我永远都在途中。

一个人的江湖。

一个人的苍茫。

灵魂像风。

灵魂如歌。

流　年

点一支烟，还没有想好要写点儿什么，手指便在键盘上胡乱敲击，电脑屏幕立即还我以颜色：

流年。

是巧合么？

早晨正准备出门买菜时，父亲打来电话，说我远房的小叔过世了，接着是一声叹息。对这位小叔，我并没有多少深刻的印象。去年我回到老家皖东豆村时，发现呈半月形排列的祖坟，其中少了一座。父亲告诉我，小叔母亲的那座坟已经挪走了，他这几年老是病恹恹的，春天找人算了一卦，说是流年不利，要动一动祖坟。可结果呢，人还是走了。

注视着“流年”二字，我足足沉默了有十分钟。这不能归咎于我多愁善感。面对着立在人生之路终点的那块石碑，谁又能习焉不察，轻狂无忌呢？只是相对于死亡而言，许多人似乎不大在意稍纵即逝的流年——仿佛他们脚下的道路像春天的藤蔓，每天都在向前延伸着，一个个美好的愿景，如花蕾等待着春风。唯有孔子例外，当时才五十多岁的哲人，伫立于汤汤秋水岸边，感念于流年若水，人生无常，一声“逝者如斯夫，不舍昼夜”，穿越幽幽时空，至今依然陨石一般沉重。

是的，流年是有重量的。那重量来自于缓慢的累积，秒，分，日，月……看似漫不经心，不露痕迹，其实却暗藏着万劫不复的阴险与狡诈。譬如一株花，昨天还开得欢天喜地，可是只消一个夜晚，那些花儿便不堪重负，纷纷辞枝而去。尽管我们听不见一丝花魂委泥的声音，但是，相信土地能够感受到来自落英的重量。还有地里的那些水稻，半个月前还是花扑扑的，打田埂上经过时，细小的花粉随风飞扬，轻微得不屑一顾。然而，半个月后当你再次光顾那片土地时，所有的稻穗都勾下了沉重的头颅。这就是时间的造化。它既是一切生命规律的制定者，又是最严厉的裁判，没有谁能够从它那里弄到一张“免签”的通行证。它更像是一场旷日持久的洪水，铺天盖地，席卷一空，来了又去，去了又来，似乎没有它抵达不了的禁区。它有时充满着柔情，在花朵和水稻的身体里诗意地流淌，有时又十分粗暴，把坚硬的岩石和钢铁剥蚀成尘埃，在它经过的一切地方，忧伤的挽歌与甜美的摇篮曲，混合成一篇神圣的乐章。

因而，每一次日出，都昭示着一个生命的洪荒的逼近；每一次日落，都预示着一个生命的机遇的来临。君不见，一些曾经熟悉的背影，昨天还是那么鲜活，然而，一个不经意的转身，便成了另外一副模样：坚挺的，佝偻了；伟岸的，猥琐了；风韵极致的，庸常暗淡了；甚至连眼神和声音，都蒙上了一层岁月的灰尘。难怪诗人感慨：去年今日此门中，人面桃花相映红；人面不知何处去，桃花依旧笑春风。读这首诗的时候，你也许会想，满打满算不才一年的光景吗，而那灿若桃花的美人，就再也寻觅不到她的芳踪了。就是那妩媚的灼灼桃花，春风里即使开得再艳，又怎样呢，那也已不再是去年的桃花了。一切都像是一场梦，随风而来，又随风而逝，没有留下一丝气息，唯有一段忧伤，镶嵌在我们的记忆里，成为心灵的底片。

记得那是一个春意阑珊时节，我在江南一座盛产丝绸的小城作短暂停留，下榻后无所事事，便在街头独自流连。不期然间，阅报栏里一个暌违已久的名字猛然跳入我的眼帘，凭直觉我敢肯定，此人就是自己多年以前的恋人。那时候我们都是军人，一个在黄海之滨，一个在东海之畔，彼此鸿雁传书，互诉衷曲。这中间，两人虽然只匆匆见过三次面，连手都不曾拉过，但心与心却靠得很近。后来那女子的父亲因我出身卑微，便从中割断了我们之间的联系。从此，我与她便像两股朝着不同方向吹拂的风，音讯杳如黄鹤。数年之后，一封皱巴巴的书信辗转来到我的手上，这才知道那女子结婚不久便离婚了，且转业去了她家乡的一家报社工作。此时已经身为人父的我，面对已经被流年改变的命运，又能说些什么呢？

……阔别多年，如今能在一个陌生的地方邂逅从前，是巧合？还是天意？当时，似有一股力量暗中怂恿着我，一连跑了几条街，终于找到一个公用电话亭（那时还没有手机），迫不及待地拨通了那家报社编辑部的电话。接电话的是个女子，并且很礼貌地报出自己的姓名，恰巧此人正是我要找的那位女子。不过，从她的声音里，我已隐约嗅出一种成熟过后的苍老和久别后的陌生。这时我反而犹豫了，说，还是不说呢？也许是我的沉默使对方失去了耐心，电话“叭”地挂断了。此时的我像一条被困在涸辙里的鱼，大口大口地喘息着。是的，我渴望曾经的流水能够滋润一下枯萎的记忆，但是又怀疑，真的能够再次踏入那条熟悉的河流吗？

这次有始无终的“艳遇”，后来随着时间的流逝渐渐淡出了记忆，现在当我重新把它从逝川里打捞出来，身上已经爬满了苍凉的青苔。什么叫做相忘于江湖？也许这就是最好的诠释吧。

经历过流年的沧桑，只有梦是属于我们自己的，它像一盏小小的灯，那微弱的光芒，引导着我们走向更深的去处……

军歌柔软

回忆总是柔软的，无论是那些曾经的大事小事、快事憾事，当它们经过漫长岁月的埋藏和发酵，最后留存下来的，却有了陈酿的醇和味道。

新兵连

新兵连是我人生体验最干净的地方，尤其是上个世纪七十年代初的新兵连。说它干净，因为这里的兵们，一个个像是生长在不同地块上的土豆，偶尔聚到一起，彼此刚混个脸熟，便又各奔东西。你说这样的地方能不干净么？

新兵连的兵，清一色来自偏僻、贫穷的农村，他们很少有人到过县城，平时见过的最大的官儿也仅仅是公社、大队干部，对陌生的军营和陌生的军官，自然难免心存几分敬畏。入伍前，他们或多或少都曾接受过“速成”教育——那多半是精心置备了一桌丰盛的酒席，请村里的退伍老兵来家当面传经送宝。可这些曾见过世面的家伙，为了给自己那一段逐渐黯淡的历史再涂抹一层不同寻常的色彩，一边大口喝酒吃肉，一边添油加醋地描绘部队生活的严酷，使听者信以为真，感激莫名，只好一个劲地点头。以至在我穿上军装去公社集合的路上，送行的母亲不得不一遍遍地提醒：你大山哥的话都记住了么？直到我说“都记着哩”，母亲这才放心地松开一直紧紧拉着我的手。

初入军营，我们这些憨头傻脑的农家子弟，感到一切都是新奇的，可这新奇里却潜藏着一种至柔至刚的约束：一日三餐开饭要排队，睡觉、起床要服从司号员的号声，见了首长要敬礼，出营门要向班、排长报告，甚至闲着没事坐在床铺上想想家也是犯忌的。这些清规戒律，新兵们都视若神灵，暗自在心中祭拜，生怕稍有不慎，影响了自己的前程。然而，尽管我们事事小心，处处留神儿，但还是有人触了霉头。

此人名叫郎栓宝，和我同编在一个班。有一回，他正在厕所酣畅淋漓地撒尿，这时小个子连长悄悄走了进来，郎栓宝急忙收拾起自己的家伙，立马来了个立正，用上午才从班长那里学来的标准动作，拿捏着劲儿，“啪”地给连长敬了一个大礼。也许因为慌乱和紧张，不听使唤的手指碰翻了头上的棉帽。那棉帽像一只淘气的足球，滚出去老远才停下。此时毫无思想准备的连长见状，嘴巴惊成个“O”字形，急忙将刚掏出一半的家伙收藏起来，迅速离开了厕所。连长前脚刚走，厕所里突然爆发出一阵哄笑。郎栓宝被这突如其来的声浪震得一愣一愣的，像根木桩立在原地，足足有一分多钟，这才想起自己掉落的棉帽。

晚上开班务会的时候，平时笑模悠悠的班长脸上仿佛落了一层寒霜，小刀子似的目光，不时地从郎栓宝的脸上无声地划过。郎栓宝以为自己的坐姿不端，一次次地挺直腰板，然而，那目光的硬度却并没有因此柔软。郎栓宝像被霜打的狗尾巴草，只好把头低下来，两只眼睛怔怔地看着自己的脚尖；尽管是料峭的寒冬，热汗还是憋不住地从他的额头上冒出来。这更加重了他的窘迫。

难挨的时光终于过去。散会后，郎栓宝悄悄地约我，要我陪他在营区里随便走走。于是我们沿着营房后面的一条土路，闷着头往前走。走了很长一段，郎栓宝警觉地观察一下四周，忧心忡忡地说，班长可能对他有看法。我说不会的，大家都是来自五湖四海，为了一个共同的革命目标走到一起，相信班长，不会的。郎栓宝说，怎么不会呢？我从班长的眼里看出他对我有看法。这时我猛然想起白天厕所里发生的那滑稽的一幕，就对郎栓宝说，如果真的有看法，会不会是你在厕所给连长敬礼引起的呢？郎栓宝平时对我信得过，听了我的分析，脑瓜子仿佛突然开了窍，他说下午曾看见连长把班长叫到连部去过，班长去的时候还是满面春风，可回来的时候脸色就不大好看了。于是他长叹一声，说，这事都怪他奶奶，离家前，她说我的老栓子，到了队伍上，遇事不要怕吃亏，吃亏是福哩；又说，见了长官要有礼数，礼多人不怪哩。你看你看，我不就比别人多敬了一个礼吗，怎么就……唉！郎栓宝无奈地用手挠着头发，一副百思不解的痛苦状。

好在这件事很快就淡了，班长又恢复了以前笑模悠悠的样子。我想，这多少与郎栓宝的勤快有关。新兵连的生活，既单调又乏味，除了训练就是学习毛选。我们班的金一亮是大家公认的小秀才，他在不到两个月的时间竟把一本厚厚的毛选通读了三遍，还写了许多心得笔记，受到连里的多次表扬。郎栓宝斗大的字识不得一箩筐，读毛选显然不是他的强项，于是他就另辟蹊径，扫地。不仅扫，而且勤扫。每当别人捧着毛选埋头阅读时，他就拿起笤帚一丝不苟地扫地，扫完后再轻轻地洒一遍水。他的这一招果然奏效，不久郎栓宝的名字就上了墙报。其他的兵一看扫地也能出彩，都争相仿效，这样一来，郎栓宝的优势就被大家瓜分掉了。有一段日子，我常常看见“扫地权”旁落的郎栓宝，像失了魂似地，不安地搓着双手，在室内走来走去。而那些抢到笤帚的兵，在众目睽睽之下，慢悠悠地扫着地，扫几下瞟一眼班排长的反应，他们把扫地变成了一种表演艺术。

每天早晨起床时，兵们争夺笤帚权最为激烈，而郎栓宝总能每每轻易得手。我问他有什么法术，郎栓宝诡秘地朝我笑笑，说，你有文化，还跟我粗人计较这个，说得我脸都红了。几天后的一个晚上，熄灯号响过之后，我发现睡在自己旁边的郎栓宝在往铺底下藏着什么（那时新兵连多为地铺），这时的郎栓宝见自己的秘密已经泄露，觉也睡不稳了，夜里老是不停地翻身。第二天早晨起床时，郎栓宝把他的“扫地权”拱手让给了我，我一连享受了好几天。

队列训练是新兵的重头戏，可郎栓宝的反应总比别人慢半拍，动作老是走样儿。班长喊“齐步——走”口令时，别人先出左腿，他却老出右腿；练正步时，该挺胸收腹他偏偏腆肚子，为此没少挨班长的训斥。为了不让郎栓宝拖全班的后退，班长只好在课间休息时给他单独开“小灶”。郎栓宝觉得自己笨，连带着班长跟着受累，心里过意不去，就向班长提了一个要求，自个喊口令自个做动作。于是，我们常常可以见到这样的情形，偌大的操场上，所有的兵都坐在地上休息，只有郎栓宝一个人在补训，加上他又有一副高射炮般的粗嗓门，喊出的口令粗犷如牛哞，很是吸引大家的眼球，没过多久，全营的人没有不知道一连三排六班那个叫郎栓宝的。班长对郎栓宝的看法也变了，每次收操讲评时，最后总忘不了要表扬郎栓宝几句，什么只有平时训练多流汗，战时才能少流血等等。每当班长提到自己的名字，郎栓宝总是“啪”地一个立正，这时队列里所有的目光都投射到他的身上，心里挺受用的郎栓宝，酷似家乡地里那饱满的稻穗，羞答答地低下了头。

新兵连的生活渐渐接近尾声，兵们都悄悄地把心事转到分配上，渴望着自己能够分到一个理想的单位。郎栓宝也不例外。一天晚上，他把我约到空旷无人的操场上，神秘兮兮地问，你写决心书了吗？我一时摸不着头脑，摇了摇头。郎栓宝说，看来你还蒙在鼓里啊，新兵连都快瓦解了，王大进、朱志伟、牛勇他们都写了决心书，陈德本还在决心书上按了血手印，要求到最艰苦的地方去接受考验。

我说我已经在班务会上表过态了，做一颗革命的螺丝钉，一切听从党安排。郎栓宝不以为然地说，看你还是高中生哩，说在嘴上不如写在纸上，白纸黑字，领导会另眼看待的。此时的郎栓宝见我仍然无动于衷，便央求我也替他写一份决心书。他说自己没文化，干粗活、出笨力一个可以抵仨，喂猪、养马最适合，如果分到技术连队只能给别人垫底子，那一切就晚了。我劝他别想得太多，只要好好干，在哪儿都能进步。他说自己也是这么想的，可对象逼得贼紧。原来郎栓宝十几岁时父母便给他定了亲，后来女方嫌他没文化，家里又穷，五次三番托人上门要退婚，这回他穿上了绿军装，姑娘总算才收回成命，但却提出一个政治条件，要求他必须在部队里解决组织问题，否则就“吹灯”。这个条件虽然有些苛刻，但郎栓宝的娘还是代替儿子答应了女方的要求。她对儿子说，你到队伍上，一定要干出点儿名堂，咱不吃馒头得争（蒸）口气。郎栓宝也跟我说，树活一层皮，人活一口气，这口气，我得为咱娘争。此时，我和郎栓宝坐在操场边的枯草上，望着半轮寒月慢腾腾地升起来，心里有一种说不出的忧伤。

三个月的新兵连生活很快结束了，这时命运跟我和郎栓宝开了一个不大不小的玩笑。新兵分配那天，一心想去喂猪、养马的他，却背着背包去了机枪连，而我却成了一名真正的马夫。分别的时候，我发现郎栓宝的眼里仿佛有泪水在打转儿。

这一别，再没有见到郎栓宝。后来听说他退伍时是“光着头”（指没有入党的意思）走的，他的三年军旅生活结局，不幸被他言中。流年似水，一晃三十多年过去了，而常常被我忆及的郎栓宝，你现在的日子过得还好吗？

爱 情

那时候，在部队这个政治生活的高海拔地区，爱情的空气是稀薄的。我的一些战友，许多患了爱情缺氧症，他们像一条条浮在水面上的鱼，张着嘴巴，默默忍受着缺氧的痛苦。

认识赵九水，缘于师部举办的一次继续革命理论骨干培训班。这个班办的不是时候，正好赶上唐山大地震，尽管我们部队驻地与震区隔着一个大省，但大家心里还是不踏实。当时“物候预报地震”的说法很流行，且被许多人视为防震的灵丹妙药。师首长为了确保这些革命理论“种子”的安全，晚上特意安排四名干部放哨值勤，两人一组，每人各执一面铜锣，遇到异常情况就鸣锣报警。当时我和赵九水分在一个组。他个子不高，敦敦实实的，但脑袋却出奇的大，也许因为平时喜欢看书的缘故，戴着一副眼镜，看上去很有几分文气。

赵九水和我是同年的兵，此时他已经穿上了令我羡慕的四个兜的干部服，一副踌躇满志的样子。因为彼此是同乡，他对我倒是很亲和。晚上值勤时，由于天气炎热，我们就选择离营房不远的一个土包，一边坐着聊天，一边观察动静。

也许因为身份有别，和赵九水在一起，我感到有一种莫名的卑微。赵九水则不同，他是我们那批农村兵里一只鹤，和我们谈话时，自然就多了几分高贵感。他问我，个人问题处理了没有啊？那时候好像没有“爱情”这个词，也许有，但却被冷藏了起来。我说我是为了逃避个人问题才来当兵的。这是事实。还在我上初中的时候，家里就给我定了亲，说不清为什么，反正我对这个亲事没兴趣，甚至还有些反感。但我的祖母却很喜欢那个叫英的女孩子，每次来总要给她做一身家织布的新衣裳。后来，英在大队文艺宣传队出了事，祖母只叹了几天的气，便原谅了她。到部队的第二年，英的家人听说我快要入党了，曾唆使她来部队找我，要我给她个说法。为了不打草惊蛇，我不得不向英说了一些违心的话。现在一想起这件事，心里就像吃了一只苍蝇。

赵九水显然比我有头脑，他说，你是战士身份，能够参加这样高规格的培训班，说明组织上准备重用你，你想过吗？对于提干，我隐约有些预感，为此，我的竞争对手——连队文书陈德荣还曾捏造事实，向上级组织部门写过我的匿名信。然而，究竟能否跳出“农门”，吃上皇粮，自己心中也没有多少底。还是赵九水精明，他说，因为我们是老乡，他才愿意实话相告，据他分析，要不了半年，我就能穿上跟他一样的四个兜的军装了。他提醒我，个人问题是一颗定时炸弹，早晚都是要爆的，与其迟爆不如早爆。否则，说不定到时候炸你个半死。

这个我多少知道一些，因为我的老班长吃的就是这个亏。老班长叫何平，安徽含山人，此人虽然文化不高，但训练成绩特冒尖，团里准备提拔他当排长，听说任职命令都打印好了，可是在这个节骨眼上，何班长沉不住气，写信给他的农村未婚妻提出要解除婚约，女方哪里肯喝他这一壶，悄悄带着一瓶敌敌畏，千里迢迢跑到部队，大骂何班长是现代陈世美，连队指导员出面做工作，双方还是谈不拢，事情越闹越大，差点儿闹出了人命。团里为了挽回不良影响，决定取消何班长的提干资格，并且安排他提前退伍。何班长走的那天，我把他和他的未婚妻送到新沂县汽车站，此时的何班长脸色沉郁，两眼迷茫，和以前的他判若两人。他的未婚妻喝药后由于抢救及时，性命总算保住了，但一条腿却留下明显的后遗症，走起路一拐一拐的；然而她似乎对此并不介意，布满雀斑的脸上，掩饰不住地流露出胜利者的微笑。

听完我的讲述，赵九水长时间沉默不语。他掏出一包金叶牌香烟，抽出两支，递给我一支，淡淡的月光下，明灭的烟火一闪一闪的，仿如我们或隐或现的心事。我估计离换哨的时间不多了，就问赵九水，现在几点了（当时战士不允许戴手表)？赵九水说，外边比室内凉快，在这里多呆一会儿。我说，看你好像有心事的样子，赵九水发出一声轻叹，很蒙眬地说，大有大的难处啊！这句话我好像在哪本书上看到过，回忆了半天也未能想起，于是就接过他的话也发出一声感叹，也许吧。不是也许，赵九水否定了我的说法。我说，看来从糠箩跳到米箩的人也有烦恼啊。

赵九水听了，未置可否，算是默认了吧。

赵九水的烦恼同样来自个人婚姻问题。提干后，他姑妈在城里给他介绍了一个对象，据说还是市革委主任的千金，容貌出众，还是工农兵大学生，真让人羡煞。然而命运这东西，像一片小小的乌云，刚才还在很远的地方泊着，天空那么大，阳光那么好，谁会在意它飘向何方？可是转瞬间它便罩在了自己的头顶，竟然还落下一阵雷雨来，淋你个没商量。那个市革委主任昨天还在大会上做报告，然而一夜之间却成了死不改悔的走资派。赵九水从未婚妻的来信中得知这个不幸的消息，痛苦了好几天，沉默了好几天，又犹豫了好几天。最后他痛定思痛，为了自己的政治前程，毅然斩断了那根红丝线。类似于这种决绝的做法，虽然在那个特定的社会环境不是什么个案，但对当事者来说的确需要勇气。况且，那天晚上赵九水跟我透露过一些隐私，虽然欲说还休，但我还是从他的片言只语中意识到，他和那个市革委主任的千金，已经发生过不该发生的事。

断续的交谈中，有断续的凉风轻描淡写地从我们的身边经过。也许是出于自我安慰吧，赵九水一声“俱往矣”，便打发了他的那一段感情史，把话题转到了我意想不到的地方。他问我有没有看过《红楼梦》，我吃惊地睁大眼睛，怀疑他脑子是不是出了毛病，谁不知道那是一部禁书呢？赵九水站起来，拍拍我的肩膀，不无感慨地说：鲁迅先生太伟大了，他说这《红楼梦》，一千个人读它就有一千种看法，道学家从中看到了淫，公子小姐从中看到了缠绵，革命党人从中看到了排满。这时赵九水稍作停顿，然后改用炫耀的口气说，他却从中看到了资产阶级法权。也许是自己浅薄，任我怎么联想，也看不到资产阶级法权与《红楼梦》有什么瓜葛。

正说着，突然从另一个地方传来哐哐的铜锣声，猝然打破了夏夜的静谧。刚才还沉浸在睡梦中的部队官兵，像战时突然听到防空警报似的，纷纷从营房里冲出来，整个军营顿时变成了一锅沸腾的开水。事情很快就弄个一清二白，原来昨天培训班开学时，食堂为了改善一下伙食，做了一锅红烧排骨，大家食后丢弃的骨头，由于没有及时清理，晚上引来了几只野狗，它们为争夺骨头发生了“战争”，由此引发了一场虚惊。

次日，被誉为“军营小理论家”的赵九水，以《资产阶级法权是走资派的通灵宝玉》为题，在培训班的大会上作引导性发言，他以自己如何正确对待婚姻问题的态度为例，启迪大家也像他一样，自觉抵制资产阶级法权的侵蚀。赵九水的发言可谓精彩异常，观点新奇，不时赢得一阵阵热烈的掌声。作为一名听众，我佩服赵九水的勇气和口才，但至于《红楼梦》和资产阶级法权有没有必然的联系，该不该把自己的婚姻也扯进去，还是心存疑窦的。

几个月后，我背着背包到八连报到，没想到在门口迎接我的却是赵九水。此时的他已被破格提升为八连的指导员。见面时，他居高临下地拍着我的肩膀说，怎么样？我的预见兑现了吧？我报以感激的一笑。

这个八连，原先是军事训练的模范连队，在六四年那次全军大比武中曾有过不凡的表现，可是后来形势发生了逆转，八连渐渐沉寂了，就像一条咸鱼儿，许多年来都不见翻个身。我思忖，这回上级领导把赵九水放到八连，肯定是有原因的。事实很快证明领导的决策英明。这个赵九水，军事训练虽是个门外汉，但务虚却高人一筹，你看他心机独运，以革命理论和大批判开路，不仅在连队成立了战士理论小组，还把革命大批判带到了训练场，搞起了什么大批促大练，结果不出一年工夫，八连便声名鹊起，红透了半边天。在那段日子里，赵九水特别忙，经常被其他单位邀请去做报告，我难得能见他一面。有一天，赵九水从大军区回到连队，精神显得特亢奋。晚上，我让炊事班搞了几个菜，又叫司号员到附近商店买了一瓶双洋大曲，和赵九水在宿舍里小聚。几杯酒下肚，赵九水按捺不住内心的激动，悄悄告诉我，他的个人问题有眉目了，最近有一位部队首长的千金，已经把红绣球抛给了他，并暗示自己可能要调到大机关去工作。说实在的，我真的很羡慕，这个赵九水，骤然间就成气候了。

然而，就在赵九水自鸣得意的时候，形势悄悄起了变化。记得那是七月的一个下午，师政治部来人把赵九水突然从训练场叫走，回来时，我发现他的情绪有些低落，平时充满自信的眼睛仿若秋后的池塘，里面藏着深深的忧郁。又过了不多的日子，那只曾使赵九水引以为自豪并产生过许多美好联想的红绣球，亦飘然离他而去。

不久，赵九水就病了，住进了团卫生队。我去看望他时，他已没有多少谈话的热情和兴趣，低垂着脑袋坐在床沿，叹息连连。其时我的心情也很糟，提干后，托亲靠友总算在城里找了个对象，像神一般敬着，可是谈了不到半年还是吹了。也许是同病相怜吧，我和赵九水的叹息常常重叠在一起，于是，叹息就愈发地沉重了。

出院后，赵九水像突然变了个人似的，不再言必称理论了，做人做事尽量保持低调。大概是第二年的春天吧，休完探亲假的他回到连队，塞给我一把小糖。正待我询问时，赵九水自我解嘲地笑笑，说，这是他的喜糖，他已经结婚了，爱人是他老家的一个农村姑娘。那时候，部队干部中的农家子弟，当然也包括我自己，谁不渴望能在城市找个体面的对象？赵九水也曾渴望并且努力过，但都失败了。这一次又一次的挫折和失败，使他重新回到生活的起点。此时，我面对着自己熟悉又陌生的同乡战友，不知道该说些什么，我一边故作欣喜地嚼着喜糖，一边语无伦次地说："你别那个，其实都一样哩。"赵九水随声附和着，是的，其实都一样。

部队干部流动性很大，我在八连只呆了一年，便调到师部机关工作。在此后的几年里，我的职务一升再升，可是赵九水却始终在原地踏步。1984 年，我准备调离那支部队时，赵九水听说特意跑来看我。那天晚上，我们俩来到新沂县城的一个小酒店话别。说是话别，可是并没有多少话可说，仿佛一切都在酒中。赵九水平时酒量小，然而那天晚上他怎么也不听我的劝阻，竟一连喝了几个满杯，不觉已至微醺。这时我问起他今后有什么打算，他两眼蒙眬地盯着面前斟满酒的杯子，长长叹了一口气，幽幽地说："部队把我留下来就不错了，至于打算吗，即使有，可能也是空想。唉，要是哪天能弄个副营，家属就可以随军了。”说罢，兀自端起酒杯一饮而尽。

说实在的，赵九水的这个目标并不算高，若跟他以前的理想相比，显得多么实际，多么微小，甚至悲哀。我不知道习惯于在天空中飞翔的他，是怎么接受贴着地面行走的这个现实。然而，就是现在这个看起来并不奢侈的愿望，他也未见得就能轻易地实现，因为像赵九水这样讨了农村媳妇的干部，部队中还有很多，他们苦干苦熬加苦等，期盼着那一天早日到来。但是，自古以来就是铁打的营盘流水的兵，尽管他们望穿秋水，最终还是有不少人在距离他们的美好梦想仅一步之遥时，带着失望默默地离开了军营。

今晚赵九水显然是喝多了，他醉眼迷蒙地看着我，想让我对他的梦想能给出一个中肯的答案，或者说是预测，就像他以前预测我的前程那样。然而我不能，这使他感到很失望。

……

我和赵九水离开那个小酒店时，天空已飘起了杂乱无章的雪花，多像我们此时的心情。这时，从军营方向隐隐传来作息的号声……

夜，已经深了。

酒 别

写下这个题目，我破例点燃一炷香，袅袅升腾的轻烟，一如我悠悠的思念，弥漫于我的书房。是的，只有当把许多杂念都赶走的时候，我才能去面对我的那些战友。

记得那是一个溽热的黄昏，当时我正对着一面小圆镜子，极仔细地清理着胡须。其时，我的心中泛着快乐的涟漪，因为再过一个多小时，我就要去数百公里外的一座像模像样的城市，与一位陌生的姑娘约会。这是我跳出农门后的第二次选择。不，确切一点说，是送上门被别人选择。尽管我不知道那个人是喜欢土豆、白菜还是茄子、冬瓜，但自己为能有这样一次被挑选的机会，还是很乐意的。

这时通信员牛忠海神色慌张地跑过来，通知我说：副指导员你不能走，情况有变化，团里要求所有的官兵从现在起停止休假，正在休假的同志立即返队。凭着军人的直觉，我知道这意味着什么。几天前，我国南方的那场酝酿已久的战争已正式打响，作为一名军人，我虽然在思想上有所准备，但又总觉得这是一场实力悬殊的战争，一般情况下，就近的部队参战就足够了，不大可能劳师远征。然而没料到，战争这么快地就开始点自己的名字了。

军营的气氛骤然紧张起来。

当天晚上，团里召开了战前誓师动员大会，我作为干部代表在会上发了言。散会后回到连队，我发现除了九班战士景传儒外，所有的战士都在忙着写家信。他们不知道，其时军营通往外界的邮路已经封闭，连个电话也打不出去。但是，出于尊重他们的感情，我没有把真实的情况告诉他们。

战争是霸道的，蛮横的，它常常以非理性的方式将你一军，让你措手不及。和平时期这一特点表现得尤为突出。这次参战，我们八连虽然只需抽调三十名战斗骨干，但时限卡得很紧，只有二十四小时，从平时猛然转入战时状态，对于像我这样毫无实战经验的军人，与其说是一次考验，不如说是一种惩罚。面对如此急迫而陌生的任务，我们几个连队干部尽管使出浑身解数，但还是难免抓东补西，乱作一团，好在团里及时派来了一位作训参谋，才使我们解了围。于是，支委会、党团支部大会、军人大会，连夜一个接着一个开。

一切都是应急而仓促的，仓促动员，仓促摸底，仓促谈话，然而就在这仓促之中，我见证了中国军人的血性，也见证了不同生命的心灵密码。

连队支委会是在严格保密的情况下开的，会上初步确定的参战人员名单，在未正式公布之前，是绝对不能走漏半点风声的。可是，当我来到自己分工负责的三排时，却发现战士们的猜测，竟与支委会刚刚出炉的名单大同小异，这着实使我感到惊讶。更使我惊讶的是，在连队还没有正式传达上级的命令之前，许多人却已写好了请战书，其中孙继祥、马文兵、仰长松、高阳田还在自己的名字上按下了鲜红的血手印。这些请战书交到我的手里时，上面的血迹尚未干透，仿佛还带着它们主人的丝丝体温。手捧着一份份沉甸甸的请战书，望着一个个和自己同样年轻的战友，我一时哽咽得说不出话来。

怎么说呢？不是我从门缝里瞧人，把人看扁了，在这些热血腾涌的战士中，的确有一些人曾使我头痛过，不满过，甚至愤怒过，尤其是那些即将退伍的老兵，他们入伍前，许多人都曾像我一样，怀着个人的美好愿望，用拿破仑的话说，不想当将军的士兵不是好士兵——不可否认，他们就好像一块块投进炉膛的煤，曾经燃烧过，憧憬过，发出自己的光和热。然而，人的愿望和现实毕竟是两个不能完全重叠的圆——当他们中有的因为自己的入党、立功、提干的梦想落空时，多少有点像受了委屈的孩子，一度变得任性和消沉。他们会常常给我们连队干部出一些小难题，找一些小麻烦，说白了，无非是起床的动作慢一些，站在队列里的目光涣散一些，或者头发留得长一些……这些都是很自然的事。为此，九班战士孙继祥、四班长丁法传就曾被我吹胡子瞪眼睛地训斥过。可是现在，当战争呼唤真正有血性的军人时，他们没有犹豫，更没有退缩，一个个凛然地从队列里站出来，站成一排排威武的群雕。

直面眼前这些英雄梦残、将军梦残的战友，我想说一点儿什么，但是，终于什么也没有说。

不知不觉地，夏夜在激情涌动中渐渐地深了。至此，连里已下过三次熄灯就寝的命令，可战士们还是无法安静地入睡。在这个闷热的夜晚，有的战士借着手电微弱的光亮，在继续他们未完的家信；有的几个战友凑在一起，低声私语着什么；还有的在黑暗中悄悄摸索着，忙着整理着自己的东西……

难眠的军营之夜，每个灵魂都像水母一样蠕动不已。

回到自己的宿舍，我刚脱下被汗水湿透的军装，准备用凉水擦一擦身子，这时九班老战士孙继祥轻轻推开虚掩的门走了进来，见了我，举手就要敬礼，被我制止了。我问他怎么还不睡？他说心里不踏实，睡不着哩。我说是不是担心这次参战没有你的份？孙继祥没有立即回答我，他不安地搓着双手，磨蹭了大半晌，终于鼓足勇气说：咋不担心哩，俺不是党员，又不是班干，但……他的话只说了一半脸就红了。我说，你的心情可以理解，但全连只有三十个参战名额，要求去的人太多，还是服从组织决定吧。听我这么一说，孙继祥感到希望渺茫，委屈地垂下头，半天没再说一句话。

对于孙继祥，连里没有人比我更了解他的了。我在三排当排长时，他就是我们排里的兵，山东莒县人，性子直，干什么事情都争强好胜，无论是军事训练、站岗放哨还是搞小生产，他都不落人后，可就是有一点死心眼儿，说话冲，遇事爱较真，因此吃了不少亏。我在排里时，他曾向我递交过入党申请书，可是党小组里的那几个党员，认为他团结同志欠缺，需要再考察一段时间。这理由尽管有些暧昧，但它毕竟是一个冠冕堂皇的理由。后来，孙继祥又写过两次入党申请书，由于支委会上意见分歧较大，都未能通过。为此我曾找他单独谈过话，指出他的问题，这孙继祥呢，虽然显得有些委屈，但也承认自己还有许多缺点，并真心诚意地表示要更加严格地要求自己。实际上他也这么做了，然而，人的秉性不是公园里的花草树木，可以任意修剪，秉性这东西无形无迹，惯性又太大，你可以有意识地压抑它一时，但却无法彻底改变它。这样一来，孙继祥的入党问题便遥遥无期了。

草草地擦了几把澡，感觉浑身舒坦了许多。可是我看到，一直以立正姿势站在原地的孙继祥，此时满头满脸都是汗。霎时，我坚硬的心突然变得柔软起来，我说好兄弟，你先回去吧，这一次，我会为你争取的，请你相信我的人格。孙继祥听得此言，刚才的委屈和沮丧顿时一扫而光，充满感激与欣喜的眼睛里，噙着男儿高贵的热泪。他“啪”地给我敬了个标准的军礼，转身走了。

这时值班排长跑来向我报告，说“小音乐家”六班副景传儒不睡觉，独自坐在操场边抽闷烟，看来好像有心事。我吩咐值班员立即把他叫过来。这景传儒是个干部子弟，生得眉目清秀，修长的十指未因艰苦的部队生活而有丝毫的改变。由于他拉得一手好二胡，经常被师文艺队借调去搞演出活动。在连队时，他也很少参加训练，出出墙报，写写报道，这些活儿他都乐意干，而且得心应手。也许我也喜欢拉二胡的缘故，景传儒跟我走得比较近，平时没事总爱抱着把二胡到我的宿舍里来，教我怎样识谱，怎样抖弓、揉弦。

景传儒这次走进我的宿舍时，表情显得有些不大自然，不像平时脸上总带着明媚的笑容。跟我谈话时，他那忧郁的眼神老是回避我，迷茫地看着其他地方。我问他有什么想法？他说能有什么想法呢？叫去就去呗。我说这是什么话？你是军人，在关键时刻，总得要有一个明确的态度啊？他叹了一口气，接着又叹了一口气，拖延了很长时间，才低声细气地嘟哝道，他是家中的独子，父母年纪都大了，况且父亲身体又有病……说着说着竟抹起了眼泪。我这个人，最忌讳男人掉眼泪，现在景传儒当着我的面装熊包，我的肺都快气炸了。然而，我还是强压下火气，推心置腹地和他谈了很久……

送走了孙继祥和景传儒，我躺在床上怎么也睡不着，纷乱的思绪像匹野马东奔西突。说句掏心窝的话，我自己会不会参战，现在还是个未知数。当时我所在的八连共有八名干部，连长因病长期住院，其他六人都已有了家室，只我一个是单身汉。按一般的逻辑推测，只要八连抽调一名干部参战，那铁板上钉钉的准是我。为此，我已做好了充分的思想准备。只是，一想到家中面朝黄土背朝天的父母，想到尚没有自立的弟弟妹妹，我的心里就难受。后来我读《高山下的花环》时，常常不自觉地想，如果把书中的靳开来换成了我，又该是怎样的呢？

时间在紧张和忙碌中倏忽而逝。次日，为了犒劳即将出征的战士，连里杀了一头肥猪，还置备了一大坛烈酒。宴会上，我的那些情同手足的战友，坦然面对自己未卜的命运，一个个镇定自若，慷慨激昂，他们大块吃肉，大碗喝酒，大声喧哗，高擎酒杯的手臂不时举成一片片森林，此时仿佛战争、流血、死亡全都与他们无关，一扫那种

“风萧萧兮易水寒”的千古悲凉气氛。酒酣血热之际，但见景传儒跳上一张空桌，挥开长弓，用他那把心爱的二胡，即席演奏了《奔马》和《广陵散》曲，把宴会悲壮豪迈的气氛推向了高潮。其时置身于其中的我，也许是因为多喝了一些酒，也许是感念深厚的战友之情，也即兴朗诵了自己的一首诗：

英雄梦残
将军梦残
火焰般的烈酒
从开戒的军规和
南国边陲的硝烟里
如落霞之潮
涌来
沸腾我们干渴的血管
手臂高举海量高举豪兴高举
碰杯碰胆碰魄
碰男儿气概和
依依惜别的目光
喝喝喝
酒杯翻倾往事翻倾心潮翻倾
一千多个日子
被酒浸成殷红的花朵　于
一碰一仰之中
娇艳地开放

又壮烈地凋谢
一切都在碰杯中结束
一切都在碰杯中开始
趁岁月还未走出军号的音域
尽情地豪饮吧
豪饮我们的痛苦
我们的寂寞和
一度被冷冻的七情六欲　之后
仿古将士醉卧大漠
醉卧军旅生涯之深处
弄一支洞箫
呜呜吹彻
故营的最后一夜

遥寄苍茫

人生犹如在没有航标的河流上远行，凶与吉是无法预知的，所以才有许多的意外和无常。

也许是命运多舛，我的人生之舟曾经面临触礁沉没的危境，但最后还是闯过来了，因此有人说我命大福大造化大，这说法似乎有点儿玄。就我自己的生命真实体验而言，人生无常亦有常，一草一木皆菩提。

那是六年前的一个夏天，我的生命遭遇一次重创，躺在北京一家医院的病床上，当我从深度昏迷中渐渐找回零落的记忆，重新获得知觉时，便开始躁动不安起来，不是胡乱地拽脱氧气管，就是扯掉麻醉泵，一会儿眩晕呕吐，一会儿脑脊液泄漏，弄得陪护的妻担惊受怕，惴惴不安，医生护士则手忙脚乱，应接不暇，一支支镇静剂注入体内，也只能维持短暂的安静。

病情一日日加重，生命一天天枯萎。此时，寻找生命的“安静”所在，使其复归于平和、安详和从容的自然状态，仿佛成了远比药物更有效的办法。

蒙眬的印象里，是一个燥热的傍晚，一连数日被失眠和病痛折磨得极度虚弱，犹如一根脱水黄瓜的我，随着黄昏的逼近，生命之潮降到了最低点。就在我心烦意乱、神志恍惚之际，一种天籁似的乐音带着几分神性，从冥冥中袅袅飘来，叩响我尚聪的左耳：

“咚——”

明净清妙的单音仿佛发自幽深溶洞里的一滴水珠。俄尔，“咚”之音演变成一个连缀的双音：“叮——咚，叮——咚”。叮咚复叮咚，不知不觉中已化作叮叮咚咚，最后汇成一条如诗如梦的音乐小溪，带着轻松与欢快，从我干涸的心田潺潺流过。

那一个个晶莹如水的音符，一旦渗进我生命的内核，身上的病痛似乎即刻减轻了许多，紊乱的思维一经音乐之手的梳理，便有了舒松的感觉，烦恼、燥郁的情绪悄悄消遁，生命在倾听中渐渐安静下来。聆听着如此清纯的音乐，我禁不住嗫嚅着严重变形的嘴巴吟诵起古诗来，整个身心沉浸在老子“水兮水兮，洋洋乎盈耳”的美妙意境里。一直守护在病床前的妻，听见我微弱的吟哦声，又惊又喜，脸上堆积的愁云顿时消失了大半，绽出了灿然的笑容。

当又一个黄昏降临病房，我的心灵之门便早早地打开，殷切期待着天籁的再次出现。然而，晚霞脉脉，病房寂寂。就在我神情沮丧、辗转反侧时，同室的一位病友会意地打开了他的“随身听”，于是，那美妙的乐音再度弥漫了我的心空。

清醒的时候打听明白，那不同凡响的旋律来自日本环境音乐家神山纯一的自然音乐疗养院之一的《水的风景》。他的作品取自海拔几千米处的天籁之声，或将星座原原本本描绘在五线谱上，作为音符；或将黎明的光线置换为乐音的旋律，最大限度地从大自然中采摘音乐的种子，使旋律中包蕴大自然的原声原味。因而，在他谱写的旋律中，无论是晨风的声音，溪水的声音，鸟叫的声音，虫鸣的声音，听起来都是那么美，令人心旷神怡，心平气和。谛听这样的音乐，无论你的情绪处于什么状态，它都会使听者变得神定气闲，使你体味到生命的芬芳甘美，不在远处的巨澜狂涛，也不在人声嘈杂的名利场上，它就在月白风清的当下地带，就在一花一草的菩提之中。

同室的那位患喉癌的病友，见我如此热爱自然音乐，就把《水的风景》磁带送给了我。几天后，他便在自然音乐的抚慰下，平静地离开了这个世界。打那以后，在与病魔和死亡的搏斗中，每当我感到生命虚弱、意志消沉和精神萎靡时，妻便轻轻按下随身听的音键，于是清凉如水的天籁便一次次地抚慰我，滋润我，使我得以在安静的状态下坦然面对噩运的重击，并重新积蓄起生命的能量，继续人生的航程。

聆听自然之音，我一度蒙难的生命几经溪水的浸润、朝雾的揩拭、林风的吹拂和星光的照耀，终于在穿越了命运设置的雷区之后，体验到了一种超常的幸福：能定为安，安而守得本心，不为名惑，不为利驱，一任红尘千丈而心如止水；不烦乃静，静而拒鸡鸣狗盗、是非得失于耳外，只箫独品，悠然领略发自生命之源的天籁清歌。

现在，那盘从北京病房带回的磁带就放置在我的书橱里。六年多来，我只听过几次，每听一次，我的眼里就盈满了感恩的泪水。赠我者已逝，作曲者远隔重洋，我唯一能够做到的，就是写下这篇短文，遥寄给西天的落霞和东方的星辰。

怀霜

我喜欢霜，是在霜从我的生活中消失了很久以后。那天夜里，当我隐约听见久违的秋雁凄厉的孤鸣，心中怦然一动，忆及许多和霜有关的往事。如今，隔着一段悠远的岁月，回眸那故时的霜景，竟觉得少了些许肃杀之威，砭骨之寒，白蒙蒙一片缟素，像一首无韵的诗，一幅恬淡的画，令我心驰神往。

在我贮存无多的记忆里，霜总是和生活的艰难紧紧连在一起。幼时家境贫寒，常为衣食发愁。秋夜里，只要一听到大雁的叫声，母亲的脸上就会浮起一层愁云。“北雁已衔霜信过，青林闲送雨声来。”大雁嘎咕一叫，霜就随着到来了。在我的印象里，母亲最听不得雁叫，寒雁一叫，她就没有了睡眠，倚着床头轻轻叹息。尽管她的叹息声压得很低，但熟睡中的父亲还是感觉到了，他心事烦乱地翻着身，然后兀自坐在黑暗中，一口接着一口把烟锅抽得嗞嗞直响。母亲有些于心不忍，悄悄掀开草帘的一角，朝窗外看了看，外边黑得像一口古井。她缩回了身子，温温地说，再迷盹一会儿，到时辰我叫你。嗯。父亲含糊地应着，然而他还是摸黑下了床。不一会儿，院子里便响起嚓嚓的磨镰声。这时，母亲摸索着燃起油灯，从油漆斑驳的柜子里翻出一件破旧的棉衣，借着微弱的光亮，一针一线地缝补着。

好静好长的“白露为霜”之夜哟，父亲嚓嚓的磨镰声总是在寅时响起，母亲昏黄的小油灯总是伴着一声声无奈的叹息，那过客似的雁声总是轮番给我的梦投下一片片阴影。

忽一夜，诉愁的雁声消失了，我蜷曲在土炕上，像遗失了一件无法找回的东西似的，心中空洞、茫然得发虚。一觉醒来，但见母亲的小油灯依然亮着，而疲惫的母亲却靠着床头已打起了微鼾，长长的麻线仍缠绕在手上。在她的枕边，摆着几双新做的棉鞋和几顶红色绒帽。绒帽是带有焐耳的那一种，想必是父亲卖山草为他的儿女买回的。我悄悄地从被窝里抽出一只手，抓一顶扣在头上，一种少有的激动折磨着我脆弱、敏感的神经，我第一次拥有了对失眠的记忆。许多年以后，当我的生命里出现越来越多的失眠时，却没有哪一次失眠能像人生的第一次失眠那样，给我留下如此刻骨铭心的印象。

漫漫秋夜长

草木摇落露为霜

万籁俱寂的寒夜里，一缕游丝般的鸡鸣起自远处，亦逝之远处，然而母亲还是听得十分真切，她轻轻掀起窗上的草帘，一股寒光注满了屋子，那光白中泛青，像是从刀刃上发出的，自然有了某种逼人的硬度。月亮好亮啊！我意识模糊地咕哝了一声。母亲没有理会我，她垂手立在窗前，好像在埋怨谁，又好像是自责，这么浓的霜，怎么就穿一双草鞋呢？我猛然想起梦中的磨镰声，想起踏霜进山的父亲，在这霜大霜地里，他手中挥舞的那柄草镰，此时又不知响在哪一个山坡？

草帘垂落，屋子里复归于黑暗，老鼠在堆满杂物的角落里磨着牙齿，野猫爬上屋脊一声声呼唤着它的情侣。艾蒿的苦香和烟气从灶膛里窜出来，在老屋里四处弥漫。那是母亲在为她的儿女准备早餐。此时，我小小的心里，盛满了贫寒的温馨，仿佛有一簇红罂粟般的烛焰投射在冰块上，有一种凄凉的暖意在我的心中摇曳，将我的身心紧紧地包裹着。这种来自阴阳两极的气息，在我的身上悄悄地融合，调和出一种平实、冲淡的品性，使我在漫长的人生之旅中，含辛而不觉其苦，啖饴犹思世道之艰。

如果说少年时的我对霜的感知还多少带有一些蒙眬意味，那么稍长之后，经历了几番寒霜的沐浴，使我多少能够品出人生的一些复杂的滋味。

散文作家贾宝泉先生曾这样写道：“散文的根散布在乡

间，在喜爱星月苍穹的孩子身上留下影与响。中国散文必定散布黄土地味道。中国乡间更适合散文的长进。”这话一点都不错。透过岁月樊篱疏密不匀的孔隙，许多年前散落于山后毛道两旁的寒霜，如今偶然回眸凝望，却是一篇韵味悠长、情致淡然的好散文。

那条布满寒霜的毛道，从我的豆村通往二十里外的一座古镇去，我在这条毛道上整整走了五年时间。关于这条毛道的许多际遇和感触，大都已被岁月的积尘深深地掩埋了，唯独那浓浓的银霜，至今依然留在我的记忆里。

这多少还是与贫寒的家境有关。如果当时能掏得起一毛五分钱，我是可以赶早班汽车去古镇上学的，那么也就没有今天这份对霜的情怀了。从这一点上讲，贫穷往往使生命能够更加贴近自然，感受自然，摄取自然之灵气。

在踏霜早行的日子里，母亲总是鸡叫头遍起身弄炊，鸡叫二遍的时候，空寂的毛道上便响起了我赶路的脚步声。在黎明前的时分里，气温降至冰点，草木上的夜露凝成白色的微粒，是为霜。脚板踩在纷披于毛道的衰草上，像涂了一层油似地打滑，走不出多远，寒霜便濡湿了布鞋和裤管。霜重的早晨，苍穹显得格外的素净，高远，宝石蓝的天庭上还会偶尔闪现一道明黄的光亮。那是霜闪。上年纪的人把这种黄闪称作霜鞭子，是严厉的霜婆发威时使出的杀手锏。它的出现对人带有某种警示意味。俗话说，“霜鞭子抽头，冻死当家大牯牛”。乡里人若是在霜天见了这种黄闪，定会悄悄地拔下几根头发充作牛毛弃置道旁，据说即可禳祸消灾。那是吃大锅饭的年代，我家无牯牛可死，当下心里十分坦然。

一个人踏霜而行，呼吸着芒刺般冷凝的空气，心是异常明净的。此时，天上银河一抹，七星低垂，一如贫妇的霜月纤纤瘦瘦，不知是操劳过度，还是愁绪萦怀，它没有夏月的润朗，秋月的圆融，刚走出地平线就衰老了，单薄的身影使人担心它能否走完这铺满寒霜的旅程。霜月仿佛并不介意自己衰微的生命，它将仅有的一点毫光投洒在我的身上，而且丝毫没有希望报答之意。这纤瘦、衰微的月儿，多像我那“白发望霜天”的慈母，她总是在每一个寒彻的霜晨默默地把我送到村外，默默地立在霜痕斑驳的石桥上，好像历尽沧桑的雕像，目送着我踏着那条通往古镇、通往希望所在的毛道……

有一天，我顶着纤瘦的霜月，走过溜滑的霜桥，踏着寒霜闪烁的毛道走向梦幻般的地方。此一去行踪飘忽，山高水远，故乡遂成了梦中的幻影；此一去，所求多多，所得少少，每一步都走得十分沉重，走得十分艰难，一种欲行而关山重重，欲止而心犹未甘的矛盾心理使我左右顾盼，进退彷徨。这时，我望一眼苍穹的霜月，闻几声远山的寒樵，胸中便袭来一股温温的情愫。

……也许我的寻觅一无所获，也许我的期冀无法捕捉，但是，我不能停下越走越沉的脚步，尽管我的身后没有鞭子，然而“心懔懔兮以怀霜”的感觉始终不曾离开我。

只有孜孜地追寻。

背负着纤纤霜月，聆听着悠悠樵声……

129 颗钉子

春末，也许是夏初，大病初愈的我有了许多富裕的时间，常拄杖到离家不远的古渎边散步。这是真正意义上的散步，心里不装任何东西，也没有什么目标，兀自沿着河堤漫步，走走，站站，累了就坐在土堤上，静静地看云，看流水，和流水之上来来往往的帆，看水湄边农妇侍弄地里的庄稼。

许是因为心中放下了那些多余的东西吧，我对自然界中那些弱小的生命，便多了一份关注、体恤和悲悯的情怀。

久旱无雨，土地龟裂，一管芦苇挣扎着从焦土里钻出来，却被一块“锅盖土”压住了头。我便蹲下身子，轻轻地揭掉那只沉重的“锅盖”。翌晨，再次经过旧地时，我发现那“解放”了的芦芽已长高了许多，紫红的芽尖上挑着一颗饱满的露珠，似在向我微笑致意呢。

古渎边的苇荡里，取土人留下了许多深浅不一的土坑。雨后坑里积满了水，便成了水凼。春末夏初，水凼里布满了青蛙黏稠的卵块和黑色的蝌蚪。由于凼水太浅的缘故，干燥的西南风连续刮上十天半月，水凼便萎缩见底，最后只剩下一瓢浊水，无数只岌岌可危的小蝌蚪困处其中。见此情形，我从古渎里捞起一些水草，把小蝌蚪放在湿漉漉的水草上，将它们安全转移到深水里去，为我们这个日益喧嚣的世界保存一些天籁的种子。

我经常流连的这条古渎，堤畔有一片柳树。柳是垂柳，春风里每根枝条都很精神。更有精神的是城里那些身体开始发福的中年妇人，每天太阳升起之前，她们便像一群聒噪的乌鸦飞进柳林里，耍剑、舞扇、打太极拳，收录机的音量歇斯底里，惊得林子里的栖鸟乱飞。与噪音一起到来的，还有许多枚尖锐的钉子，被一双双曾经呵护过婴儿的母性之手，无情地楔入只有胳膊粗细的树干，而后她们便若无其事地在钉子上挂剑、挂包、挂衣帽，同时也挂现代人苍白、冷漠的灵魂。

面对如此粗野的行径，用“是可忍，孰不可忍”这句“文革”语言来形容我当时的心情是再恰当不过的了。于是，我便成了一只“啄木鸟”——给柳树拔钉子。那些深深钻进树干的各种钉子，大多只露出一个脑袋，鬼鬼祟祟的，不仔细搜寻很难发现它们。短钉子拔起来比较容易，那些长钉子，钉的时间如果久了，被树用痛苦的汁液严严实实地包裹起来，拔起来十分艰难。尽管我每拔一颗钉子都非常尽心，然而还是有一些钉子因严重锈蚀而永远留在了树的生命里，成为一种无法弥补的遗憾，一种心灵的隐痛。

生为一棵城里的树是多么的不易！我拔除的那一百二十九颗沾满鲜血的钉子就是最好的佐证。睹物及己，生而为人，命运比树也好不到哪里去。夜深人静时，我常常扪心自省：自己是否有意或无意给别人的心灵下过钉子呢？如果有，我表示深深的忏悔和真诚的谢罪。至于那些曾在我的心灵上钉了钉子的人，我无意也无法让他们忏悔，对他们我只有一个小小的心愿，在给别人的心灵下钉子时，可别砸着自己的手哟！

有一天，我的生命也像棵老树一样倒下之后，也许有人会说：我曾经失手打落它几片叶子，不过那叶子原是虫子咬过的，迟早总是要落的。也许有人会说：不错，我是在它身上下过钉子，但只那么一颗呀，况且又短又细，没伤筋动骨，那点伤早就长好了。也许还有人会说，我曾用铁丝把它的枝干拉弯扭曲，那是担心它长得太高，被大风刮倒……

我安详地躺在大地母亲温暖的怀里，没有哀怨，没有诅咒，让一切该腐烂的悄悄地腐烂，包括心灵里的钉子。

醉　月

游走的时间潜入小寒，西北风凛凛然很有一些锋芒。正是“晚来天欲雪”的气氛，文友西祥君一个“能饮一杯无”的电话，将我引入一次美妙的沉沦。

平素对酒无甚嗜好，品不出五粮液与红星二锅头的轩轾，看重的只是饮酒的那份心情。设若是意气相投的知己相聚小酌，于扰攘的尘嚣和升官、发财的俗念之外，一曲新词酒一杯，觅得些许的安静与清趣，即使酒至酩酊，亦陶然自足耳。我的这点卑微的“酒权”、“酒德”，岂料竟被一场重病无理剥夺。大病初愈，生命的太阳刚从厚厚的云翳突围出来，一句来自朋友间的诗意探问，自然被我视为一种至情的关爱，在下便如广告词所说，“心动不如行动”了。

店是那种袖珍式的小店，名字虽随俗了些，但却于闹市中自有一份难得的幽静。酒是孔乙己先生爱喝的那种地道的绍兴黄酒，佐以山西老姜，以瓦壶煨了，注杯入盏后，浮着一层氤氲的热气，很像是一篇韵味醇厚的抒情散文。面对此佳醪，平时一脸斯文的锡钰君酒兴顿起，一个“干”字刚冲口而出，四方遂之呼应而起，霎时，手臂高举海量高举豪兴高举，碰杯碰胆碰魄碰文人气概，酒杯翻倾心潮翻倾文思翻倾，白天积淀在生命里的许多遗憾与不如意，此时已被美酒浸润成为粉红的花朵，于一碰一仰之中，娇艳地绽放在一张张春风荡漾的脸上。是的，我们能熟悉这个世界，理解、接受这个世界，甚至热爱留恋这个世界，乃是由于这熙熙攘攘的世界中，有那么一两个人为我们所热爱，所不舍，所依恋，是他（她）们使这个世界看起来美艳如花，体味起来温润如酒，抚慰我们如春风，照临我们如秋月。时光流转，小寒大寒又一年，我们能够留住并温慰心灵的，不就是这寒夜里的一杯温酒，一份如酒的情愫吗？

渐渐地，众饮者已有了几分醉意，此时面色酡红的才女徐静悄然离席，置筝调弦，一曲《湘妃泪》哀婉凄绝，使男儿泪湿青衫；又曲《渔舟唱晚》空灵酣畅，令听者逸兴遄飞，遐思悠悠。随着抚琴者柔指的点化，一幅暮江泛舟图便徐徐展现于我们的面前：扬波、鼓拽、鸣榔、举网、欸乃、流滩、忘世、吊古、篼畚、逸老、渔父醉歌与小舟颠簸的情景，使我们乐而忘食。

雅曲，佳醪，美人，既让我们温柔、宽容，又让我们粲然心醉，心碎。碎了也温柔。

徐步以求稳，
静思堪通神。
人生觅知己，
不过书与琴。

这首附庸风雅的打油诗，是我日后写在一张回赠的贺年卡上的心迹，算是那夜听曲者的通感吧。

不觉中酒意阑珊，当我与彬彬、陈凯君腋下夹着友人的新著《醉月亮》，从那家小酒店踅出来，无意中撞见了一轮晕黄的冬月。

月朦胧，意朦胧，卷帘小寒风。

是为记。

步行之美

头顶着高粱花子，鞋上粘着黄泥，战战兢兢地走进城市，一晃眼，快三十年了。在这段人生并不太短的岁月里，我失去了许多，也得到了许多，若细细检索，其中有一样东西自随我进城后，一直保持着原生态，这就是步行。

生活在闭塞的乡间，没车也没船，赶集、走亲戚、下涧担水、上山割草、采药，全靠着两条腿。恰如一首流行歌曲唱的那样，“走走走，走呀走，走到九月九……”又何止是走到九月九呢，是从春走到冬，从黑发走到白头。我家所在的那个村子里有许多老人，他们将一生的脚印叠加在那块方寸之地上，直到生命最后走进黄土与篙草，也没有坐过一回车。

我的小学是在公社所在地的一个学校里上的，每天往返要走十几里路。上中学需翻山越岭走更远的路，一年四季，早出晚归，其间经历的风霜雨雪，如今都成了我生命的一部分。参军后赶上部队野营拉练，天天行军走路，急行军一天要走一百多里，那些来自城市的兵吃不了这份苦，不是哭爹骂娘，就是脚上打泡，中途掉队，而我却越走越有劲。途中战友们休息，我还要搜集素材，编印野营战报，这其中的奥秘只有我自己心里明白。

后来进了城，安了家，生活由流动转徙变得稳定安逸。上个世纪七十年代末八十年代初，城市居民的主要交通工具是自行车，其时我也买了一辆，但一直很少用过，长期闲置在楼道里，上面落满了尘土，后来也不知被谁“借”走了。每至刮风下雨，妻子见我上下班要走很远的路，就劝我买一辆旧车凑合着骑，我一直没有买。我是一个散淡的人，在芝麻大的单位里，虽然有个副县的级别，但许多大小事情想挤也挤不上去，一直处于边缘状态。边缘有它的缺憾，远离权与利的中心，得不到重用，坐不上交椅，甚至被人冷落和轻看，心灵容易受到伤害。但是，边缘也有边缘的优点，它最大的实惠在于使人拥有更多的自我。别人在官道上疲于奔竞，我可以坐在办公室里清静地读闲书；别人忙着赶场子，我可以闭门在家写散文；别人出门香车宝马，我可以悠然步行……

也许是积习使然，步行之于我如影随形，自然自得。我这个人做事、读书、交友，看重的是性情，是自然。我认为无论做什么事情，凡是到了要说“坚持”的地步，便失去了弥足珍贵的情趣，徒具一副空洞的躯壳。其时，与其苦苦撑持，倒不如明智地放弃更符合人性。

从自己生命的真实体验看，步行对人的心理慰藉往往胜过生理的需要。记得入伍后的第五个年头，我在心理毫无准备的情况下，突遭失恋的打击，先前充满自信的人生仿佛突然掉进古井里，一时难以自拔。那天晚上从女友家出来，公共汽车已经收班了，我独自沿着城边的一条马路寂然往回走，路边几十岁的大杨树张狂成整整一片，荫翳遮天。此时的路上难得看见一辆车。足音在静夜里格外脆亮，路灯下的人影渐短渐长，空气里夹杂着一丝儿青草味道，偶尔一阵凉风掠过，树叶们哗哗啦啦地响起来。走着走着，沉重、黯然的心情渐渐恢复了往日的轻松与豁亮。是步行抚慰了受伤的心灵，使我重新找回失落的信心和勇气。

相对于坐车，步行逸生出的自由、自足，是鲜活而丰润的。在步行可以覆盖的范围内，你可以不受任何约束，想怎么走，就怎么走，全凭着自己的一时兴趣。如此说来，步行委实就是一篇自由舒展、意趣盎然的散文了。

许多年前，从我住的地方去单位上班，要横穿大半个城市，每天走同一条路，遂渐渐生厌。于是，我每隔一些日子寻一条新路走，不到半年时间，便用双足把这座城市的大街小巷丈量了一遍。那时，马路尚未拓宽，许多人家还住在低矮的平房里，是步行使整座城市在我眼里呈现出自然、自由、看似随意的脉络，街道界面无微不至的累累细节，成了我步行的副产品。有时我会停下脚步，隔着疏篱矮墙，与院中的主人闲聊几句，所谈无非是一些诸如天气、养花、逗鸟之类的琐事，但从这种日常的交流中，我触摸到了城市生活沉潜着的丰沛情感。随着步行的持久，世俗生活中那些容易被忽略的细节，在脚下一丝一缕地铺绣着，我觉得自己认识这城市，它是我的，我也是它的。

随着代步工具的普及，特别是汽车的介入，城里人与人的沟通由过去的容易成为今天的困难。常常可见这样的情形，两人同住一城，各自在茫茫人海中穿梭，宛如两条跑散了的鱼，一年半载难得碰上一面，这难免让人生发出毗邻若天涯的喟叹。过去可不是这样的。步行能给人带来随机邂逅的自由与惊喜，彼此可以寒暄一阵，唠嗑半晌，路边的树阴下，街角的空地上，都是即席交谈的场所，然后互道一声再见，各自怀着一份美好的情愫，走自己的路；也许隔不了多久，两人又会在其他地方相遇，扯着一些另外的闲话。

约是两年前一个雪后的早晨，我一以贯之地步行去单位上班，在城中的老天桥与阔别二十余年的战友孙某不期相遇，当时的惊喜与兴奋是难以用语言形容的。孙是我所在连队的一名训练骨干，一九七八年奉命调往云南参战，不久我也离开了那支部队，我们之间的联系随之中断。

世事沧桑，生死契阔，无缘是满地昙花，有缘像大海中两条失散重逢的鱼。其时我们伫立在寒风凛冽的天桥上，在行人目光的逡巡下，谈了很久，要不是孙急着赶火车，我们将会彻夜长谈。这次邂逅，原来多亏了那场雪，是雪封住了道路，我的那位战友才从他下榻的旅馆步行去了火车站，若是换成“打的”，我们也许会留下终生的遗憾。

像这种充满诗意的生活情景，现实中已经难得一遇了。如今城里人的房子越住越大，人心逼仄和心理隐患却日益昭彰；马路越修越宽，可供置足的闲地却所剩无几；汽车越来越多，步行者的身影却日渐稀疏……诚然这是一种进步，但我总觉得生活中如果没有诗意的步行，该是怎样的一种生活呢？

倾听民歌

我倾听一种心仪已久的歌声。

这歌声，是那么古老，中国所有帝王的国祚拼接起来，也不及它的历史久远；这歌声，是那么淳朴，世上所有的琴瑟汇集起来，也无法弹出它的神韵。

这歌声，曾在山顶洞人熊熊的篝火上缭绕，在河姆渡人田田的莲叶上滚动，在楚国采桑女子沾露的指尖上跳跃，在曾乙侯冶铸的编钟里轰鸣……

如果你是一个地道的中国人，你可以不听高雅的交响曲，可以不听疯狂的摇滚乐，可以不听时髦的 MTV，但是你不能不听听中国民歌！

民歌是千年岁月酿成的酒，点点滴滴皆是历史的精血，曲曲声声都是生命的律动。这酒里，融入了浔阳江头琵琶女的忧伤，渭水河畔丁丁伐木者的欢愉；这酒里，蕴藉着灞桥折柳人的离愁，易水弹剑客的悲怆。如果你心无别念，浅斟慢酌，渐入微醺，定能从这“酒”中感觉到深藏于东方古老民族生命里的爱、恨、喜、怒、悲、欢、惜、悔……一切的一切，使你的灵魂不能冷淡，也无法冷淡。

然而，那些在民间活了千百年且越活越精神、越活越丰盈的民歌，如今竟被一些文化骗子拐卖到酒吧、舞厅、茶楼，并且强行给她们穿上比基尼、三点式，画眉点唇，再戴上一副不伦不类的太阳镜，让妖艳的她们扭臀晃乳地学着猫步，在海滩或草坪上走来走去，供人消遣。每当我从这些充斥着浮声浪气、俗情媚态的场所退出来，回到自己清寂的一隅，心中总会泛起一阵阵莫名的酸楚。有些时候，一个人面窗独坐，聆听阶前的檐雨，若有所思而无所思，恍兮惚兮，似看见一群鲜活的田家女子从《诗经》中跑出来，长裙如风，美目流盼，打我的窗下蹑足而过，三三五五，于平原旷野、河边渠畔、风和日丽中群歌互答，余音袅袅，若远若近，忽断忽续，把我平静的心湖给搅乱了。于是，我不由自主地朝着那勾魂摄魄的歌声走去，不知不觉中仿佛又回到那片魂牵梦萦的故土，回到生命的源头。

生命的源头有一支青青的秧歌，传唱了一辈又一辈，它是什么时间形成的，又由谁最先唱开的，现已无法弄清。但这些并不重要，重要的是这歌虽历经沧桑，仍然活在民间。我说它“青青”，是因为这世界上曾经有过许多支歌，后来都渐渐地枯萎了，湮没了，而这支秧歌却“青山依旧在”，一直活到今天，或许还将活到未来去。

一支没有具体内容，也没有确切指向，甚至可以不着一词的民歌，何以能穿越漫长的时空，衔接起不同历史背景下众多生灵的复杂情感，始终葆有着持久不衰的活力呢？这其中的奥秘大概只能到那些热爱这支歌的生命里去找，到生命所依附的土地、社稷、命运、家园和爱情中去找。

至美至珍的歌总是有着无量的包容性，像苍穹包容恒河沙数的星斗，像江河包容无数涓涓溪流，每个人在唱这支歌的时候，都可以把自己最隐秘的情感和灵魂融进去，与歌声形成一个新的共生体。旋律还是那个旋律，歌词也无需作什么改动，可以用它歌唱你所感受的幸福，也可以用它倾诉你所理解的苦难。

秧歌正是这样的一种歌。

它的气质和精神是内敛的，既不像“咱们的老百姓，就是要高兴”那样虚假造作，也不像“不管是东南风还是西北风，都是咱的歌”那样无根无由的歇斯底里，它的声调徐缓迷人，犹如秋夜里的最后一声雁啼，把人的悠悠心事带到无常的遥远；仿佛溽热的正午，飕飕荷风暗送的一丝清凉，使人在片刻的安澜中想起生命的美好。这些比喻总归是肤浅的，而那支秧歌的灵魂隐藏得又是那么的深邃。如果你活在那一方水土上，并且活得很苦，但为了心中悬系着的若有的一两点期冀，又不得不苦熬苦盼下去；或是就在你劳作的田边地头，黄土里埋着你的至亲至爱，彼此近在咫尺，却无缘再见一面；或是你刻骨铭心挚爱着的一个窈窕女子，于一个深宵迫不得已作了他人的新娘……在经历并理解了如许的苦难、无常、变故等等之后，再唱起那支秧歌时，就如同从心灵里抽出一根根忧伤的情丝。“常太息以掩涕兮”，到了这个份上，秧歌才真正唱出点儿味道来。

秧歌好唱口难开。歌者在开唇之前，已作了感情的预备，目光深远，表情端肃，三魂荡荡，七魄悠悠，仿佛山峁的落日，墟里的炊烟，滩上的牛羊，都一一涂上一层苍凉的色调。

开喉的第一声就像是用人的七情六欲卤制出来似的，一下子把我的心给揪住了。“咿呀哟嗬哎——”，前三个字声调沉郁、哀婉，好似幽林中一泓浮着过多落叶的秋水，流淌得极其艰难、滞涩，不知哪里才是它最后的归宿，给人一种“只恐双溪舴艋舟，载不动，许多愁”的况味，但是，“嗬哎——”却像阴阴的天地间突起的一股狂飙，在半空里打了一个有力的旋，尔后扶摇而上，直冲青霄。

伴随着这歌声而起的，是一川耘秧人一咏三叹的唱和，和歌的歌词不外乎“大米好吃秧难栽，馍馍好吃磨难挨”之类，朴实，平淡，浅显，但是一经人们的反复咏唱，便立刻成为神品。尤其是每句的末尾处，歌者往往倾注了他们所有的感情，仿佛多灾多难的心被无情的命运置于沉重的巨磨之下，随着磨扇缓缓转动时发出低沉的轰响声，怦怦乱跳的心被一点点碾成齑粉，那种在劫难逃的苦难和无可奈何的叹息，一直深入到我的骨血里去。

在我过去的故乡，秧歌连三岁的毛头娃娃都会唱。耨秧时节，常常可以见到这样一种情景，劳作的大人们在田里歌唱，一群土头土脑的娃娃在田塍上附和，一个歌声充满了美的忧伤，一个歌声洋溢着美的欢乐；一个古朴苍凉，一个稚嫩清甜。聆听着这两种截然不同的歌声，你的思绪会向着生命的两极探寻，最终也许不难发现，真正能够在人心里扎根的，抓肺挠肝的，毕竟还是那些久经岁月磨难之人的歌声。他们即使没有清澈圆润的歌喉，也不懂得什么艺术技巧，但是他们却有着一颗包容大悲苦、大幸福的心灵，在绝望的生活境遇中不怨天，不尤人，坦然地承受贫穷，平静地直面人生，福也享得，苦也吃得，难也担得，用这样的心灵歌唱，天地亦会为之动容，更何况人呢？

然而，令我忧伤的是，那“此曲只应天上有”的美乐，那曾经滋润过芸芸众生心灵的歌声，如今已从我的故土上悄悄地消失了。在五月的细雨中，我走过一片又一片青青的禾田，听到的却是地头收录机里传来的“让我一次爱个够……”之类的港台流行歌曲，混杂着刺鼻的农药味，使我直想呕吐。我茫然地站在细雨中，不知道何处才能找到那至美的歌声。

其实，又何必苦苦地寻找呢，那歌声不就活在我的生命里吗？“咿呀哟嗬哎——”有了这支歌，我已用不着忧伤，也用不着叹息了，因为这世上最诱人的芳香，弥漫在我的四周。

预约秋风

久旱不雨，苦夏似一粒猩红的煤火落在心尖上，燎得人坐卧不宁；时间仿佛被埋进灼热的灰烬里，分分秒秒都十分难耐，无法读书，无法思考，剩下可做的事好像就是一寸一寸地等待立秋。

然而，翻翻日历再翻翻日历，秋，愈思愈迢遥。

昏热中随意摁响一串音键，接电话的正是D君。彼此虽然一年多未曾见面，但当我刚说出“请找……”两字，对方便从容地唤出我的名字，嗬嗬的笑声中夹带着久违的亲热：等秋风凉了，请你到我家新居的楼台上赏月……

D君身在政界久矣，最易染上令人生厌的“官场病”，但他的生命里却依然流淌着一脉诗人的清澈与质朴，就像被水泥禁锢的城市，总会有那么几株小草于缝隙中坚守着星星点点的绿意，使人觉得这座城市尚存几分良知。在这难熬的苦夏里，D 君对我这个仅见过三次面的落魄文人，竟能以飒飒秋风相约，皎皎明月预赠，足见其性也真，其情也纯。

接下来的日子，忙西忙东，在世俗里讨生活，不觉中竟将 D 君的美意忘却了。

八月七日立秋那天，我与一位画家朋友正在闲聊，头顶呼呼旋转的电风扇却送不来一丝清凉，汗水浸透了衣衫。此时，我们谁也没有想到天道的存在，没有预感秋天正向我们一步步地逼近。当一阵微风从窗外悄悄溜进蒸笼似的室内，突然让人觉得“凉爽”的一刹那，D 君践约的电话与秋风联袂而至，使我蓦然意识到，在这人心易变、物欲横流的浮世之外，冥冥中乾坤暗转，天道有序，它默默护佑着那些美好的事物，不致被丑恶的势力彻底毁坏和湮灭。

伫立于秋天的边际，倚窗远眺，晴空碧洗，落日红酣，淮水悠悠东流，刚刚接受过洗礼的天地间，飘荡着一种宗教般若有若无的声音——阴柔爽净的秋天以最民主也最怀柔的方式收拾着酷夏丧失的山河与人心。

这秋的美妙，容易引起人对那些同样美妙事物一份悠远的牵挂与怀想，比如酒，比如友情和那如酒一样有情致的女人。这几样东西，他们以各自的妙处注释着尘世的美好，使人在行将离开这个世界的时候，总要心存一份眷恋，一份难以割舍的情愫。读古典诗词，就常有秋风间杂着千年酒的气息，从诗林词薮间不经意地吹过来，那边地霜天，那荒村孤月，那秋风相遇相知复相别的一对怅饮的男女，越发地撩人情思。只因有了秋风、酒和女人的映衬，苍凉人生，至情至性，就格外地意味深长起来。设若时间改在温柔绮丽的春宵，作别的地点换成现代繁华的都市酒楼，美也就消弭了。

好在D君家的新居偏离喧嚣闹市，窗外一湖盈盈碧水，静卧于秋色里，望一眼俗虑即可半消。是夜，我与敬勇诸君临风把盏于六层楼台，上有星辉暗泻，下有水波轻吟，隔湖一脉青山隐约，近岸数点渔火明灭，置身斯境，晨钟暮鼓人耳，佛光禅意盈心，使人如登峨眉秀，如履青城幽；况且座中皆是性情中人，虽无红袖添香，酒亦喝得酣畅而有兴致。推杯换盏间，吾与诸君面色渐成潮红，那平日里被挤压、被阉割、被愚弄、坠落于泥沙俱下的生活中的人格精神，此时被酒一一唤醒，像一个个顶破沉重硬壳的三春嫩芽，恣意地生长着。

古今之人皆觅好酒，殊不知，好酒又何尝不在觅人？自《诗经》中记载“十月获稻，为此春酒”以降，恐怕哪朝哪代也没有现在的酒酿造得多，糟蹋得多。走遍城乡，酒厂比肩，酒楼林立，可谓天涯无处不美酒。然而，让人汗颜的是，酒传到二十一世纪的今天，它的最初的张扬人性的特质已经被扭曲、被篡改了，只剩下一个空壳。盗贼以酒壮胆、贪官以酒枉法、政客以酒藏奸、小姐以酒卖俏、下岗人以酒浇愁……偌大个国度，到处弥漫着污浊的酒气，哪里还能觅得一处心灵的净土？

秋风楼台聚，
谁解酒中意？
醉眼望天涯，
天地有知己。

浅斟慢酌，神思恍惚间，芽月西沉，秋意又凉了几分。这时，从夜色迷蒙的湖面上传来几声捕鱼人“哐哐哐”驱鱼的梆声，我自蓦然酒醒，披一袭清妙的秋风，复归尘路而去……

一个雪夜给予的感觉

几千个日子联袂而去。

这许多无形的时间，足以把一株稚嫩的幼苗育成一棵枝繁叶茂的大树；也足以将一块坚硬的铁剥蚀成一堆锈末。然而，它却无法冲突、无法改变一种极易消失、极易破碎的感觉。

如今，那感觉在穿越了漫长的时间隧道之后，仍如刚上市的水萝卜和带露剪下的野草莓，那么鲜活，那么真实，又那么让人的灵魂因激动而微微地战栗。

美妙的感觉乃是从一个雪夜里孵化出来的。

那夜，天、地、人都很安详。大朵大朵蓬松的雪花，在南方小城的酣梦之外，轻盈自如地飘着、舞着，恰似亿万只白蝶的精灵在际会，在嬉戏……

斯时，白日里贮满尘嚣和繁华的大街上，复归于原始的大寂。偶或有几个辨不清面目的夜行人，仿佛从一幅巨大的版画上踽踽走过，身后拖着一串一串的脚印。不一会儿，那些脚印便被雪花轻轻地覆盖了。

似有天籁之音隐隐幽鸣。

在这种近于禅的意境里，我送芳回她寂寞的小屋去。

我们也成了版画上的夜行人，把两行脚印刻得深深。因为都是生活中曾经不幸的人，所以，当生命第二次涉足爱的圣河，两颗心都很平静，很深沉。谁也不愿侈谈爱情的定义，彼此恪守着自己的灵魂和准则，该成熟的，让它自然成熟。

一路无语。

天地悠悠。雪花悠悠。人心亦悠悠。

这“悠悠”之中，我仿佛感悟到一种大美的存在。那美，像空气一样密密地包容了一切有形和无形，使我们感知，但却无法参透它的底蕴。

作为这大美显露的一部分，翻过一座卧虹似的天桥，便进入了我们的视界——那是一盏老式的风灯，于迷茫混沌的雪花中向我们默默地招摇着热情。它那微弱而执著的橘黄色光晕，在与你的瞳仁相遇的一刹那，就会使你不忍心拒绝它给予的温柔。

走近才知，这是一个卖夜食的小摊儿。几根麻绳，扯起一块蟹青色的布篷。篷下，置着一桌、一炉。炉火红得很出色，在白雪的映衬下便有了某种温润的诗意，很容易使人进入虚境而忘怀俗利。炉上坐着一只铝锅，那锅豁敞着，在蓬蓬勃勃火苗的卷舔之下，白蒙蒙的热气缭绕其上，漫漶如雾，构成一种氤氲的情调。

那蟹青色的篷只是一种摆设，不时有大朵的雪花以一种很优雅的姿势，旋舞着落进沸腾的锅里去。

摊主是一对小夫妻，见了我们，一脸好看的笑。我当下要了两碗汤圆，和芳趴在那落了一层薄雪的矮桌上，津津有味地吃着。中间，殷勤的女主人给我们添了两次热汤。那汤圆白嫩得可人，只消咬破一个小口儿，便有浓浓的蜜汁从内里流出来。汤里佐以桂花和山楂丸子，桂花橙黄，山楂赤红，很是娱目。

也许是汤圆的味道佳，也许是当时我们的心绪好，也许是映雪的红炉添了情致，也许……总之，我们吃得很舒意，很满足，以至两个人的额头上沁出细密的汗星儿。

当我们起身离开小吃摊的时候，幽远的钟声袅袅地荡过来，又波纹一般向远方漾去。雪，渐渐下得疏了。

不久，芳便做了我的妻子。

芳的烹饪技巧使她很快成为一个出色的家庭主妇，凡经她调制的饭菜，都颇合我的胃口。在我们结婚周年纪念那天。她精心做了两碗汤圆，待我吃下几颗之后，试探地问：“好吃么？”

我满意地点着头。

“和下雪那个晚上，咱俩在夜食摊上吃的汤圆比，哪个味道更好一些呢？”经她这么一问，我反而被弄得糊涂了。于是，我又捞起一颗放进口中，慢慢地嚼，细细地品，许久，我如实道出自己的感觉：

“好像这里缺少一点儿什么？”

“我也有这种感觉。”芳惊奇地睁大眼睛。“其实，这里什么也不多，什么也不少的，就是吃不出那个味了。”

“也许是……”

“也许是我的手艺不如人吧!”芳自嘲地说，情绪显得有些低落。

……

这件生活中的小事，并没有引起我的关注和深思，很快便把它忘得干干净净。芳却不然。许多天后的一个冬夜，她把我领到一年前吃汤圆的那个小摊，买了两碗汤圆与我坐在食客中细细地品味。

唉！摊主依然是那摊主，汤圆依然是那汤圆，其实连碗也依然还是那青瓷蓝边的碗，但是，我们却怎么也吃不出以前的那种滋味了。一种怅然若失的情绪使我和芳变得闷闷不乐，然而，我们谁也不愿说出个中的原因，唯恐破坏了曾经拥有过得那种美好感觉。

又岂止是不愿说出？而是实实在在说不清楚。事物有时就是这样的不明不白，真实又缥缈，清晰又蒙眬，浅近又幽远，使你心存向往之意，又永不能终其源、固其形、穷其义。就说那个雪夜我和芳所吃的汤圆吧，那雪花，那炉火，那心绪，那情态，还有那默默招摇的老式风灯，幽深而安详的钟声……都一一融入其中，构成一种氛围，一种情调，一种不着痕迹的美，因而，我们吃下去的已不再是一般意义上的汤圆了。

我把这种想法说与芳听，她扑闪着一双大眼睛，脸上露出一种似信非信的神情。

呵护明月

古人素有看月的雅兴，文人骚客尤甚。今人捧读唐诗宋词，冷不丁地会撞上一轮或半轮青幽的古月儿。那脚步轻盈、夕露沾衣的，是山月（“山月随人归”）；那素裙飘曳，幻然若仙的，是水月（“江清月近人”）；那醉眼迷离、顾盼生辉的，是垆边月（“垆边人似月”）；那孤寂凄怆、含怨凝愁的，是边关月（“吹角当城汉月孤”）；当然，更多的也最能体现中国月文化气质的，还是那些“闺中只独看”的红粉女儿月，瞧那寂寂闲愁，幽幽相思，郁郁眼波，会使你陡生怜香惜玉的感慨。这些“月儿”，隔着一道历史的疏帘，看上去别有一番韵致。

古人看月，看得艺术，看得雅致，看得超然，以至能从月里看出人生的诸般况味，世态的幽微玄妙，宇宙演绎的大化和生命消长的奥义。平平淡淡的自然之月，一经古人看了，便成了中国经典文化中最耐读的风景。

小时候我亦爱月。那浸在山溪里召不回的野月，藏在竹篁间捉不住的狐月，挂在屋角上摘不着的镰月。坠在枣树梢头敲不落的玛瑙月，她们都曾给了我寂寞的童年许多乐趣，许多梦幻。最让我喜爱的当是中秋月了，它就像我那远方轻易不回、一回便受到祖母过分疼爱的小姑，当它还在路上盘桓的时候，我已在院中的青石板上为其备好了月饼、溇柿、石榴。祖母谓此叫“供月”。天月为地上的生灵辛辛苦苦劳顿了一年，是应该受用一点供奉的。她的话怎么说怎么耐听。

摆好供品，我躲在草垛后面，睁着一双大眼，暗中盯着东山的垭口，期待着月姑乘坐的辇车快快地来到。遗憾的是，看月的我总是反被月看——不知不觉中，我便在催眠的虫声中悄悄做了梦的俘虏，醒来已然月华无踪，旭日高悬了。这时怅怅的我，便憨憨地去问祖母：“月姑吃了吗?”祖母笑得很幽秘，说吃了吃了，我替你看着月姑吃了。我开始清点院中的供品，心中不免生疑，东西一样没少，怎么就吃了呢?祖母的话还是那么耐听：“月姑心善，从不跟敬重她的人争食，她吃的只是心意。心意，你知道吗?”我一面似懂非懂地支吾着，一面下意识地瞅着手中的溇柿，心里对月姑充满了真诚的敬意。

辞别了童年，辞别了乡月，我铆足了劲，一鼓作气闯进了都市的繁华和喧闹。一路上，欲望驱使着我不停地追赶着，有时稍作小憩，继续追赶的脚步将不得不一再地加快。匆匆追赶之中，昔日对月的那份心境和情怀，不知什么时候被冲淡了，消散了。

其实，冲淡和消散的又岂止是月呢？

人生仿佛总是在匆匆地追赶之中，匆匆获得又匆匆遗弃，直到抵达生命的终点，开始翻捡背上的行囊，发现落下的只是几块顽石，上面分别刻着名利、地位和金钱。这时我们想把许多曾经遗落的东西重新找回来，然而丧钟已经固执地敲响了。

只有悔恨和嗟叹。

好在我只是走到了人生的中间地带，自检自忖，所得少少，所失也不多，在下心中便有了几分安。心安之人无大欲，亦无大为，就像登不上高山的人，总可以在山下散散步；掘不到黄金者，不妨种点瓜豆黍麦。这么一寻思，中年的我，便过早地从拥挤的人生主道上拐入僻径。

于是，我又找回了看月的心情。

去年农历八月十五，偶见市报上赫然打出赏月的大幅广告，多年不曾看月的我，赏月心切，日头刚擦地皮儿，我便和妻儿早早地赶到指定的赏月地点。

环顾四周，这里依山濒湖，秋水澄澈，草虫啁啾。且是夜天展虚碧，湖纳稀星，山吟松韵，私心里暗自庆幸，如此良辰美地，适我愿兮。很快，我便进入了禅定状态，开始“心境无边光灿灿”地等待。

“买单——”

不知什么时候．一位红唇小姐立在我的面前，也许是我的神情昧然不爽，小姐又重复了一遍："买单!"

这次我听得真切，但也愈发地糊涂了，看月，怎么也时兴买票了？

这时小姐已失去了耐心，随着两片红唇快速地开合，向我射出一梭子语言的子弹："广告你看了吗？这叫特色经营，白纸黑字的，装什么憨!"她用鄙薄的余光睃着我身边的妻儿。"每套赏月餐六十块，三份一百八十块，还磨蹭什么呀!"妻儿吃惊的目光一齐投向我，似在等待着我的决断。在众目睽睽之下，我又窘又气，哪里还有看月的兴致，草草安顿了妻儿，便愤然踏上了归途。

我发誓从此不看都市之月。

妻儿回来时也是满腹的怨气和失望。那些赏月人，名义上是奔着月儿去的，但他们却无意看月，更谈不上赏月了，充耳尽是BP机、大哥大的呼叫声，开启啤酒饮料瓶罐的乒乓声，男女的调笑和宠物的吠鸣声，杯盏碰撞的叮当声，好端端的一轮皎月，竟被看月者冷落了，遗忘了，亵渎了。当一个个看客打着满足的饱嗝纷纷离去，借月发财的人却在月光下美滋滋地清点着窃喜。

听着妻儿的怨言忿词，我突然羡慕起古人来。那时候，他们的物质生活水准想必无法和今人相比，但是，古人却深得看月的精髓和意蕴，蒲扇一把，熟酒半壶，玉箫一支，临池也罢，凭栏也好，都能胸无挂碍地与月相伴相亲相知，或睇月怀友，或面月参禅，或借月遣怀，直亲密到将看月的我变成月，被我看的月变成我，月月我我，我我月月，两相呼应，浑然交融，人的灵魂便在月光的沐浴中脱俗拔升，那种精神上的愉悦和美感，是绝非物质可以代替的。

在古人眼里，月不仅有情，有魂，有诗，有禅，月也有价。“且就洞庭赊月色”，“看月钱更叫谁办?”，不是说得很清楚吗？然而，月毕竟是月，它不是明码标价的商品，月的价值不可能表现为货币形式。

月不允许玷污。

高洁的精神不允许玷污。

没有看到月的我聊发一腔感慨，世人说痴，说愚，全由着他们去，只要自己呵护着一轮心灵的明月，这就足够了。

眺望一种写作的高度

疏利民

在编辑许俊文先生文章的过程中，我始终有种写作的冲动，但编完以后，又不敢提笔了。我知道一提笔说不定会闹笑话，因为我的文笔与许先生比来不是一个重量级的。许先生的文章在我看来就是散文的一座高峰，而我写的东西充其量就是一个小土丘而已，两者不能相提并论，但作为一本书必须堆放在一起的时候，就有点委屈许先生了。

作为这本书的责任编辑，我觉得很有写一点东西的必要，老实讲，当责编快十年了，但研读式的逐字逐句看完一本书的情况并不多，因为现在出书的速度太快，重复的内容特多，一本几十万字的书稿想让责编一个字一个字的研读，也很不现实。但编许先生的文字，我却不愿落下一个字，这就是许先生文字的魅力。

许先生文字的魅力不在于有什么华丽的词藻，也不在于他有什么奇崛的神思，他就那么娓娓道来，就让你欲罢不能。我边编边想，这不就是我心目中的一种写作的高度么？没想到，创造这种高度的人就在我的身边，而且我竟有缘为他当责编，我太幸福了。于是我又想，倘若能给他当一辈子责编那该多好，那我就可以幸福一辈子，也会精彩一生。下午，我把这个想法说给一位同事听，他不以为然。向来自信的我，说了一句很狂妄的话："看什么人做！"意思很简单，我能"识货"。他反驳我说，他昨天还上了书店，没有看到文学作品书柜那边有什么人气。

我姑且听着，但内心还是在发狂地想，我怎么能够让金子发光呢？俗话说得好，酒香也怕巷子深。再好的文章，没有人去吆喝也是白搭。如今的文学市场不够景气，传统的文学刊物也不够景气，仿佛文学早已式微了，但我要大声地说：不，不，不，不是这样！大家只是看到一种表面的现象而已，没有进入大多数人的内心。无论是高官也好，无论是富翁也罢，大家骨子里都很崇拜文人，特别是那种地道的纯文人。

在我看来，许先生就是那种地道的纯文人。他把身边的每个人、每寸土地、每缕风都写活了，你读他的文章，不觉得是他写的，而是他代替你写的。他身边的人，就是你身边的人；他脚下的土地，就是你脚下的土地；他身边的风，就是你身边的风。这简直有点不可思议，怎么有这样好文章呢？这样的好文章怎么就光顾到我这个责编？

写到这里，我得感谢一下画家吕士民先生，许先生是他推荐给我认识的。好像是今年五一节，台湾名报人吴心白老人来访，新安晚报社的马丽春女士给我打电话，说有几个文学爱好者在一起，让我参谋参谋有没有什么合适的选题。我们聊着，聊着，“三个臭皮匠”终于“顶个诸葛亮”，想出了个主意：在省内找一些有名气的人物，让吕先生给每个人画幅漫画，再邀约这些人每人写篇文章，形成一个众星闪烁的气象，在这个文学市场沉闷的气氛中造成一种浪漫的感觉，说不定打开文学市场一个新缺口。

我想这个创意尽管落实起来有些难度，但还是能够实现的。就在我们谈兴正浓的时候，吕先生告诉我，他有个朋友，姓许，文章写得不错，想出个文集。我虽然谈不上有多少灵感，但我从来不拒绝任何有价值的线索，便立即与许先生联系，让他发点作品过来看看。这一看，让我惊呆了。作为一个业余作者，他的作品 8 次荣获安徽省内报纸副刊作品一等奖，且是《散文》杂志的常客。一等奖是什么概念？不管在哪个领域，在多大范围，在我看来都是优秀的，都是难能可贵的，都是一流的标准。而在我们这个泱泱散文大国，《散文》杂志仅此一本，他却成了常客，难得，实在难得！仔细读了他更多的作品之后，我愈加感觉到，这些殊荣，非他莫属。

文学作品在我国教育教学中占有特殊地位。长期以来，中学教科书中的文学作品多为现代作家的经典作品，直到近年这种局面才开始被打破，一些当代作家的优秀作品已经逐渐成为中学教学中的亮点，特别是一些精美的散文因其篇幅短小、涉猎广泛、贴近心灵、文字灵动、富于哲理而备受教育界的重视。

许俊文就是我国有影响的实力派散文作家之一，其作品自 2007 年以来越来越受到我国教育界尤其是中学教育的特别关注，他的作品在全国广大中学师生中具有较高的知名度。他的创作态度严肃，文风别具一格，非常适合广大中学生阅读。

他曾出版长篇报告文学《淮河魂》、《血祭江海》、《皇都末日》等，散文集《预约秋风》、《留在生命里的细节》，约 150 万字。数十篇作品被《新华文摘》、《作家文摘》、《散文海外版》、《读者》等报刊转载，并入选多种全国优秀散文年选、全国优秀散文排行榜、大学教材、高考试卷等。其《乡村的风》、《节气》、《俯向大地的身影》、《怀霜》、《菊魂》、《泥土》、《这么好的一座山》、《遥寄苍茫》、《回到草中间》等作品，被全国众多院校选入各种形式的考试试卷及港台中学生阅读文选。

综观近年来全国各地中考、高考语文试卷，其现代文阅读与理解、作文写作，记叙文所占比重非常之大，因而，广大中学生平时选择的主要读物是精美散文作品。我相信本书的出版对提高广大中学生的写作、鉴赏能力，具有重要的指导意义。

作为责编能碰到这样的作者，我是幸运的；作为读者，能读到这样的文章，我相信你们也会感到幸福。我平时喜欢交朋友，关于朋友我有自己的“格言”：“朋友是天，朋友是地，有了朋友，我可以顶天立地；朋友是风，朋友是雨，有了朋友，我可以呼风唤雨；财富是暂时朋友，朋友是我永久的财富。”

编辑是作者和读者之间的桥梁，倘若你身边的朋友有大作需要出版，请随时与我联系，我的手机24小时全球开通，13855170860；我的办公电话是0551—2903018，只要正常上班，我都会在电话机前第一时间第一速度聆听你们的垂询；我的QQ号是347597070，又名疏大海，意味着海纳百川，有容乃大；我也开通了自己的博客，百度“疏利民”即可登陆；我的伊妹儿是shulimin8899@163.com。

我们是大学出版社，我们传播的是文明，传承的是文化，为大家服务是我的天职。我叫疏利民，我给自己的定位就是：凡是能升华人们的灵魂、陶冶人们的情操、启迪人们的智慧的书我都去做，而且是义无反顾。

我觉得一个成功的编辑需要敏锐的思想、独到的眼光、卓越的口才和博大的胸襟。没有敏锐的思想无法和高手过招；没有独到的眼光，看不准市场，好的书稿也会从眼皮底下溜走；没有卓越的口才，你的思想无法抵达他人的内心；没有博大的胸襟，你会被世间庸俗所湮灭。

好久没有写文章了，今晚受到许先生的感染，记下一点文字，算是见贤思齐吧。再次感谢许先生，向写作的一种高度看齐！

2010年10月19日写于庐阳康乐斋

图书在版编目(CIP)数据

俯向大地的身影/许俊文著．—合肥：合肥工业大学出版社，2010.11

ISBN 978-7-5650-0296-0

Ⅰ.①俯…　Ⅱ.①许…　Ⅲ.①散文—作品集—中国—当代　Ⅳ.①I267

中国版本图书馆 CIP 数据核字(2010)第 204388 号

俯向大地的身影

许俊文　著　　责任编辑　疏利民　　特约编辑　许日春

出　版	合肥工业大学出版社	版　次	2010年11月第1版
地　址	合肥市屯溪路193号	印　次	2010年11月第1次印刷
邮　编	230009	开　本	710毫米×1010毫米　1/16
电　话	总编室：0551-2903038	印　张	21
	发行部：0551-2903198	字　数	208千字
网　址	www.hfutpress.com.cn	印　刷	合肥现代印务有限公司
E-mail	press@hfutpress.com.cn	发　行	全国新华书店

ISBN 978-7-5650-0296-0　　定价：28.00元